Juni

Gerbrand Bakker bij Uitgeverij Cossee

Boven is het stil
Perenbomen bloeien wit
Perenbomen bloeien wit (luisterboek)
Ezel, schaap en tureluur

Gerbrand Bakker

Juni

Roman

Cossee
Amsterdam

Eerste druk mei 2009
Tweede druk juni 2009

Omslagillustratie © Imagestore / Jan Boeve
Foto schutblad © Niestadt-fotocollectie Zijper Museum
Schagerbrug (NH)
Foto auteur © Gitte Sofie Hansen
Boekomslag James Polderman
Typografie binnenwerk Adriaan de Jonge, Amsterdam
Druk Hooiberg Salland, Deventer

ISBN 978 90 5936 256 7 | NUR 301

www.cossee.com
www.gerbrandsdingetje.nl

Voer voor krantenkoppen

'Bijna in Slootdorp,' zegt de chauffeur. 'Daar wordt u overgedragen aan een nieuwe burgemeester.'

Ze kijkt naar buiten. Rechts en links brede stroken land waarvan het einde niet te zien is. Hier en daar staat een bonkige boerderij, met een rood pannendak. Gelukkig regent het niet. Het uitzicht aan de rechterzijde wordt haar gedeeltelijk ontnomen door C.E.B. Roëll, die zit te lezen in papieren die wel iets van doen zullen hebben met het dorp waarheen ze op weg zijn. Ze trekt haar handschoenen uit, legt ze op haar schoot en wipt de asbak open. Roëll begint te zuchten. Niet op ingaan. Ze zijn nog niet eens halverwege, maar nu al is het of er veel meer dan de helft van de dag voorbij is. Als ze haar sigaret aansteekt en diep inhaleert, ziet ze de ogen van de chauffeur oplichten in de achteruitkijkspiegel. Ze weet dat hij ook graag een sigaretje op zou steken, en als Roëll niet in de wagen had gezeten, was dat ook gebeurd.

Na een tamelijk vroege start op Soestdijk is de ochtend voorbijgegaan op het voormalig eiland Wieringen. Waar men de onvergeeflijke fout heeft begaan haar als eerste programmaonderdeel een tafel vol met garnalen te tonen. Om elf uur in de ochtend. Of eigenlijk begon het eerder al niet helemaal gepast. De burgemeester van het voormalige eiland liet zijn beide dochtertjes de bloemen aanbieden, terwijl zijn vrouw keek alsof ze de kleuters die boven op de havendijk stonden niet eens zág. Vervolgens nog meer schoolkinderen en bejaarden. Altijd schoolkinderen en bejaarden. Maar goed, het is ook gewoon een dinsdag, een normale werkdag. In het gemeentehuis vond ter ere van haar een buitengewone raadsvergadering plaats. De toespraak van de burgemeester is grotendeels aan haar voorbijgegaan, omdat ze vooruitdacht naar vanavond, naar de Piet Hein, en toen ze peinzend een slokje koffie nam, smaakte die zo ongeveer als de woorden van de burgemeester. Daar was die vrouw geweest die opdracht had gekregen een kop in brons van haar te maken.

'Hoe heet die non ook maar weer?' vraagt ze.

'Jezuolda Kwanten. Geen non, een zuster.' Roëll kijkt niet op, ze blijft stug doorlezen. Straks zal er wel een klein exposé volgen.

Jezuolda Kwanten, uit Tilburg, die haar bijna een halfuur lang scherp had bestudeerd, zo nu en dan iets schetsend op een groot vel gelig papier, waardoor ze nog meer moeite had gehad het betoog van de burgemeester te volgen. Ze zit in de wagen achter de hare, samen met Beelaerts van Blokland en Van der Hoeven. Had dat niet anders gekund? vraagt ze zich af. Roëll in de wagen hierachter, en Van der Hoeven in de mijne? Die rookt ook. Jezuolda Kwanten zal bij alle festiviteiten aanwezig zijn, zal haar de hele dag aankijken, aftasten, schetsen. Niet alleen vandaag, morgen ook. Ze drukt haar sigaret uit. Een 'kop in brons'. Terwijl ze er al een hekel aan heeft gefotografeerd te worden. En als iets 'kunst' is, heb je geen hoofd meer maar een kop.

Ze rijden een dorp binnen dat volledig bestaat uit nieuwe huizen. Er zijn opvallend weinig mensen op straat en er zijn nauwelijks vlaggen uitgestoken.

'Slootdorp,' zegt de chauffeur.

'Wat is zijn naam?' vraagt ze.

'Omta,' zegt Roëll.

Voor een hotel dat Lely heet, staat een groepje mensen. Een klein groepje. Hier geen schoolkinderen en bejaarden, geen vlaggetjes, bloemstukjes of garnalen. Ze stapt uit en de man met de ambtsketting geeft haar een hand. 'Welkom in de gemeente Wieringermeer,' zegt hij.

'Goedemorgen, meneer Omta,' zegt ze.

'U gaat meteen weer verder,' zegt hij.

'Dat is spijtig,' zegt ze.

'Ik zal u voorgaan naar de gemeentegrens. Dit is overigens mijn echtgenote.'

Ze geeft de vrouw van de burgemeester een hand en stapt daarna weer in de wagen. Kijk, zo'n man, die kun je erbij hebben. Geen gezeur, geen getreuzel, geen blik in zijn ogen die zegt 'waarom bent u niet uren in míjn gemeente'. Zei hij nu geen 'majesteit'? Zelfs niet 'mevrouw'? De burgemeestersvrouw verspilde ook geen woorden, maakte simpelweg een kleine reverence. Van wat ze er trouwens van gezien heeft, de gemeente Wieringermeer, begrijpt ze wel dat ze er geen uren door wil brengen. Niet eens door kán brengen, misschien. Omta is in een blauwe auto gestapt en die rijdt langzaam voor ze uit. De vrouw van de burgemeester blijft wat verloren voor het hotel achter. Haar kapsel verwaait in de vlagerige juniwind, een vlag boven haar hoofd klappert.

'Zestientien' leest Roëll voor. 'Het Polderhuis, waar de lunch genoten zal worden, stamt uit 1612. Vooral de veeteelt staat op een zeer hoog niveau. Stamboekvee. Vermeldenswaard is de alom bekende veestapel van mejuffrouw A.G. Groneman, wier wijlen haar oom – er stond vader, maar dat is doorgekrast en daar is oom van gemaakt – voor zijn vele verdiensten op dit gebied koninklijk werd onderscheiden tot Ridder in de Orde van Oranje Nassau.'

'Is zij ook bij het middageten?'

Roëll pakt er een ander geschrift bij en mummelt zachtjes. Van onder haar gele dophoedje komt een pluk grijs haar tevoorschijn. 'Ja,' zegt ze na een tijdje.

'Dat zal vast leuk worden. Mejuffrouw. Niet getrouwd, dus.'

Roëll kijkt haar kort maar doordringend aan.

'Neem zelf ook eens een glaasje,' zegt ze. 'In plaats van mij zo aan te kijken.' Buiten nog steeds lange stroken land en bonkige boerderijen, de ene volkomen identiek aan de volgende. De zon schijnt, het zal een graad of tweeëntwintig zijn. Lekker weer om zonder jas in en uit auto's te stappen. Niet te warm, niet te koud. 'Ik hou erg van koeien, bovendien,' laat ze erop volgen.

Nog maanden zal het er hier zo uitzien. Natuurlijk, de gewassen groeien en zullen geoogst worden, maar toch. Het voorjaar is en blijft het mooiste seizoen. Als in de paleistuin allerlei bolgewassen elkaar afwisselen. Sneeuwklokjes aan de voeten van de beuken, narcissen langs de oprijlaan, de kleine, ronde border met kievitsbloemen bij de leveranciersingang. En iets later natuurlijk de eerste lathyrus in de kas. Vanaf het moment dat er blad aan de bomen komt, begint het nogal saai te worden, zeker nu de dochters niet meer over de grasvelden rennen. Feitelijk is er vanaf het defilé weinig meer aan. Een saaiheid die pas opgeheven wordt als de eerste herfstkleuren verschijnen. 'Verder nog iets opmerkelijks?'

'Voor deze bijna geheel agrarische gemeente breken de laatste tijd moeilijke perioden aan, vooral op financieel gebied.'

'Waarom is dat?'

'Niet alleen door de slechte weersgesteldheid van de laatste jaren, doch mede door het feit van de stijging van lonen en prijzen, terwijl de opbrengst van de producten niet in evenredigheid gestegen is.'

'Ach ja, lonen, prijzen en opbrengsten. Maar straks loopt iedereen er op zijn paasbest bij natuurlijk.'

'En hier staat ook nog dat plusminus negentig procent van de middenstanders hun zaak is gaan verbouwen en aanpassen naar meer moderne inzichten. De bevolking is gaan inzien dat een pas op de plaats geen vooruitgang, maar achteruitgang is. Er behoeft niet vermeld te worden dat regeren vooruitzien is.'

'Waarom eigenlijk niet? En het staat daar toch wél vermeld?'

'Ach, gemeenteambtenaren.'

'Wat bedoel je daarmee te zeggen?'

'Niets.'

'Ik ben heel benieuwd wat we te eten zullen krijgen.'

'Ja.'

Nee, denkt ze, dit moet de volgende keer toch anders. Ik zal zelf er eens iets van zeggen, de Rijksvoorlichtingsdienst hoeft niet met Roëll in de wagen te zitten. Hoe halen ze het eigenlijk in hun hoofd om ervan uit te gaan dat ik liever met Roëll dan met Van der Hoeven in één auto zit? Misschien wil pappie ook wel weer eens mee op werkbezoek.

De blauwe auto van Omta remt af en rijdt naar de kant van de weg. Daar komt hij tot stilstand achter een in de berm geparkeerde auto. De burgemeesters stappen tegelijk uit en schudden elkaar de hand. Als de nieuwe burgemeester – 'Hartman,' fluistert Roëll – op de wagen af komt lopen, trekt de chauffeur haar portier open.

'Goedemiddag majesteit. Hartelijk welkom in onze gemeente. Die trouwens daar pas begint.' Hij gebaart naar een brug met een witte leuning, in het verlengde van de weg.

'Goedemiddag burgemeester Hartman,' zegt ze, een zucht onderdrukkend. 'Ik verheug me zeer op mijn, helaas korte, bezoek.'

'Wilt u mij volgen?'

'Met alle plezier.' Als ze weer instapt, en daarbij de chauffeur niet vergeet aan te kijken omdat hij er steevast een soort amateurtoneelachtige gebeurtenis van maakt, ziet ze op de achterbank haar leren handschoenen liggen. Ze heeft al twee burgemeesters de hand bloot geschud. Hoog tijd voor een sigaretje. Roëll kan kijken hoe ze wil.

Op de leuning van de brug balanceren twee jochies, in zwembroek. Een met rossig haar, de ander bruin, allebei de armen wijd uitgespreid, dikke waterdruppels vallen vanaf de ellebogen op de keurig witgeschilderde leuning. Als de wagen over het brugdek rijdt, springen ze omlaag, het is of de jochies precies dit moment afgewacht hebben. Ze glimlacht. Het interesseert ze blijkbaar niet veel, een bezoek van de koningin. Al keken ze allebei wel eerst goed naar de wagen, voor ze de sprong waagden.

'Steen der hulp.'

'Wat zeg je?'

'Steen der hulp.'

'Ik kan je even niet volgen.'

'Die boerderij daar. Eben Haëzer.'

Het is hier heel anders van sfeer. Het land is ouder. De boerderijen zijn meer verscheiden, de tuinen meer volgroeid, de bomen hoger, de sloten vol met water, minder gewassen, meer koeien. Ha, daar staat een glanzende bestelbus, met de woorden *Blom Broodzaken* op de zijkant. De bus staat schuin voor een glimmend winkelraam, met daarop dezelfde tekst. De bakker behoort blijkbaar tot de negentig procent van de middenstanders die hun zaak verbouwd en aangepast hebben. Geestig, broodzaken. Modern ook. Ze speurt naar winkels die tot de andere tien procent behoren, maar kan er geen ontdekken. Dan hoort ze gejoel en ziet ze een mensenmassa staan. Ze haalt diep adem en trekt haar handschoenen aan. Tot aan het middageten zal ze geen enkele hand meer bloot schudden.

De chauffeur trekt het portier open. 'De plaats van bestemming,' zegt hij.

'En zonder ongelukken,' antwoordt zij. Nooit spreekt ze hem bij zijn voornaam aan.

Dan is iedereen weer om haar heen. Roëll natuurlijk,

die zelf uit de auto gestapt is, omdat de chauffeur niet overal tegelijk kan zijn, Van der Hoeven, Beelaerts van Blokland, Commissaris Kranenburg. Waar is die non, die Jezuolda Kwanten gebleven? Zit ze nog in de auto? Ze zullen haar hier niet naar tafels vol vis of garnalen leiden, dit is geen vissersdorp. Hier gaat gedanst worden. Ze geeft Roëll haar handtas, ze moet haar handen vrij hebben. Het Polderhuis is een grote boerderij. Witgeschilderd, met leilindes ervoor. Verkeerd lopen kan ze niet, er is maar één weg, dwars door een haag van kinderen en moeders. Ah, daar staan twee kleintjes met een boeketje bloemen. De burgemeester noemt hun namen, en ze vangt iets op over de bakker en de slager. Het zullen de kinderen van die middenstanders zijn.

'Heel hartelijk bedankt, hoor,' zegt ze. 'Wat een prachtig en kunstig geschikt bloemstuk. Hebben jullie het zelf gemaakt?'

Ze kijken haar aan alsof ze Duits spreekt.

'Nee hè,' zegt ze daarom. 'De bloemist heeft het in elkaar geknutseld.'

Het meisje knikt verlegen, en ze tikt met een leren vinger zacht op het wangetje. Het jongetje kijkt haar niet aan. De kinderen voegen zich opgelucht in de haag.

Stonden precies deze kinderen vanochtend ook niet op de dijk? Die witte koppen, blote knietjes, die gebreide vestjes? Precies deze kinderen? Er heerst een ijzige stilte, het is of iedereen van puur ontzag zijn tong verloren heeft. Ontzag of zenuwen. Buiten de namen van die kinderen heeft de burgemeester ook nog geen woord gezegd. Ze schudt haar hoofd. Roëll pakt haar bij de elleboog. Ze trekt haar arm los, zonder de particulier secretaresse aan te kijken, en loopt langzaam door.

En daar dan, wat trekt dat jochie een kregel hoofd. Een rossig hoofd met sproeten, dat een beetje omlaag hangt.

Hij kijkt naar zijn voeten, die in nieuwe sandalen gestoken zijn. Waarom kijkt dat kind zo verbolgen? Bijna stapt ze op hem af om hem te vragen waarom hij niet blij is. Waarom zijn rood-wit-blauwe vlaggetje op zijn knieën hangt. En dan gelijk die grotere jongen, die hem bij de hand gepakt heeft en zeker niet zijn broer is, want hij heeft ravenzwart haar, vragen waarom hij niet naar haar maar naar het jochie kijkt. Ze wordt er zelf ook een tikje triest van, door het buikje dat bozig vooruitgestoken is, door het overduidelijk gloednieuwe Noorse vestje met koperen knopen, vast en zeker door zijn grootmoeder gebreid. Alles de afgelopen weken in het teken van deze ene dag, zo'n dag die voor je het weet weer verstreken is, en dan ook nog boos zijn, waardoor vrijwel alles aan je voorbij gaat. Overal om haar heen worden foto's gemaakt, ze hoort de toestellen klikken en er wordt zelfs geflitst, hoewel dat toch met dit weer niet nodig is. Ze vertraagt haar pas nog iets, het is of ze niet verder kan vóór dat jochie haar aangekeken heeft. Maar de burgmeester is al doorgelopen, en in haar rug voelt ze de rest van het gezelschap dringen.

Ze richt haar blik op een groep mannen en vrouwen in klederdracht, die een stuk verderop staan, op een plek waar het wat ruimer is. Alle kinderen hebben een vlaggetje, en die worden omhooggehouden, maar niemand zwaait ermee. Het is dat er een briesje staat, anders zouden de vlaggetjes doodstil in de lucht hangen. Ze hoopt dat er in Het Polderhuis sherry geschonken wordt.

De dansgroep voert twee volksdansen uit, begeleid door vioolspel, uitgevoerd door een stokoude man die pal naast haar staat. Het zweet glimt op zijn gerimpelde bovenlip. Vierentachtig jaar, heeft de burgemeester haar verteld. Maar nog kranig, hoor. Zij kijkt naar het dansen, alle mensen op het erf voor Het Polderhuis kijken naar haar. De rokken ruisen, de klompen van de in zwarte pakken gestoken mannen klossen op het asfalt. Het bloemstuk is hinderlijk zwaar. Ze wil haar tas, ze wil haar sigaretten, ze wil even zitten.

'Deze kant op alstublieft, majesteit. Hierbinnen staat de lunch klaar,' zegt de burgemeester.

Zeg toch mevrouw, man, denkt ze. Mevrouw en middageten.

Vóór haar glipt Jezuolda Kwanten naar binnen, schetsblok en potloden in de aanslag.

'U kunt zich daar even terugtrekken,' had een gastvrouw gezegd. 'Met uw gezelschapsdame. Als u daar behoefte aan heeft, kunt u gebruikmaken van het toilet.' Ze had de vrouw niet terechtgewezen.

Roëll en Jezuolda Kwanten zitten in de burgemeesterskamer, waar het, net als hier trouwens, ruikt naar verse verf en behangsellijm. Al die wc's, denkt ze. Overal al die wc's, speciaal voor mij. Ze heeft haar handschoenen uitgetrokken en tikt met een knokkel tegen een vreemdvormig wandje, het klinkt hol. Ze vermoedt dat het een tijdelijk wandje is en vraagt zich af waar de mannen in het gezelschap moeten plassen nu het urinoir is weggebouwd. Ze ziet de wc op het Centraal Station in de hoofdstad voor zich. De stilstaande lucht, de niet geventileerde ruimtes, de stoffige gordijnen, duur beklede stoelen waarop vrijwel nooit iemand zit. Ze voelt aan het wc-papier. Edet, dubbellaags. Op het fonteintje ligt een maagdelijk stuk zeep. Ik ben zestig jaar oud, denkt ze. Ik zit al meer dan twintig jaar in functie op zulke wc's. Hoe lang houdt een mens zoiets vol? Ze komt overeind, wast haar handen en trekt voor de vorm door.

Op de enorme gepolitoerde tafel in de burgemeesterskamer staan flessen appel- en sinaasappelsap. En één fles sherry. Roëll drinkt een glaasje sinaasappelsap, de kunstenares drinkt niets. Ze schenkt twee glazen sherry in en houdt Jezuolda Kwanten een glas voor.

'Dank u wel, ik drink in het geheel geen alcohol.'

'Maar u bent kunstenares.'

De zuster glimlacht en gaat zitten op de ruimste stoel. Ze slaat het grote schetsblok open.

De koningin glimlacht ook. De glazen moeten leeg, het zou vreemd zijn om de burgemeesterskamer te verlaten terwijl er nog een vol glas op de tafel staat. Ook dient het bosje sigaretten, dat in een vaasje gestoken is, ten minste uitgedund te worden. Lucky Strike. Roëll kijkt scheef, maar bedient haar toch van vuur. Ze drentelt wat door de ruime kamer, komt uit voor een grote spiegel. Ze bekijkt zichzelf, drinkt zichzelf toe, blaast zichzelf rook in het gezicht.

'Mevrouw Kwanten, kunt u mij nog eens duidelijk maken wat feitelijk het verschil is tussen een non en een zuster?' vraagt ze.

'Een non legt een kloostergelofte af,' zegt Kwanten.

'Dat heeft u niet gedaan?'

'Nee. Ik behoor tot de Orde der Zusters van Liefde.'

Haar glas is leeg. Ze gebaart naar het volle glas op de tafel. 'Als u dat niet leegt, zal ik het doen,' zegt ze.

'Ik lust toch wel een drupje sherry,' zegt Roëll.

Ze kijkt haar hofdame schuins aan, maar kan niets anders doen dan haar het tweede glas aanreiken. 'Wie heeft u de opdracht gegeven een kop in brons te maken?'

'De gemeente Tilburg.'

'Daar woont u ook?'

'Jawel, mevrouw.'

'Wat vindt u dan van dit land?'

'Leeg. Leeg en koud.'

'Koud?' De koningin glimlacht. 'Dus u heeft het moeilijk vandaag. Bent u al eens op het eiland Texel geweest?'

'Nee, mevrouw.'

'Het zal u morgen een stuk beter bevallen.'

'Het bevalt me nu al geweldig. Ik heb het voorrecht u twee dagen lang te volgen.' De zuster krast met een potlood over het schetspapier.

De koningin schikt haar haar. 'Neemt u toch een klein glaasje sherry.'

'Dank u wel, mevrouw. Echt niet.'

'Dan zal ik in uw plaats nog een half glaasje nemen.'

Roëll zucht en nipt met een zuur gezicht aan haar sherry.

Tijdens het middageten zit ze naast Van der Hoeven. De fokveehoudster heeft schuin tegenover haar een stoel gekregen. Aan de lange tafel, die onberispelijk is gedekt, zijn verder de gebruikelijke gasten aangeschoven. Voorzitsters van de Plattelandsvrouwen en de Vrouwenbond van het NVV, heemraden, dijkgraven, wethouders. Maar niet de huisarts, en de notaris evenmin. OokKwanten is hier niet, die zal elders in Het Polderhuis, waarschijnlijk in het gezelschap van onder andere de chauffeur het middageten gebruiken. Het doet haar goed dat iemand eraan gedacht heeft een aantal kleine vaasjes met lathyrus neer te zetten. De onvermijdelijke ossenstaartsoep – ze zullen denken: de soep die met de kerst gegeten wordt, zal toch ook bij andere feestelijke gelegenheden gepast zijn – is pittig. Bij het eten wordt melk en karnemelk gedronken. Of wil majesteit misschien een droge witte wijn bij de soep? Dat wil ze, na een korte aarzeling. Van der Hoeven en de vrouw van de burgemeester drinken met haar mee, en aan de overkant laat de fokveehoudster zich ook een glas inschenken. De warme, jonge stem van de particulier secretaris is in kalm tegenwicht met de wat hoge, nerveuze stem van de burgemeester.

Zelf praat ze niet veel. Ze eet en drinkt. Het brood is vers, de keuze uit kaas en vleeswaren overvloedig. Die Blom kan lekker brood bakken, denkt ze. Door de hoge ramen valt helder licht naar binnen en van buiten klinken nu pas opgewonden stemmen, al lijkt het erop dat de kinderen verdwenen zijn. De fokveehoudster zit net iets te ver weg om een gesprek met haar te beginnen. Ze knikt de knappe vrouw nauwelijks merkbaar toe en heft haar wijnglas iets. De vrouw knikt en heft terug, alsof ze begrepen heeft dat de koningin graag met haar zou spreken over fokstieren, koetjes en kalfjes, maar helaas net iets te ver weg zit. Dan staat een van de vrouwen in het gezelschap op, ze wordt door de burgemeestersvrouw aangekondigd als mevrouw Backer-Breed, voordrachtskunstenares.

Tijdens de voordracht, die deels in het plaatselijke dialect gehouden wordt, dwalen haar gedachten weer wat af. Ze denkt aan pappie. Vraagt zich af of hij vanavond op de Piet Hein is. De man is natuurlijk onmogelijk, maar op het schip voelt hij zich thuis. Over een kleine twee weken is hij jarig, en nu hij de zestig nadert, zal hij toch zeker geen gekke dingen meer uithalen. Ze nipt aan een tweede glas witte wijn, die blijkbaar gekozen is door iemand die er verstand van heeft. Als het gezelschap begint te klappen, klapt ze mee. Dan komen grote schalen verse aardbeien op tafel, en kommen geslagen room. De koffie die het middageten afsluit, is krachtig. Onder haar voeten knerst het. Op de houten vloer van de raadszaal is zand gestrooid.

De schoolkinderen zijn inderdaad verdwenen. Maar nog steeds is er aardig wat volk op de been. De fotografen van allerlei kranten zijn ook nog niet verdwenen. Het bezoek is binnen al officieel afgesloten. Het is nu een kwestie van naar de wagen lopen en naar het volgende dorp rijden. Het dorp dat de naam draagt van haar overgrootmoeder. Zullen de mensen die daar wonen wel beseffen hoe vreemd dat is? In tegenstelling tot de twee eerdere burgemeesters zal deze burgemeester hun niet voorgaan. Roëll heeft haar tas weer overgenomen, zij loopt met het bloemstuk in de richting van de weg. De koffie heeft het effect van de sherry en de witte wijn iets gedempt, maar nog heeft ze een plezierig lichte kijk op de omgeving. Van der Hoeven loopt pal naast haar, stoot zo nu en dan licht tegen haar arm.

Uit de uitgedunde en nu ordeloze haag van mensen stapt een grote man in een brandschone overall het pad op. In beide handen een touw, en aan de touwen twee geitjes. 'Mevrouw,' zegt hij.

'Ja?' vraagt ze.

'Ik zou u deze twee dwerggeitjes willen aanbieden.'

'Ach,' zegt ze. 'Namens wie?'

'Namens mijzelf.'

'En u bent?'

'Blauwboer.'

Een van de geitjes begint te vreten aan een bosje duizendschoon van een vrouw die iets te dicht in de buurt staat. Ze geeft Van der Hoeven het bloemstuk en gaat door de knieën. Het andere geitje snuffelt met zijn zachte neus aan haar leren handschoen. De dieren zijn bruin, met een zwarte bles op de kop. En zo klein dat ze ze makkelijk zou kunnen oppakken. Ze doet het. Ze voelt de dikke, strakke buikjes tegen haar handpalmen, de boer laat de touwen iets vieren.

'Ik heb twee kleinzoons,' zegt ze.

'Dat weet ik, mevrouw.'

'Die zouden heel blij zijn met dit cadeau.' Ze voelt beide hartjes tekeergaan tegen haar handpalmen.

'Zo had ik het ook bedacht,' zegt de boer.

Fotografen dringen naar voren, een politieman stapt tussen hen in. *Koningin doorbreekt protocol en speelt met dwerggeitjes.* Ze ziet de kop in de krant van morgen voor zich. Als ze zich bukt om de geitjes op de grond te zetten, wordt ze overvallen door een lichte duizeling. Van der

Hoeven pakt haar bij de elleboog als ze omhoog komt. Eén van de geitjes begint luid te mekkeren.

'We kunnen ze nu niet meenemen,' zegt haar particulier secretaris.

'Dat begrijp ik,' zegt de boer.

Ze bedankt de man hartelijk en loopt door. Van der Hoeven blijft achter. Ze heeft nu niets meer in haar handen. Geen tas, geen bloemstukje, geen geitjes. Stugge, bruine haartjes kleven aan haar handschoenen. Een geitje voor Willem-Alexander en een geitje voor Maurits. Iemand van de stallen moet de beesten binnenkort maar ophalen.

De chauffeur staat naast het geopende portier.

'Hoe zitten we in de tijd?' vraagt Roëll.

'Aardig op schema,' antwoordt hij. 'Aardig.'

Voor ze instapt, kijkt ze om zich heen. Vlaggen wapperen aan vrijwel elk huis en schuin aan de overkant van de vaart die het dorp in tweeën deelt, ziet ze weer de glimmende bestelbus staan. Nu pas vraagt ze zich af waarom de bus niet rijdt. Of is het gebied dat de bakker bestrijkt dusdanig klein dat hij het in een ochtend redt? Mensen lopen weg van Het Polderhuis, draaien zich nog even om, maar dringen in elk geval niet om de wagen heen. Ze gaan over tot de orde van de dag, misschien zitten de kinderen alweer in de schoolbanken. Nee, ze zullen de middag vrij hebben, het is een feestdag. Wellicht heeft dit dorp een zwembad. Dan ziet ze een jonge vrouw aan komen lopen, tegen de uitdunnende stroom in. Ze heeft een kind bij zich, het lopen gaat moeizaam omdat ze een fiets aan de andere hand heeft. Ach, iemand die te laat is. Die zich haast om nog een glimp van haar op te vangen. Ze gebaart naar de chauffeur en loopt de vrouw tegemoet, uit haar ooghoek ziet ze dat Roëll haar volgt.

'Wat ga je doen?' vraagt haar particulier secretaresse.

Ze antwoordt niet, wacht de vrouw op.

'De tijd. We moeten op de tijd letten,' zegt Roëll.

Dan staat de vrouw tegenover haar, ze is door het snelle lopen een beetje buiten adem.

'Bent u te laat van huis gegaan?' vraagt ze.

'Ja, ik...'

'Wat een schattig meisje is dat. Hoe heet jij?'

Het kind, dat hooguit twee is, kijkt haar met grote, blauwe ogen aan.

'Nou, hoe heet jij?'

'Anne,' lispelt het kind.

'Hanne,' zegt de moeder.

Ze trekt haar rechterhandschoen uit. 'De H is niet makkelijk.' Ze strijkt het kind over een wang. Daar schrikt het van en ze drukt haar gezicht in de nek van haar moeder. 'En u bent?'

'Anna Kaan, mevrouw.'

Kijk, deze vrouw weet hoe ze het graag heeft. 'Ging de tijd vanochtend sneller dan u dacht?'

De vrouw kijkt haar aan. Haar geschrokken blik maakt plaats voor een glimlach. Ze antwoordt niet. De fiets, die tegen de heup van de vrouw leunde, schuift langzaam onderuit en klapt tegen het asfalt.

De koningin steekt onwillekeurig beide armen uit.

'Is niet erg,' zegt de vrouw.

'We moeten gaan,' zegt Roëll, die ergens achter haar staat.

Er worden toch nog foto's gemaakt, ze ziet het niet, ze hoort het. Hinderlijk dichtbij. *Koningin maakt op eigen initiatief nog een ommetje.* Een tweede mogelijke kop voor in de krant, morgen. 'U hoort het,' zegt ze tegen de vrouw. 'We moeten gaan. Dag Hanne.'

'Dag, mevrouw,' zegt de vrouw. 'Dank u wel.'

'Waarvoor?'

'Dat u de moeite heeft...'

'Nee, hoor,' zegt ze. Als ze zich omdraait, staat niet

Roëll, maar Jezuolda Kwanten achter haar. Vlakbij. Ze voelt warme adem over haar gezicht strijken. Het is of de zuster de poriën en oneffenheden in de huid van haar model in zich op wil nemen. Om haar 'kop in brons' zo natuurgetrouw mogelijk te kunnen maken. De zuster van de Orde der Zusters van Liefde doet een stap opzij en loopt een pas achter haar naar de wagens.

Ze wuift nog een laatste keer in de richting van de poort van Het Polderhuis, waar de burgemeester en zijn vrouw keurig staan te wachten. Dan slaan alle autoportieren dicht. Nog voor de wagen rijdt, heeft Roëll er al weer allerlei papieren bij gepakt, waar ze wat ongeduldig mee rommelt. De koningin steekt een sigaretje op. De wagen slaat rechtsaf en rijdt uiterst langzaam naar de rand van het dorp. Als ze naar rechts kijkt, ziet ze een begraafplaats, die pal achter Het Polderhuis ligt. Iets wat haar zojuist opgevallen noch verteld is. Ze passeren een watertoren en een gemaal. Aan de uiterste rand van het dorp staat een molen, onder aan een dijk.

'Die geitjes,' zegt Roëll.

'Ja?'

'Zoiets doe je toch niet?'

'Waarom niet?'

'Met alle respect, maar geiten!'

'Ja?'

'Hoe komen die naar Soestdijk?'

'Dat heeft Van der Hoeven allemaal geregeld.'

'En die vrouw met dat kind.'

'Ze was te laat, dat kan iedereen gebeuren.'

'Je kunt zoiets ook laten lopen.'

'Ik wil zoiets niet laten lopen. Het is toch fijn ook, voor haar, voor dat kind. Ze zullen het nooit vergeten, deze mooie, zonnige dag in juni.' Ze trekt aan haar sigaret. 'Niet dat ik het daarom doe, natuurlijk.'

Roëll knijpt haar lippen samen en kijkt in haar papieren.

‘Probeer je toch eens te verplaatsen in de mensen. Wat maken die paar minuten voor verschil?’

Daar gaat Roëll niet op in. ‘Achttienzesenveertig,’ zegt ze. ‘De polder draagt de naam van de gemalin van koning Willem II.’

‘Dat hoef je mij niet voor te lezen. Hoe heet deze?’

‘Warners.’

‘Wat gaat er allemaal gebeuren?’

‘Een waterskidemonstratie. Des namiddags om half-drie, op het Oude Veer.’

‘O ja?’

‘Het vierde onderdeel is blootvoetskiën.’

De koningin drukt haar sigaret uit en trekt de rechterhandschoen weer aan. Ze staart naar buiten. Hier is het net weer iets anders dan in de vorige gemeente. Andere wegen, boerderijen, minder gras. Was dat waterskiën maar voorbij. Er zullen daar ook bejaarden zijn. Was Den Helder maar voorbij. Ze ziet uit naar de Piet Hein, ze is al maanden niet op het motorschip geweest. Het gepolitoerde perenhout, de groen gestoffeerde Rietveldfauteuils, de stapelbedden. Pappie, mogelijk, in het bovenste stapelbed. En anders een rustig gesprek, met de deurtjes van de drankkast open, met Van der Hoeven. Morgenochtend misschien zelf een stukje varen, of in elk geval schuin achter de schipper staan. Over twee maanden een paar dagen op het schip, voor de vlootschouw tijdens de Harlinger visserijdagen. ‘Blootvoetskiën,’ zegt ze. ‘Hoe verzinnen de mensen het.’

Stro

Ik geef nooit meer een feest. Nooit. Wanneer zou ik nog een feest kunnen geven? Je vijftigjarig huwelijk vieren met alleen zonen, nee. Nooit weer. Stro is veel minder hard dan je zou denken. Wanneer je op stro gaat zitten of liggen, moet je weten hoe het moet. Je moet schurken als een koe of een schaap, net zo lang schurken tot alle harde, stugge stukjes een plaats hebben gevonden. Ik weet precies hoe het moet; driekwart leven lang ervaring met stro. Het zijn niet zomaar een paar balen stro, het zijn honderden balen stro. Wat doet dat stro hier eigenlijk nog? Waar is het voor nodig?

Ze ligt op haar rug en staart naar de plek waar een paar dakpannen van hun plaats zijn gegleden. Een dochter, die zou het feest anders gemaakt hebben. Die zou niet alleen hebben zitten drinken en schransen. Die zou geen commentaar hebben gehad op de dierentuin waar het middagprogramma zich afspeelde. Ze zou een plakboek gemaakt hebben, met foto's en anekdotes, ze zou een lied geschreven hebben, 'op de wijs van', een lied dat rijmt en om te lachen is, en gezongen zou worden door veel meer kleinkinderen dan nu dat ene, dat ook nog eens pruilde en brutaal was. Een dochter zou bij haar neergehurkt zijn, naast haar stoel, en zacht gevraagd hebben of ze het naar haar zin had. Die rotjongens dronken maar en lachten veel te hard om niks en Zeeger deed gewoon mee, al dronk hij niet. Zeeger drinkt nooit.

Door het gat recht boven haar valt een stoffige straal zonlicht schuin de schuur binnen. Zo schuin dat ze weet dat het ergens achter in de middag moet zijn. Vrijdagmiddag.

Eerder op de dag, vlak voor ze de ladder beklom, had ze

de lamp aangedaan. Nu is het nog licht, maar vannacht wordt het donker. Dat is ze voor. Ze heeft de wrakke ladder achter zich omhooggetrokken, tegen het stro gezet, en daarna het klimmen en omhoogtrekken nog een keer uitgevoerd. Op een weerbarstiger baal stro naast haar liggen een waterfles, een pak bokkenpootjes, een fles advocaat en het defilézwaard dat normaal gesproken aan de onderste boekenplank hangt. Iets verderop ligt de wrakke ladder.

De lucht in de schuur hangt stil, hoewel de zijdeuren en de grote achterdeuren tegen elkaar openstaan. Er is geen zuchtje tocht. Ze gaat rechtop zitten en pakt de fles met water, anderhalve liter. Terwijl ze drinkt, kijkt ze naar de troep op de zolder van het melklokaal, schuin tegenover de strozolder. Wasmand, bollenkistjes, verroeste boiler, dakpannen, een oude jas (lichtblauw), zinken wasteilen, trapwagen, kist met jutezakken vol schapenwol. De drie ronde ramen met gietijzeren smeedwerk – één in de nok, twee een stuk lager, elk boven een deur aan de uiteinden van de lange gang die over de hele breedte van de schuur loopt – doen haar denken aan een kerk. Overal zijn dakpannen losgeraakt en ondanks de reservepannen die ze net gezien heeft niet vervangen. Op die plekken vallen strepen zonlicht binnen.

Onder haar hoort ze de stier schuiven en steunen. Dirk. Een overbodige homp vlees. Verder is het stil, zoals het alleen op een hete junidag stil kan zijn. De zwaluwen die in en uit vliegen, doen dat vrijwel geruisloos. Ze draait de dop weer op de fles, tilt hem op om te zien hoeveel water er nog in zit en legt hem naast zich neer. Als het stro is uitgeknisperd, hoort ze voetstappen. Heel snelle voetstappen. 'Dirk!' hoort ze roepen. Dieke. Het kind weet niet dat haar grootmoeder hier ligt. Even later, als de voetstappen al bijna de schuurdeuren bereikt hebben, roept het kind 'Oom Jan!' Dirk begint te snuiven. Dieke zegt nog iets, maar ze verstaat het niet. Kort daarop is het weer stil. Ze laat zich voorzichtig achteroverzakken en na kort heen en weer geschurkt te hebben, is het stro weer aardig beligbaar. Tenminste, voorzover iets, buiten een zacht matras, ooit nog 'aardig beligbaar' kan zijn als je boven de zeventig bent. Ze krabt zich uitgebreid en traag op de buik en wrijft vervolgens met beide handen over haar gezicht.

Wat doet die stier hier nog? Waarom verkoopt Klaas dat grote beest niet? Ze staart door het gat in het dak naar buiten. Een heel klein rechthoekje buiten. Precies genoeg om aan te kunnen, nu. Ik geef nooit meer een feest. Nooit. Wij kunnen dat niet, feestvieren. Wij zeggen altijd precies de verkeerde dingen. Die jongens liepen met gezichten als oorwurmen door de dierentuin. Een dochter zou foto's gemaakt hebben of dingen zeggen als: Kijk, een baviaan. Ik heb nooit eerder een baviaan gezien!

Ergens in de schuur kraakt iets. Een droog, dof kraken is het, groot ook. De balken van het vierkant? De planken van de hooizolder? De grote deuren?

Stof

Er zijn zes ramen in de woonkamer. Dieke kijkt door het raam met de barst. Ze ziet een grasveld dat van de voorgevel van de boerderij doorloopt tot aan de weg. In het midden van het gras staat een enorme rode beuk. De bladeren aan de boom bewegen niet, het gras staat doodstil in het ongemaaide gazon.

Die barst zit haar dwars, al heel lang. Ze is bang dat de ruit er zomaar uit kan vallen, misschien wel als zij er net doorheen staat te kijken. Dieke zucht en loopt de woonkamer uit, steekt de gang over en gaat de keuken binnen.

Haar moeder zit aan de keukentafel een sigaret te roken. 'Wat loop jij te zuchten,' zegt ze.

Dieke geeft geen antwoord. Ze gaat voor het raam staan en zwaait met twee armen naar haar grootvader, die ze aan de overkant van het erf, de brede sloot en de moestuin van haar grootmoeder achter zijn eigen keukenraam ziet staan. Als er lakens aan de waslijn hadden gehangen, of broeken en handdoeken, had ze haar grootvader niet kunnen zien. Hij zwaait niet terug. De zon komt bijna de keuken in. Haar grootvader loopt weg van achter zijn raam. Ze zucht nog maar eens diep.

'Waar is oom Jan?' vraagt ze.

'Is Jan er?'

'Ja,' zegt Dieke. 'Hij kwam net over de brug.'

'Ik weet het niet, Dieke. Ergens achter, denk ik.'

'Hoe laat is het?'

'Zes uur.'

'Gaan we zo eten?'

Haar moeder draait haar hoofd naar het fornuis, waar geen pannen op staan. 'Ja,' zegt ze. 'Ga hem maar zoeken.' Ze drukt haar sigaret uit in een overvolle bruine asbak.

Dieke glijdt op haar sokken over de laminaatvloer naar de deur. Op de kokosmat achter de deur staan haar gele laarzen. Ze trekt een laars aan en als ze bezig is de tweede aan te trekken, begint ze al te lopen, waardoor ze voorover valt. 'Geeft niet, doet geen zeer,' zegt ze tegen zichzelf als ze overeind komt. In de lange gang die het voorhuis scheidt van de schuur is het koeler dan binnen. De betonnen vloer is kurkdroog. Als de vloer vochtig is, gaat het regenen, dat weet ze. Het gaat niet regenen. Ze springt vanuit de gang het oude melklokaal in, over de twee betonnen treden heen. Na het melklokaal komt de schuur. Ze blijft even staan en kijkt omhoog. 'Doet geen zeer, doet geen zeer.' Het is heel groot en schemerig hier, zelfs nu alle schuurdeuren wijd open staan. De grootste deuren zijn aan de achterkant van de schuur, een stap of dertig verderop, grote stappen. Een enorme rechthoek van licht, zó licht dat ze, als ze weer de nok van de schuur in kijkt, de dikke balken van het vierkant niet langer kan zien.

Ze zet het op een rennen. Halverwege roept ze heel hard 'Dirk!'. De stier draait zijn grote lijf in de richting van het geluid, maar Dieke kijkt niet eens naar het beest. Ze rent verder. In het deurgat blijft ze staan. Voor haar ligt de slagschaduw van de boerderij, die bijna tot aan de schapenboet reikt. Een van de twee deuren hangt schuin in de hengsels. Aan de ene kant van de schapenboet ligt de oude mesthoop, aan de andere kant staat een wituitgeslagen betonnen silo. De mest die nog op de betonnen plaat ligt, is inktzwart en het wemelt er van hengelwormen. In de silo groeien vlierstruiken.

Ergens achter, zei haar moeder. Achter is heel groot. In de schapenboet? Voorbij de hopen kuilgras? Of zelfs in het land? 'Oom Jan!' blèrt ze. Achter haar, in de halfduistere buik van de schuur, begint de stier te snuiven. 'Jou roep ik toch niet,' zegt ze, zonder achterom te kijken. Ze doet een paar passen naar voren en roept nog een keer, nóg harder.

'Hier.'

'Waar is hier?!'

'Achter de schapenboet.'

Ze kan kiezen: tussen de schapenboet en de silo door, maar daar staan van die hoge prikplanten, of over het pad dat langs de brede sloot loopt, en dan nog een stukje naar rechts. Ze kiest voor het pad en schopt stof op met haar gele laarzen. 'Kijk uit voor de sloot,' zegt ze tegen zichzelf. 'Kijk uit voor de sloot, kijk uit voor de sloot.' Als ze de rug van haar oom ziet, kijkt ze achterom. De stofwolk die boven het pad hangt, daalt heel langzaam. Haar oom zit op een damhek. Als ze bij hem is, slaat ze haar handen om de bovenste plank heen. Voorzichtig zet ze een voet op de onderste, en pas als ze stevig staat de andere voet. Oom Jan zegt niets en hij kijkt ook niet naar haar. Hij is niet iemand die zomaar begint te praten. Ze staat nu met beide voeten op de tweede plank van onderen en haar bovenlijf begint naar voren te hellen. Dit wordt lastig. Ze moet zich in evenwicht zien te houden met haar handen aan de bovenste plank, maar als ze haar voeten op de derde plank zet, zal ze voorover vallen, met haar gezicht op de harde, gebarsten aarde aan de andere kant van het hek. Zo blijft ze even hangen, aarzelend tussen doorgaan, stoppen of toch maar naar beneden klimmen.

'Lukt het niet?'

'Nee,' zegt ze.

Haar oom springt op de grond, aan de andere kant van het hek, en pakt haar onder de oksels beet. Terwijl hij haar omhoog tilt, zwaait ze zelf haar gele laarzen over de bovenste plank heen en gaat zitten. Precies zoals oom Jan, die ook weer op het hek geklommen is, maar zijn benen zijn veel langer, zijn voeten staan op de tweede plank, de hare op de derde. Ze klampt zich vast om niet voorover of, erger nog, achterover te vallen. Ze zucht diep.

'Lukt het nog niet?'

'Nee,' zegt ze.

'Pak mijn arm maar beet.'

Dat doet ze en zo is het beter. Zolang ze oom Jan vasthoudt, zal ze niet vallen. Heen en weer schuiven doet ze niet, want het is een oud hek, een hek waar de koeien aan gekloven hebben.

Oom Jan kijkt in de verte. Gras, gelige stoppels op het land van buurman Brak, blauwe lucht. Er lopen geen koeien in het land en ook geen schapen. Er loopt helemaal niets in het land. Een stuk verderop staat een tweede hek en daar weer achter een derde. Tussen de hekken lopen twee kaarsrechte sporen. Op plekken waar koeien gescheten hebben en het gras iets langer is, beginnen al schaduwen te komen. De wieken van de grote windmolens voorbij het derde hek draaien niet. Dieke voelt de avondzon in haar nek schijnen.

'Wat doe je?' vraagt ze.

Het duurt te lang, haar oom geeft maar geen antwoord. Tijd voor een nieuwe vraag. 'Waarom zit je hier?'

'Daarom.'

'Daarom?'

'Gewoon, omdat ik het leuk vind.'

'O, zo,' zegt Dieke. 'Ben je met de trein?'

'Ja.'

'Uit Den Helder?'

'Ja.'

'Heeft oma je opgehaald?'

'Nee, opa.'

'Was het warm in de trein?'

'Heel warm.'

'Was-ie niet te laat?'

'Natuurlijk wel. De rails waren uitgezet, door de warmte.'

'O. Ik was vanmiddag in het zwembad.'

'Heb je je diploma al?'

'Ik ben vijf, hoor!'

'O, sorry.'

'Ik heb wel mijn bewijs.'

'Wat voor bewijs?'

'Nou, dat je door een hoepel onder water bent gegaan, met je hoofd helemaal onder.'

'Dat is goed.'

'Ja,' vindt Dieke zelf ook. 'Evelien durfde niet.'

'Wie is dat?'

'Mijn vriendinnetje.'

'O, die.'

Dieke hoort aan zijn stem dat hij geen idee heeft wie Evelien is. 'Oma durft ook niet met haar hoofd onder water.'

'Ja, dat is heel erg. Oma is drieënzeventig en nog steeds heeft ze geen diploma.'

'Jij hebt geen rijbewijs.'

'Daar heb je me te pakken, Dieke.'

Ze wacht even. 'Oma is stom.'

'Is dat zo? Waarom?'

'Daarom.'

Er komen geen koeien het land in, hun poten doen geen stof opstuiven op het nog steeds met schrikdraad afgezette pad. Het is stil, zelfs vogels vinden het te warm om te fluiten. Dan klinkt er een doffe klap, hout op beton misschien. Dieke schrikt, ze knijpt haar oom nog steviger in de arm.

'Wat kan dat zijn, Dieke?' vraagt oom Jan.

'Ik weet het niet,' piept ze.

Molm

Klaas zat in de oude koegang op een luie stoel die er door een kennis neergezet is omdat de oude koegang een droge en goedkope opslagplaats is voor meubels waar mensen even geen gebrek aan hebben. Hij keek naar de zwaluwen die af en aan vlogen en muggen in wijd opengesperde bekjes staken. Vanaf het stro kwamen geen geluiden. Uit de stierenbox wel. Dieke liep daar net nog langs. Ze is doodsbang in de schuur.

Hij zat er, is nu opgestaan. Als hij de schuifdeur, die openstaat, een stukje dicht wil trekken, helt die langzaam naar voren en klapt tegen het beton. Het hout versplintert nauwelijks, de planken vallen van molm en droogte simpelweg uit elkaar. Hij trekt een pakje shag uit zijn kontzak en terwijl hij staat te rollen duwt hij met een schoen tegen de resten van de deur.

Links van hem is het oude boenhok, er staan rollen schapengaas op de kurkdroge vloer. Huislook hangt als overkokende melk uit de dakgoot en onder de dakgoot staat de kruiwagen met het dode schaap, de vier poten stijf in de lucht. Hij weet niet meer hoe lang het geleden is dat hij het beest uit een sloot heeft getrokken, hij weet niet meer waarom hij niet meteen de destructor heeft gebeld, hij weet niet waarom hij het niet alsnog doet. Het schaap ligt er al zo lang dat het niet stinkt en toch blijft het een schaap.

Hij ziet zijn broer en zijn dochter naast elkaar op het damhek zitten. Jan heeft een natte rug, Dieke draagt haar gele laarzen. Langzaam loopt hij naar ze toe. Hij legt zijn onderarmen op de bovenste plank.

'Hé, papa,' zegt Dieke.

'Hé, Dieke.'

'Klaas,' zegt zijn broer.

'Jan.'

'Heb jij iets stukgemaakt, papa?' vraagt Dieke.

'Nee, Diek, het ging uit zichzelf stuk. Door het weer, of door ouderdom.' Klaas trekt stukken vermolmd hout uit de dampaal en ziet hem ineens in brand staan, jaren geleden, nadat hij en Jan er op 1 januari overgebleven rotjes in gepropt hadden. Rotje afsteken, kijken naar de ontploffing, weglopen, een halfuur later met andere dingen aan hun hoofd terugkomen en de dampaal rustigjes in brand zien staan. Als een reuzenlucifer. Nu pas steekt hij zijn sjekkie aan.

'Wil je eraf?' vraagt zijn broer aan Dieke.

'Ja, graag,' zegt ze.

Jan laat zich van het hek glijden en tilt Dieke omhoog. Hij zet haar naast Klaas op de grond.

'Oom Jan is heel sterk,' zegt ze.

'Wat kom je doen?' vraagt Klaas. Hij hoort het zichzelf zeggen. Hij zegt het vrijwel altijd, alsof zijn broer nooit eens zonder reden thuis kan komen. Maar hij bedoelt er verder niets mee.

'Schilderen.'

Klaas kijkt zijn broer aan. Schilderen, wat mag dat betekenen? Hij vraagt niet verder. 'Kom Dieke, we gaan eten.'

'Ga jij bij oma eten?' vraagt Dieke aan Jan.

'Vandaag ga ik bij opa eten.'

'Kan die koken dan?'

'Dat weet ik eigenlijk niet.'

'Waar is oma dan?'

Klaas kijkt zijn broer aan.

'Die is er even niet,' zegt Jan. 'Maar dat vind jij vast niet heel erg?'

'Nee. Ben je er morgen ook nog?'

'Ja, hoor. De hele dag.'

'Leuk! Ga je ook naar het zwembad?'

'Nee, ik ga niet zwemmen, ik ga werken.'

'Was jij vroeger vaak in het zwembad?'

'Ik was er niet weg te slaan.'

'Waarom ga je nu dan niet?'

'Ik ga iets anders doen.'

'Jammer.' Dieke draait zich om en rent weg.

Klaas draait zich ook om. 'Ik zie je nog wel.'

'O, vast,' zegt Jan.

Dieke schreeuwt weer 'Dirk!' als ze door de schuur rent. Het klinkt dof, het is of de ruimte in de schuur en het stof van bijna honderd jaar haar stem dempen. Alle stieren heten Dirk, al zo lang hij zich kan herinneren.

'Ik kom zo, Diek,' roept hij naar zijn dochter, die de deur van het oude melklokaal al heeft bereikt.

Ze antwoordt niet, jakkert verder op haar gele laarzen. Dirk heeft zijn vierkante kop door de ijzeren spijlen van de box gestoken.

'Klaas?' klinkt het van boven.

'Ja.'

'Heb je Jan al gesproken?'

'Ja.'

'Je moet tegen hem zeggen dat hij moet ophouden.'

'Waarmee?'

'Nee, gewoon ophouden. Niet doen. Ik zie hem nooit, hij zit daar maar op Texel. Ja, als er een feest te vieren is, dan komt hij, en dan loopt hij met een ontevreden muil rond in de dierentuin. Jullie zijn rotjongens.'

Klaas kijkt achter zich. Hij is hier toch alleen?

'Ben je daar nog?'

'Jawel.'

'Jullie spannen samen. Jij en je vader en Jan. En Johan ook.'

'Johan?'

'Ja, Johan.'

'Wanneer kom je eraf?'

'Dat maak ik zelf wel uit.'

'Heb je geen honger?'

'Nee.'

'Nou, ik ga eten.'

'Je doet maar wat je niet laten kunt.'

Klaas blijft staan, wachtend op meer. Hij wrijft Dirk tussen zijn ogen.

'Ik geef nooit meer een feest. Nooit!'

Daarna komt er niets meer. Hij gooit zijn sjekkie op de grond en trapt het zorgvuldig uit. Dan loopt hij door de zijdeuren het erf op. Er komt een jonge vrouw voorbij fietsen die hem groet. Hij steekt zijn hand op, al ziet hij in de gauwigheid niet wie ze is omdat hij naar haar benen kijkt. Does, de chocoladekleurige labrador van zijn ouders, zit aan de overkant van de sloot te wachten. Alsof iemand hem verboden heeft over de brug te komen. Zijn tong hangt uit zijn bek en zijn staart slaat loom op de tegels van het pad dat van de houten brug naar de zijdeur van het huis loopt. Hij ziet zijn vader nergens. Als hij naar de ramen van de keuken loopt, om te zien of het eten al klaar is, stoot hij zijn hoofd tegen de drinkbak die zijn vader ooit aan de muur heeft geschroefd om er elk voorjaar kleurig perkgoed in te zetten.

'Goddomme!'

Er groeit al jaren gras in.

Goud

Dieke sluipt de trap af. Ze weet dat het heel vroeg is, vandaar het sluipen. Het is plezierig om beneden te zijn. Niet dat ze bang is boven, maar buiten haar slaapkamer is wel heel veel ruimte, met een paar lege kamers en een hoog puntdak waarin aan een dwarsbalk een kaal peertje hangt dat te weinig licht geeft.

De deur van de slaapkamer van haar vader en moeder staat wijdopen. Erbinnen is het oranje, dat komt door de gordijnen. Ze kijkt naar haar slapende ouders, die licht liggen te dobberen op het enorme waterbed. Haar moeder bijna helemaal onder het dekbed, haar vader half bloot. Vroeger had ze haar moeder voor zich alleen, om deze tijd van de dag. Ze trekt aan de arm van haar moeder die niet bedekt is.

'Ik had je al gehoord, hoor,' zegt haar moeder. 'Je hoeft echt niet aan m'n arm te trekken.'

'Waar is oom Jan?' vraagt Dieke.

Haar moeder kijkt op de wekker. 'Het is zes uur, Diek. Die ligt in bed, wat dacht jij dan? Iedereen ligt om zes uur nog in bed. Behalve boeren.'

'Wanneer komt hij eruit dan?'

'Straks,' zucht haar moeder. 'Ga jij ook maar weer naar je bed.'

'Ik wil bij jou.' Zonder af te wachten of haar moeder het goedvindt, klimt ze naast haar. Het golft. Bijna een zwembad en dan op een houten vlot, net zo'n vlot als drijft in het tweede, dat deel van het bad waar zij mag komen, met opblaasarmbandjes.

'Wel een beetje stilliggen, ja,' zegt haar vader.

'Doe je benen eens.'

Haar moeder gaat op de zij liggen en trekt haar benen op. Dieke steekt haar voeten tussen de opgetrokken dijbenen. Zelfs nu het zomer is, en ze bijna aldoor warme voeten heeft, is dit lekker. Maar in de winter is het het lekkerst, en voelt het niet klam zoals nu. Ze ligt even kalmpjes op haar rug en staart naar het rode gordijn.

'Blijft hij vandaag nog?'

'Ja, Diek,' zegt haar moeder slaperig. 'Ik denk dat hij de hele dag blijft.'

'Waarom gaat hij dan niet naar het zwembad?'

'Omdat hij iets anders te doen heeft,' zegt haar vader.

'Ik vind het raar. Als het zo warm is, dan ga je toch naar het zwembad?'

'Slapen, Diek,' zegt haar vader. 'Nu.'

Dieke doet haar ogen dicht en vouwt haar handen samen op haar buik. Slapen, denkt ze, nu. En ze valt in slaap.

Drie uur later staat ze op de brede vensterbank in de keuken, haar moeder is in de kelder. Zelfs de bruine plavuizen onder haar voeten zijn warm. Ze heeft nog geen kleren aan, buiten haar onderbroek en een hemdje. Er staat één plant. Het is een soort cactus, dat weet ze, maar dan een cactus zonder stekels. Ze wacht tot haar grootvader in beeld komt. 'Waar is oma, waar is oma,' humt ze. 'Blijf maar weg, blijf maar weg.' Ze houdt zich in evenwicht door haar voorhoofd tegen de ruit te drukken, wrijft even over de rechter bovenarm. Die is een beetje beurs. Het gras in de verroeste drinkbak beweegt niet.

Dan ziet ze haar grootvader, hij rommelt ergens mee, op het kastje dat onder zijn keukenramen staat. Misschien gaat hij koffiezetten. Voor oom Jan. Ze begint te zwaaien, met twee armen tegelijk, steeds wilder. Ze krijgt pas door dat haar moeder uit de kelder is gekomen als ze achterover van de vensterbank valt, en niet op de grond terechtkomt. Ze voelt handen onder haar oksels en schopt met haar rechtervoet de cactus zonder stekels omver.

'Ongelofelijk!' zegt haar moeder. 'Waarom sta jij toch altijd voor het raam?'

'Au!' krijst ze.

'Wat is er?'

'Mijn voet!'

'Kijk nou, die smerige vegen.'

De cactus is wel op de grond gevallen, en Dieke kijkt niet naar smerige vegen op de ruit. Tussen de wortels zit iets, iets wat ooit geglommen heeft. Ze knielt neer tussen de aarde en potscherven en steekt een vinger uit naar het ding.

'En nu nog smerige knieën ook!'

Ze luistert niet naar haar moeder, die zuchtend aan de keukentafel is gaan zitten en een sigaret opsteekt. Het lijkt wel een ring. Ze wrijft er nog wat meer vochtige aarde af en trekt er voorzichtig aan. Er knakken wortels.

'Welja, maak het allemaal maar kapot. Die lidcactus stond hier al toen je vader nog een kind was.'

Dieke luistert nog steeds nauwelijks. Ze spuugt op de ring en wrijft hem daarna schoon aan haar hagelwitte hemdje. Een gouden ring, maar niet voor om een vinger.

'Drie jaar geleden nog keurig verpot. Alsof ik niets anders te doen heb. Ouwe troep. Móet je dat ding nou aan je hemd schoonvegen?' Haar moeder staat op en trekt haar, de sigaret scheef tussen de lippen, het hemd ruw over het hoofd. 'In de was dan maar weer.'

'Au,' zegt ze zacht, maar voelt nauwelijks iets. Een gouden ring. Maar niet voor om een vinger. Lidcactus, denkt ze dan. Zo'n plant heet een lidcactus.

Zeeschuim

Zaterdag, het is vandaag zaterdag. Hij zit op de rand van het bed, benen naast elkaar, handen op de knieën. Hij fluit zacht. Het is tien voor zes. Hij kijkt naar zijn handen.

Om vijf over zes trekt hij het beddengoed recht. De zon is al op, de grote bomen in de voortuin staan er grauw en beangstigend roerloos bij. Zeeger Kaan schudt het hoofdkussen los en legt het op de dekbedovertrek. Een raam heeft de hele nacht wijdopen gestaan, maar om nou te zeggen dat het koel geworden is in de slaapkamer, nee. Het was een korte nacht. Onder het raam beginnen de hortensia's te bloeien. Hij loopt naar de wc en plast zittend. Als hij klaar is, trekt hij niet door, maar gooit een paar velletjes wc-papier in de pot en sluit de deur zo zacht mogelijk. De geërfde staande klok in de hal tikt hol en hard. In gedachten ziet hij de tegelvloer bedekt met walnoten. Er zijn mensen die verse walnoten eten, hier worden alleen walnoten gegeten die eerst dagenlang hebben liggen drogen. Nog een maand of vier en het is weer zover. Nee, eerder vijf.

Hij gaat niet terug naar de slaapkamer om zich aan te kleden. De voordeur moet open. Hij draait de sleutel om en schuift de knip van de bovendeur open. Buiten staat de lucht even stil als binnen. Daarna gaat hij de trap op.

Jan ligt op zijn rug, benen wijd, één arm over zijn buik. De gordijnen zijn open, het raam is potdicht, het dekbed is op de grond gegleden. Zweet glimt op zijn neus, een mug zit, rood en dik, op zijn voorhoofd. Op een stoel staat zijn tas, over de rugleuning hangen de kleren. Lang blijft Zeeger Kaan in de deuropening staan, kijkt naar zijn zoon, naar de bruin geblokte gordijnen, naar de frutsels die op een laag tafeltje staan, naar het bed waarin Jan ligt, naar de mug die na een tijdje traag opvliegt en tegen de schuine witte wand gaat zitten.

Om kwart voor zeven haalt hij de krant uit de brievenbus. De klep is niet eens bedauwd. Hij loopt, met de krant in de hand, nog steeds in onderbroek en hemd, de weg op. Leeg. De chocoladekleurige labrador kijkt vanaf het pad toe. 'Eten?' vraagt Zeeger Kaan. De hond blaft.

Hij gooit twee kroezen brokken in de bak van de hond en gaat met de krant in de woonkamer zitten. Als hij het katern *Stad & Streek* gelezen heeft, legt hij de krant op het tafeltje en ziet hij de lege plek onder de boekenplanken. 'Hoe verzint ze het,' mompelt hij. Hij gaat naar de slaapkamer om zich aan te kleden. Hij wil naar buiten, de achtertuin in, maar een mand vol bonte was houdt hem nog even in de bijkeuken. Hij vult de wasmachine, zet de temperatuurschakelaar op zestig graden en drukt de knop in. Als de was een minuut of wat gedraaid heeft, gaat hij door de zijdeur naar buiten.

Voor en naast het huis ligt gras en staan bomen, achter het huis zijn de vaste planten en, dieper de tuin in, nog veel meer bomen. Anna zeurt al jaren over de kastanjes in de voortuin, ze wil dat hij ze omzaagt, want het is in de zomer 'donker en somber' in huis. Water stroomt over een met algen begroeide granieten bol en verdwijnt tussen keien in de grond. 'Rotslakken,' zegt hij als hij langs de hosta's komt. Onder de walnoot blijft hij staan.

De hond loopt nog een stukje verder en gaat aan de rand van de sloot zitten. Zelfs daar heerst schaduw, door de rij knotwilgen. Samen kijken ze naar de boerderij. Als twee kauwen op de nok neerstrijken, schuift een dakpan met veel kabaal naar beneden. De goot stuit de val, de dakpan belandt met een boog op het grind. Als ze al niet wakker was, is ze dat nu. Aan zijn voeten ligt nog geen enkele noot.

Om tien voor negen vult hij het koffiezetapparaat met water en het filter met vijf scheppen koffie. Hij zet de glazen pot met gemalen koffie terug in het buffetkastje, maar dan bedenkt hij zich. Jan houdt van sterk. Als hij even opkijkt , ziet hij zijn kleindochter in de vensterbank staan. Ze zwaait enthousiast met beide armen. Zijn schoondochter verschijnt, er schuift een plant uit beeld, en dan is ook Dieke weer weg. Hij heeft niet eens de tijd gehad terug te zwaaien.

Een paar minuten later komt Jan naar beneden, op blote voeten.

'Goeiemorgen,' zegt hij.

'Ja,' zegt zijn zoon.

'Koffie?'

'Ja.'

Does kruipt onmiddellijk onder de keukentafel, waar hij op de voeten van Jan gaat liggen.

'Goed geslapen?'

'Gaat wel.' Zijn zoon wrijft over zijn voorhoofd en slaat het *Stad & Streek*-katern van de krant open. Vraagt niet aan hem of hij goed geslapen heeft. Alleen. Sommige dingen zijn blijkbaar tamelijk normaal, zelfs als ze met wisselende tussenpozen gebeuren.

'Eten,' zegt hij.

'Is er beschuit?'

Hij pakt de beschuitbus uit een keukenkastje en zet

hem op tafel. Hij laat één suikerklontje in Jans koffie vallen en begint te eten. Zijn zoon eet ook, maar zegt niets, hij leest de dingen die Zeeger eerder op de ochtend al gelezen heeft. E*erste paal geslagen van een modern schoolgebouw, blauwalg in een natuurbad, fietser aangereden in Den Helder, streekgenoot in de finale van een internationale zwemwedstrijd*. 'Ik heb zeeschuim,' zegt hij.

'Waarvoor?'

'Om de boel mee schoon te maken.'

'Hoe moet dat dan? Does, ga eens weg daar.'

De hond komt zuchtend aan Jans kant onder de tafel vandaan en loopt er aan de andere kant weer onder. Daar laat hij zich op de blote voeten van Zeeger Kaan zakken.

'Natmaken, schuieren en afspoelen.'

'Laat eens zien?'

'Hier.' Hij trekt zijn voeten onder de hond vandaan en loopt naar de bijkeuken, waar hij de groene emmer pakt met daarin vijf stukken zeeschuim. Jan komt achter hem aan en haalt er een uit. Hij bekijkt het, strijkt met een vinger langs de gladde, glimmende kant en drukt met z'n duim een gat in de zachte kant. Precies wat hijzelf deed toen de man van het natuursteenbedrijf in Schagen hem het spul gratis en voor niks overhandigde.

'Verf in de garage?' vraagt Jan.

'Ja. Ik loop wel even mee.'

'Hoeft niet, ik vind het wel.' Jan neemt de emmer van hem over en verdwijnt door de zijdeur. De hond scharrelt achter hem aan.

En nu? Wat moet hij nu doen? Wachten tot Jan weg is. Hij kijkt naar de ontbijttafel, naar de lege borden vol beschuitkruimels, een halfvolle kop koffie, naar de jonge kaas die ligt te zweten. Dan begint hij de boel op te ruimen.

Een paar minuten later komt Jan terug. Hij verdwijnt in de badkamer, komt daar weer uit, zonder T-shirt, en gaat de trap op. Komt weer beneden in een korte broek en afgetrapte sportschoenen aan zijn voeten, en haalt zijn T-shirt op in de badkamer. Hij ruikt naar zonnebrandcrème.

'Ga je?' vraagt Zeeger Kaan.

'Bijna.'

'Alles gevonden?'

'Jawel. Je hebt een lekke band.'

'Wat?'

'Je achterband is lek. Van je fiets.'

Daar weet ik niks van, denkt hij. Hij kijkt zijn zoon na, die niet naar de garage loopt, maar de brug oversteekt, het T-shirt losjes in zijn hand. Aha, denkt hij. Dan haalt hij de wasmachine leeg en hangt de broeken, handdoeken en overhemden keurig aan de lijn, terwijl hij in gedachten in de garage is, en probeert te achterhalen waar de bandenplakspullen liggen.

Stro

Storm! Nee, geen storm. Maar waarom dan die dakpan? Ze heeft geslapen, heel diep, maar toch ook onrustig, en de dakpan die langs het dak omlaag schoof, haalde haar uit een slaap of halfslaap, misschien gewoon een herinnering waarin tientallen geglazuurde dakpannen kapot op het erf lagen.

Een eeuwigheid geleden lag de grootmoeder van Zeeger dood in haar slaapkamer, op de ochtend na een novemberstorm. De kachel was koud, het olielampje uit. De vader van Zeeger was op het erf bezig die kapotte dakpannen op te ruimen en zij stond naast haar kersverse man, met haar blote arm tegen zijn blote arm. De nacht was opgedeeld geweest in aanzwellende wind, geraas op het dak, afzwakkende wind. Er was een dikke tak uit de rode beuk in de voortuin gebroken, de kale twijgen krasten tegen een raam aan de voorkant van het huis. 'Er moet een nieuwe ruit in,' had haar schoonmoeder tegen haar schoonvader gezegd toen die klaar was met de dakpannen. 'Dit is gevaarlijk.' Haar schoonvader had de deur van het kabinetje opengetrokken. 'Eerst opruimen,' zei hij, om vervolgens een gouden medaille van een plank te pakken en die zorgvuldig tegen zijn borst op te wrijven. Ze had Zeeger aangekeken, ze wilde dat hij haar aankeek, in haar hand kneep, maar hij stond als aan de grond genageld naar het gezicht van zijn grootmoeder te kijken. Een Fries staartklokje tikte, heel doordringend.

Ze weet niet waar ze is, en even later wíl ze niet weten waar ze is. Haar oren gespitst. Is ze nou echt wakker geworden van een dakpan? Ze kijkt de nok in, probeert te ontdekken of er meer gaten zijn dan gistermiddag. Onder haar geschuif en gesnuif in de stierenbox. Er hangt goor licht in de schuur, alsof het niet echt lekker dag wil worden. Moeizaam komt ze half overeind, ze wrijft met een hand over haar pijnlijke nek en herinnert zich het doffe kraken van eerder. Is ze het zelf? Kraken haar botten? Het defilézwaard ligt op precies dezelfde plek als eerder, de gladde lederen schede is warm en olieachtig, voelt heel anders aan dan haar eigen droge nek. Ze scheurt het pak bokkenpootjes open en eet één vakje helemaal leeg. Daarna schroeft ze de dop van de waterfles en drinkt een paar muffe slokken. Ze gaat weer liggen, nu op haar rechterzij. Ze wil nog wat slapen.

Die kop van Zeeger, een halve eeuw geleden. Wat wilde ze graag dat hij naar haar keek, ze huiverde in die slaapkamer met sanseveria's en clivia's op de vensterbank, het Friese staartklokje dat helder tikte, het raam met de barst, dat uiteindelijk nooit vervangen zou worden, haar schoonmoeder die in en uit liep. Maar nee, hij keek strak naar zijn dode grootmoeder. Zijn plek op de boerderij was één generatie dichterbij gekomen.

Er loopt iemand op het erf. Jan, denkt ze, want Zeeger en Klaas lopen heel anders. Al was het alleen maar omdat die twee meestal klompen dragen. Komt hij de schuur in? Ze schraapt zachtjes haar keel. Niet dat ze van plan is ook maar iets te zeggen, maar toch. De voetstappen verwijderen zich. Ze luistert zó ingespannen dat ze zelfs Does kan horen sjokken. Ze slikt. Het is stil. Jan loopt altijd een rondje als hij thuis is. In gedachten ziet ze hem gaan, langs het dode schaap, iets verderop het half ingezakte konijnenhok, met nog stro en keiharde konijnenkeutels, de betonplaten met scheuren, een stapel halfvergane dampalen, langs de muur van de ligboxenstal, dan er naar binnen, er staat nog een brok uitgedroogd kuilvoer in de voedergang, misschien trekt hij zelfs de deur van de wc open en verbaast hij zich over de pot, die verbazingwekkend schoon is, daarna via de voedergang naar de achterkant van de stal, weer naar buiten, langs de oude mesthoop, achter de schapenboet langs, nu linksaf over het gortdroge pad langs de sloot, met links de silo en aan de overkant van de sloot de pruimenboompjes van Kees Brak, en dan een schuine oversteek naar de grote dorsdeuren...

Hij komt de schuur in. Ze hoort hem lopen tot bij de stierenbox. Niets zeggen, stil blijven liggen. Rotjongen. Wil hij wel iets zeggen? De stier snuift, ze hoort zijn horens tegen de ijzeren spijlen van de box tikken.

'Ik ga op jouw fiets!' roept hij dan plompverloren.

Niets zeggen, stil blijven liggen, laat het hem maar even voelen.

Het blijft lang stil beneden. Dan loopt hij naar de zijdeuren. Ze wil niets zeggen, echt niet, maar als ze zeker weet dat hij buiten is, roept ze 'Niet aan de kilometerteller zitten!'. Ze slaat een hand voor haar mond. Haar andere hand legt ze op haar buik. Even later hoort ze iets in het water vallen, vochtig gespartel, Jan die iets zegt wat ze niet kan verstaan. Daarna is er alleen weer het voortdurende in- en uitvliegen van de zwaluwen en het gesnuif van het overbodige stuk vlees. Wanneer begin ik aan de advocaat? vraagt ze zich af.

Kerstbomen

Zeeger Kaan kijkt vanaf het bankje naast de zijdeur toe hoe zijn zoon Does optilt en voorzichtig afdaalt naar de sloot. 'Zwemmen!' roept Jan, en laat de hond vallen. Zijn lichaam is vanaf borsthoogte te zien, en nu zakt het nog iets verder. 'Nee, niet meteen eruit komen. Zwemmen moet je, en dan in de schaduw gaan liggen.' Jan draait zich om en komt uit de slootkant omhoog. 'Stomme hond,' hoort Zeeger hem zeggen. Als hij naar de zijdeur komt lopen, kruipt Does met zijn kop omlaag en de staart tussen de achterpoten uit de sloot. De hond blijft staan, schudt zich niet uit. Hij kijkt de man die hem in het water gesmeten heeft na, met half dichtgeknepen ogen.

'Ik ga,' zegt Jan. Hij verdwijnt in de bijkeuken en komt vrijwel onmiddellijk weer naar buiten met de groene emmer.

'Mooi,' zegt Zeeger Kaan. 'Ik kom straks wel even kijken.'

Zijn zoon kijkt hem aan. 'Ze heeft iets gezegd.'

Hij knikt.

'Ik mocht niet aan de kilometerteller zitten.'

'Ha. Waar ze zich niet allemaal druk om maakt.'

Jan gaat de hoek van het huis om, de achtertuin in. Zeeger Kaan wacht even. Hij haalt een hand over zijn voorhoofd en kijkt naar de was die, als het even waaien wil, misschien over een uurtje al droog zal zijn. Does komt naar hem toe en schudt zich nu pas uit. 'Hè, lekker,' zegt hij. De hond piept en gaat tegen de poot van de tuintafel liggen.

Hij loopt over het gras, tussen de kastanjebomen door, naar de weg en kijkt in de richting van het dorp. Jan fietst langzaam, de emmer zwaait heen en weer aan zijn stuur, tegen zijn knieën aan. Dan remt hij, stapt af, zet de emmer op de bagagedrager en klemt die onder de snelbinders vast. Hij kijkt even om zich heen en omhoog en vervolgt dan zijn weg. Zeeger Kaan blijft kijken tot hij een vlek geworden is en links afslaat, het dorp in. Naar het noorden toe is de weg leeg, en als hij de andere kant uit kijkt, blijkt de weg naar het zuiden toe ook leeg te zijn. Hoewel het nog vroeg is, zindert het land, breken de stammen van de jonge iepen langs de weg uiteen in de stroken lucht. Hij kan de boompjes niet goed zien en toch schudt hij misprijzend z'n hoofd. Resistent zouden ze zijn, deze soort. Net als de vorige soort. Recht vooruit is een bos. Van een of andere kerel uit de stad die, toen Klaas hem voor het eerst sprak, dingen zei als: 'Nee, weet je, gewoon een beetje die strakke boel hier doorbreken, snap je wel,' en daar later aan toevoegde: 'Lekker hoor, met je poten in de grond, en maar planten, allemaal gratis zuurstof.' Of: 'Zo laat ik een beetje frisse lucht door deze vervuilde wereld waaien, begrijp je?' Een bos, midden in de polder. Hopelijk zonder iepen, die sneuvelen allemaal. Achter het bos, pal naar het westen, is het heiig; een brede strook gore lucht rukt op.

In de garage wordt hij begroet door een stem uit de radio. Dag en nacht komt er geluid uit, Zeeger Kaan laat hem aan omdat hij denkt dat muziek en stemmen dieven afschrikken. Zijn vrouw zet hem zo nu en dan uit, ze vindt het 'eenzaam', zo'n nutteloos en voor niemand in het bijzonder spelende radio. In de winter, als er een matige oostenwind waait, hoort hij als hij 's nachts wakker wordt heel zacht muziek door het op een kier staande raam komen. Hij vindt het niet 'eenzaam', de radio. Hij onderzoekt wat er ontbreekt op de werkbank. Jan heeft de witte verf meegenomen, een paar vellen schuurpapier en een penseel. Mogelijk ook een lap, met ammoniak, er hangt een heel vage scherpe geur en de rode fles staat op een andere plek. Hij kijkt even om de hoek van de deur, daar zit een buitenkraan. De klinkers onder de kraan zijn nat, Jan zal een lap vochtig gemaakt hebben. Does ligt voor de openstaande deur, vol in de zon. 'Ga nou toch in de schaduw liggen, beest,' zegt hij. De hond slaat met zijn staart op de gele boerenklinkertjes, maar staat niet op.

Radio Noord-Holland goes classic zegt een vrouwenstem uit de radio, waarna inderdaad vioolmuziek volgt. Hij pakt zijn werk van gisteren op. Een kerstboompje dat bestaat uit zeventien houten balkjes: één lange verticale, vier als basis en twaalf als takken, elke kring van vier steeds iets korter dan die eronder. De lijm is droog, nu kan hij de aluminium kaarsenstandaardjes er voorzichtig op gaan bevestigen. In een hoek van de garage staat een hele verzameling kerstboompjes, sommige zijn onbehandeld, sommige zijn groen geschilderd. Het zijn er minstens vijftig. Het aanbrengen van de kaarsenstandaardjes is een precies klusje, het materiaal is kwetsbaar en hij wil ze allemaal op dezelfde plek hebben. Een kwartier later tikt hij de laatste vast en zet het kerstboompje bij de rest van de verzameling. Over een week is er weer een kofferbakmarkt in Sint Maartenszee. Daar zullen Duitsers zijn, en Duitsers kopen altijd kerstbomen, zelfs als de mussen dood van het dak rollen. Dan schiet hem de lekke band te binnen. Hij pakt het rode doosje met de bandenplakspullen van een plank en fluit mee met de violen.

Hortensia's

De bakker met het schrale gezicht staat in zijn keurige voortuintje. Een grindpad loopt van de weg naar de voordeur en aan weerszijden ervan is een vierkant van buxushagen geplant. Binnen de twee hagen staan hortensia's, die hij met behulp van oud koper en een of ander spul dat hij in een tuincentrum heeft gekocht blauw weet te houden. Ze beginnen voorzichtig te bloeien, maar de bladeren hangen slap naar beneden, er mogen wel een paar gieters water de grond in.

'Wat sta jij daar te koekeloeren?' Een dorpsgenoot met een hondje.

'En jij dan?'

'Ik laat tenminste de hond uit.'

'Die heb ik niet.'

'Dat weet ik. Waarom neem je er niet een?'

'Tja.'

'Dan heb je altijd een reden om naar buiten te gaan.'

'Mag ik niet zomaar in mijn voortuin staan?'

'Welja, waarom niet. Binnen is het helemaal niet uit te houden.'

De mannen zijn even stil. 'Nog op vakantie?' vraagt de bakker dan.

'Al geweest, weekje Burgh-Haamstede. Mooi hoor, Zeeland. Jij?'

'Misschien ga ik nog.'

'Daghoor.'

'Ja.'

Aan de overkant staan hoge hekken rondom snackbar De Eetcorner, al maanden. De ramen zijn dichtgespijkerd. Er moeten, aan het grote bord dat op het terras staat te oordelen, twee nieuwe woningen komen. De bakker zucht en gaat zijn huis binnen. Uit de radio, die in de keuken staat, komt klassieke muziek. Dat is vreemd, Radio Noord-

Holland zendt nooit vioolmuziek uit op dit tijdstip. Hoewel er niemand in huis is om van zender te wisselen, controleert hij toch of de radio inderdaad op Radio Noord-Holland staat. Dan loopt hij door de gang naar de woonkamer, waar hij voor het grote achterraam gaat staan. Een kilometer of drie verderop is een parallelweg, van hieruit te herkennen aan de jonge iepen die erlangs staan, en tussen de achtertuin en die weg – de Kruisweg – niets dan dofgroen gras, waarboven een soort woestijnlucht hangt, zo stelt hij zich voor. Achter de kamerplanten op de vensterbank heeft hij kranten gezet. Hij weet niet precies wat voor doel dat heeft, maar zijn vrouw deed het altijd, en daarom doet hij het nu ook.

Zijn dochter woont in Limburg. Zuid-Limburg. Hij is begonnen mee te hummen met de violen. Een hond. Waarom eigenlijk niet? Niet een grote hond, maar zo'n middenslag, zo'n beest met een Duitse naam. Schnauzer, dat is het. Of is dat een hond die om de paar maanden naar een trimsalon moet? Ineens heeft hij genoeg van het uitzicht. Hij gaat de gang in en opent de deur naar de winkel. Hier is het donkerder dan waar ook in huis, hier hangt vergeelde vitrage voor het enorme winkelraam. Er is niets veranderd in de ruimte. De toonbank is er nog, de broodschappen zijn er nog, de kast waarin ooit de ontbijtkoeken, de beschuit en het roggebrood lagen, staat nog op zijn plaats. Alleen is alles leeg. Hij knipt de lampen die boven de toonbank hangen een paar keer aan en uit. *Blom Broodzaken* leest hij in spiegelschrift door de vitrage heen. 'Blom Broodzaken?!' Hij hoort het zijn vrouw nog zeggen, veel te lang geleden. 'Wat is er mis met Blom Brood & Banket?' Hij had iets gemompeld over de jaren zeventig die voor de deur stonden. Over een nieuwe tijd, een andere tijd, over een mooie belettering op de VW-bus. 'Rare kerel,' had ze gezegd, maar niet echt venijnig.

Een glimmend lichtgrijze Volkwagenbus, type 2TA, bouwjaar 1968. Achterklep en zijdeur, zat aan het begin van de ronde propvol brood en banket, koek en witte kadetjes, en toch kon hij overal makkelijk bij. Het strakke VW-logo prominent voorop, mooi precies tussen de koplampen in; de wieldoppen en de portiergrepen verchroomd; de stoelen en binnenzijde van de voorportieren bekleed met rood leer. De dealer in Den Helder vertelde hem niet zonder trots dat het chassis aan de voorzijde gevorkte stalen balken had en dat bij 'een eventuele botsing' de stuurkolom naar voren klapte, zodat hij niet bekneld zou raken. Vooral de zaterdagen in het buitengebied waren in het begin geweldig. In het begin. Vers leer en vers brood, alsof die twee geuren onlosmakelijk bij elkaar hoorden, bijna voor elkaar gemáákt waren.

Hij knipt de lampen nog één keer aan en uit en loopt dan resoluut naar de keuken, waar hij uit het gootsteenkastje de grote gieter pakt.

Terwijl hij bezig is de derde gieter te legen tussen de hortensia's ziet hij vanuit een ooghoek een fietser aankomen, aan de overkant van de vaart die het lintdorp in twee helften snijdt. Hij komt moeizaam overeind, de gieters waren zwaar en zijn rug is oud. Een man met een groene emmer op de bagagedrager, in een korte broek en een T-shirt. Kort rood haar. Iets boven de veertig. 'Hm,' doet de bakker met het schrale gezicht. Hij zet de halfvolle gieter op het grind. Hij blijft naar de man met het rode haar kijken, tot deze afslaat en het erf van het voormalige polderhuis opfietst, waar hij traag het rozenperk aan de linkerkant rondt, om uiteindelijk aan de zijkant van het gebouw te verdwijnen. De bakker steekt een hand in de gieter en schept er wat water uit. Hij buigt iets voorover en wrijft zijn gezicht in met het al niet meer zo koele water.

'Kijk! Nou doe je tenminste wat.' De dorpsbewoner met het hondje is op de terugweg.

'Wat is dat eigenlijk voor een hond?'

'Dit? Een jack russelltje. Ruwharig. Heb ik je op een idee gebracht?'

'Ach.'

'Tjonge man, wat zweet je. Ik zou maar even gaan zitten als ik jou was.'

'Ja, dat ga ik zo doen.'

'We krijgen regen. Eindelijk.'

'Zou het?'

'Ja, dat zou. Doe die gieter toch weg. Straks valt het water met bakken gratis en voor niks uit de lucht.' De dorpsbewoner loopt zonder te groeten verder.

Niet zo'n hondje, dat is te klein, denkt de bakker met het schrale gezicht. Hij giet het overgebleven water zonder het in de gaten te hebben uit op het grindpad, loopt door de openstaande voordeur naar binnen, zet de gieter op het aanrecht en gaat zitten, met beide handen keurig voor zich op het tafelblad.

De oude koningin. Die was daar, vóór Het Polderhuis, lang geleden, toen de grijze VW-bus nog glom. Ze kreeg twee dwerggeitjes cadeau, van de gemeente, meent hij zich te herinneren. Waar zijn die geitjes gebleven? Heeft de chauffeur ze in de achterbak van die grote, zwarte slee gestopt? Hebben ze jarenlang gras staan vreten in de achtertuin van Paleis Soestdijk? Ik heb daar foto's van, van dat bezoek, denkt hij. Heel veel foto's. Ze was natuurlijk ook in Het Polderhuis. Ik heb de tafel gezien, denkt hij. Wit kleed, borden en glazen, vaasjes met pronkerwten. Ik heb daar 's morgens vroeg kraakvers gebakken brood geleverd. Gewoon brood, niets speciaals, had de gemeentesecretaris gezegd. Bruin, wit, kadetjes, rozijnenbrood. Pas nadat ze vertrokken was, ben ik mijn buitenronde gaan doen. Ja, foto's zijn er. Straks, nu even zitten.

Hij kijkt naar de kalender, die tussen de twee smalle ramen hangt. Zaterdag. De laatste zwarte letters voor de rode. Er staat iets geschreven, wat hij van deze afstand niet lezen kan. Hij weet het zo ook wel. *Eten bij Dinie*. Hij veegt denkbeeldige kruimels van het tafelblad.

Koffie

'Kijk papa, een gouden ring!'

'Mooi,' zegt Klaas. 'Waar heb je die vandaan?'

'Uit een plant.'

'Een plant?'

'Ja, die is nu stuk. Daar lag-ie.' Dieke wijst naar de vloer.

Hij kijkt van de vloer naar de vensterbank, waar een van de lidcactussen in een plastic bak staat, scheef. Dan bekijkt hij de grote ring aandachtig. Die doet hem ergens aan denken, iets van vroeger. 'Stop je hem in je zak?'

'Natuurlijk.'

'Mag ik eens in die zak kijken?'

'Natuurlijk niet.'

'Waarom niet?'

'Het is mijn zak.'

'Daar is geen speld tussen te krijgen.'

'Mag ik hem nu weer terug?'

Hij geeft zijn dochter de ring en ritselt met de krant. Als de krant uit is, gaat die naar de overkant, en de krant van de overkant komt hierheen. De ontbijtspullen staan nog op tafel, maar de koffie loopt al door. Het is bijna tien uur. Nog een hele ochtend, denkt hij, en daarna een nog veel langere middag.

'Toch heb ik liever dat je die zak niet zo diep onder je bed verstopt,' zegt zijn vrouw.

'Wat dan?' vraagt Dieke.

'Daar ligt stof.'

'Geeft niet.'

'Ja, dat geeft wel.'

'Maar anders gaan mensen erin kijken.'

'Welnee. Je vader en ik kijken er heus niet in, als jij zegt dat dat niet mag.'

'Ik wil niet naar het zwembad.'

'Wat?'

'Ik wil naar oom Jan.'

'Waar is die dan?'

'In het dorp, hij ging net weg, op de fiets van oma.'

'Heb je niet afgesproken met Evelien dan?'

'Maakt niks uit. Er hing wat aan zijn stuur.'

'Maakt wel uit.'

'Ik vind het niet leuk in het zwembad!'

'Gisteren,' zegt Klaas, 'had je het nergens anders over tegen Jan.'

'Ja, gisteren! Nu is het vandaag.'

'Waar in het dorp is Jan dan?' vraagt zijn vrouw.

Ik heb hem niets gevraagd, denkt Klaas. Ik weet eigenlijk van niets. 'Waarschijnlijk zit hij op het kerkhof.'

'Begraafplaats.'

'Huh?'

'Het is een begraafplaats, de kerk staat heel ergens anders.'

'Ja! Dáár wil ik heen!' krijst Dieke.

'Lijkt je dat leuk?'

'Natuurlijk! Hij zei dat hij ging werken, dan kan ik hem toch helpen?'

'En dan na tien minuten zeker weer naar huis willen? Om Evelien zeuren? Toch maar liever naar het zwembad gaan?'

'Nee!'

'Koffie?'

'Lekker,' zegt Klaas.

Zijn vrouw schenkt koffie in. Grote mokken vol. Uit een kastje haalt ze een pak koek, dat ze met een wijsvinger openscheurt. De mokken en het pak koek komen op tafel, tussen de theekoppen, de jam en de hagelslag. Klaas neemt zelf koffiemelk en suiker, zijn vrouw drinkt de koffie zwart. Dieke houdt zich stil, laat de gouden ring door haar vingers glijden, zeurt niet om limonade. Klaas heeft de krant opzijgelegd en een sjekkie gedraaid. Zijn vrouw heeft een sigaret opgestoken. Zo nu en dan kijkt hij van achter de bruine mok naar haar. Zij kijkt stug óf naar het tafelblad, óf uit het raam, misschien wel naar het verdorde gras dat in de drinkbak groeit. Hij weet niet wat ze daarvan denkt, van dat gras, blijkbaar vindt ze het niet heel erg, ze doet in elk geval nooit een poging de bak te vullen met een paar viooltjes of hanggeraniums. De keuken ziet blauw van de rook.

'Breng jij haar?' vraagt ze dan.

'Ik?'

'Ja, waarom niet?'

'Ik heb dingen te doen.'

'O, ja? Wat dan, bijvoorbeeld?'

Onmiddellijk iets zeggen, niet wachten, maakt niet uit wat. 'De ligboxenstal leeghalen.'

'O.'

'Dus.'

Ze staat op, grist de koffiepot uit het apparaat en schenkt nog eens in. Drukt haar sigaret uit, propt een derde koek naar binnen en kijkt Dieke – die nog steeds muisstil is – dreigend aan. 'De begraafplaats,' mompelt ze. 'Hoe kóm je erop.'

Na de koffie vertrekken zijn vrouw en Dieke op de fiets naar het dorp. Voor de vorm loopt Klaas door de voortuin naar de ligboxenstal, waar hij eigenlijk helemaal niet naar binnen wil. Veel werk is het niet, met de trekker dat brok kuilvoer uit de voedergang halen, de kalverboxen uitmesten, de hogedrukspuit erop en klaar. Maandag, ik doe het maandag. Nu is het weekend en het kan zijn dat het over twee dagen niet langer zo ongehoord warm is. Hij trekt de deur van de wc open. Het ruikt er fris, naar citroen, de pot is smetteloos en er staat water in. Hij weet niet wie dit doet, wie zo nu en dan de moeite neemt hierheen te komen en de wc door te spoelen, mogelijk zelfs schoon te maken met de pleeborstel. Er is geen spinnenweb te bekennen en ook de lichtbruine tegels zijn schoon. Hij ritst zijn gulp open, duwt zijn broek omlaag, draait zich om en gaat zitten. Hij laat de deur op een kiertje staan. Als hij zijn kont heeft afgeveegd – een wc-rol hangt er ook nog, onder de kalender van de firma waar de trekker gekocht is – sjort hij zijn broek weer omhoog. De kalender loopt achter. Hij scheurt de oude dagen eraf, verscheurt ze en gooit de snippers in de pot. Even aarzelt hij, duwt hij de knop op de stortbak in of niet? Hij doet het, maar blijft niet kijken bij het gutsen van het water. Zachtjes sluit hij de deur achter zich.

Op een plank in het melklokaal staat de oude radio die twee keer per dag aanging. Soms vergat hij het ding aan te zetten, en dan wezen de koeien hem daarop door hun onrust. Hij zet hem aan. Klassieke muziek, violen. Iets te wild draait hij de knop terug en de radio kapseist van de plank af. Hij raakt met een hoek de witte tegelvloer en spat uit elkaar, de batterijen schuiven de melkput in, de volumeknop rolt door de openstaande schuifdeur de voedergang in. Klaas kijkt de knop na en loopt er even later achteraan zonder de boel op te ruimen.

Als hij door de deuren aan de voorkant het betonpad naar de weg op gaat, ziet hij in het westen een wazige strook bewolking hangen. Does loopt tegen zijn benen op. 'Kom,' zegt hij tegen de hond. Samen gaan ze door de voortuin terug naar het erf. Daar pakt hij de loodzware hond op en daalt voorzichtig af naar de sloot, in de buurt van de brug. Met een lichte zwaaibeweging gooit hij Does te water. Hij verliest zijn evenwicht, dreigt achter de hond aan in de sloot te belanden, maar kan zich nog net op tijd vastgrijpen aan de brugleuning, waarna hij zichzelf weer rechtop zet. De hond zwemt snuivend een rondje, wil de sloot aan Klaas' kant uit kruipen, bedenkt zich dan en zwemt naar de overkant, waar de oever minder steil is. Als een otter beklimt hij de slootkant, zijn staart tegen de buik geplakt, zijn kop tegen de grond. Boven aangekomen schudt hij zich uitgebreid uit. Dan pas draait hij zich om. Klaas en de hond kijken elkaar even aan. 'Waarom doe je dat zelf niet?' vraagt Klaas. Does blijft hem onbewogen aankijken, tot hij langs de sloot naar de uiterste hoek van de tuin kuiert en omstandig de voet van een knotwilg begint te besnuffelen. Het is de laatste boom in een rij van vijf, al jaren miezerig en klein, met een kleine knot, waarschijnlijk omdat de wilg te dicht op een veel oudere stoofpeer staat, en nooit genoeg licht en lucht heeft gekregen. Of ruikt zo'n beest de andere hond, zelfs als die al een jaar of vijfentwintig geleden daar begraven is?

Stront

De vrouw die denkt dat zij verantwoordelijk is voor de begraafplaats staat met beide handen op het aanrecht geleund. Ze kijkt door het keukenraam, over haar achtertuintje heen, naar de heg om de begraafplaats. De heg is van een of andere conifeer en dicht, behalve ter hoogte van haar achtertuin. Daar is twee jaar geleden zomaar een stuk lichtbruin geworden en vorig jaar hebben groenvoorzieners een flink aantal coniferen verwijderd. Zonder er nieuwe voor in de plaats te zetten. Behalve het gat en grafstenen ziet de vrouw niets. Ze trekt haar handen van het aanrecht en sloft naar haar woonkamer. Onderweg kijkt ze naar de kalender. Het is er een met schilderijen van Ada Breedveld, die ze eind vorig jaar gekocht heeft. Niet omdat ze ooit van Ada Breedveld had gehoord, maar omdat de schilderijen haar wel aanstonden. *Harm eten* staat er bij vandaag.

Op de salontafel liggen krantenknipsels uitgespreid. In de stikhete doorzonkamer is het geel, het zonnescherm is vanmorgen vroeg al omlaaggegaan. Ze heeft – buiten een bustehouder – geen bovenkleding aan. Ze gaat in een van de luie stoelen zitten en verschuift de knipsels wat. Ze hoeft ze niet te lezen, ze weet donders goed wat erin staat. 'Ja, Benno,' zegt ze tegen haar hond. 'Ja, ja, ja.' Naast de knipsels staat het fotolijstje met het portret van haar man. 'We gaan straks weer heen, hoor,' zegt ze tegen de hond, een groot geval met een brede kop en veel haar. 'Zijn ze helemaal besodemieterd.' Stront, daar gaat het over in de knipsels. Koeienstront. En over 'onbekende dader of daders', over een 'onderzoek dat gestart is'. Ze heeft er geen politieagent gezien. Nu ze er eens goed bij stilstaat, ze ziet nooit ergens een politieagent, noch op de fiets, noch in een auto.

De hond, die lusteloos voor het raam naar buiten stond te kijken, loopt op de vrouw af en begint aan haar knieën te likken. De vrouw schort haar rok iets op. 'Braaf,' zegt ze. 'Vrouwtje heeft het erg warm.' Ze schuift een duim onder een bustehouderbandje en veegt het zweet weg. Op het moment dat ze op wil staan om de radio aan te zetten, ziet ze een vrouw langskomen, op de fiets. Er zit een kind achterop. Een kind met rood haar, dat aan haar mondje te zien druk aan het praten is. Ze heeft een rugzakje om. Ze kent de vrouw niet, ze kent zoveel mensen in het dorp niet. Pas na het overlijden van haar man is ze teruggekeerd uit Den Helder, vooral omdat hij hier begraven wilde worden. Als het aan haar had gelegen, was ze nooit teruggekomen. Mensen zijn vertrokken, doodgegaan, geboren, verhuisd, verdwenen. Ze heeft geen zin opnieuw te beginnen. In de nieuwbouw woont van alles door elkaar heen, er woont zelfs een neger en ook een moslimgezinnetje, al heeft ze geen flauw idee uit welk land dat komt. Ze staat in haar bustehouder, een duim onder het andere schouderbandje, en ziet de vrouw en het kind allebei naar boven kijken, naar de gevel van haar huis. Ik ben vrijwel naakt, denkt ze dan pas. Ik sta hier te kijk voor de hele buurt, straks komt die neger langslopen! Ze probeert erge dingen te bedenken over negers – insluipen, stelen, liegen, en is dat zwarte jochie niet dus een zoontje van de neger? – maar dat lukt niet zo goed, ze wil het woord 'verkrachten' niet in haar hoofd hebben, hoewel dat ook erg is, en juist dat woord blijft haken. Snel loopt ze de gang in, en van de gang naar boven om een bloesje aan te gaan trekken.

Schelpengruis

Bomen tellen. Dat doet Dieke, tot ze bij een getal komt dat haar rekenvaardigheid te boven gaat. Ze begint opnieuw, maar is al snel afgeleid door andere dingen. Boerderijen, het vooruitzicht dat ze naar de begraafplaats gaat, een plek waar ze nog nooit geweest is, boomstammetjes die langskomen, de heupen van haar moeder, die onder haar handen groeien en slinken, groeien en slinken, een blauwe reiger die als op een foto zo stil in de sloot staat. Als ze het plaatsnaambord passeren, zegt ze: 'Doe je de huizen?'

'Dilemma,' zegt haar moeder. Groot, wit huis. Hoog vooral, met rode dakpannen.

'Efkes verder.' Huis met geraniums op de vensterbank, en gordijnen.

'Doe wat je wilt, gekletst wordt er toch.' Troep in de voortuin, karretjes, bielzen, geen planten achter de ramen.

'Eben Haëzer.'

'Wat betekent dat, mama?'

'Je weet dat ik niet weet wat dat betekent, Diek.'

'Waarom niet?'

'Daarom niet. Waarom blijf je me dat vragen? Ik zal het een keer voor je opzoeken. Hé, hallo!' Haar moeder zwaait naar een vrouw die in haar tuin aan het onkruidtrekken is. De fiets slingert, Dieke grijpt zich extra stevig vast aan haar moeders heupen.

De Eetcorner. Dichtgetimmerde ramen, hoge hekken, onkruid.

'Hier moet die mevrouw werken,' zegt ze.

'Ja, dat zie je goed. Wil je door de nieuwbouw of gaan we langs Het Polderhuis?'

Daar moet Dieke even over nadenken. In de nieuwbouw is meestal meer te zien en te beleven. Het zwembad ligt achter de nieuwbouw, bij de voetbalvelden. Ze krijgt een beetje een zere kont van de bagagedrager, ze wil snel van de fiets af, maar weet niet welke route korter is. En ze denkt aan Evelien, die misschien nu al wél in het zwembad is.

'Nou? We hebben niet de hele dag de tijd.'

'Nieuwbouw,' zegt ze.

'Linquenda.'

'Ja!'

'Wat ja.'

'Zomaar.'

'Nee, dan is het goed.'

'Wat betekent dat eigenlijk?'

Haar moeder geeft geen antwoord, Dieke voelt de heupen iets driftiger groeien en slinken. In de nieuwbouw hebben de huizen nauwelijks namen. Er is er één, als ze al bijna bij de begraafplaats zijn. ''t Ouwe Stekkie.'

'Wat is dat, stekkie?' vraagt Dieke.

'Plek.'

'Plek?'

'Plaats. 't Ouwe stekkie betekent een plaats van vroeger.'

'Maar dit is toch een nieuwbouwhuis?'

'Ja, Diek.'

'Niet oud.'

'Wil je terug? Aanbellen bij dat huis en dan vragen wat dat precies betekent? Staat die mond van jou ooit eens stil?'

'Nee! Niet terug!'

'Goed zo.'

'Moet je niet werken?'

'Nee, anders had ik jou niet nu naar de begraafplaats kunnen brengen. Of wel soms?'

'Ja,' zegt Dieke. 'Nee,' zegt ze dan.

'En je snapt wel dat je bij Jan moet blijven, hè? Ik kan je niet zomaar even op komen halen en als je er weg wilt, dan weet niemand dat.'

'Heeft oom Jan niet een telefoon?'

'Volgens mij niet.'

'Geeft niks, ik wil daar toch blijven.'

Ze komen aan bij de achteringang van de begraafplaats. Een smal draaihek, met twee stijve bomen ernaast. Dieke springt snel van de bagagedrager af en holt het lege grasveldje achter het hek op.

'Wachten!'

Ze wacht, zonder zich om te draaien naar haar moeder. Het is hier net een voetbalveldje. Verderop is een heg, met een gat erin voor het pad. Ze denkt dat oom Jan achter die heg is. Pas als haar moeder naast haar is, loopt ze door.

'Wat is dit?' vraagt ze.

'Dit is voor als er daar geen plaats meer is.'

Als ze bij het gat in de heg komen, schrikt Dieke terug. Voor haar staat een tarweveld aan stenen, overal stenen. Maar er staan ook planten en struiken en boompjes. Oom Jan is nergens te bekennen. Het pad gaat twee kanten op. Ze voelt aan een blaadje van de heg. Dit is hetzelfde spul als thuis aan de rand van het erf, alleen is daar de heg niet geknipt.

'Jan!' roept haar moeder, maar niet heel hard.

Een stukje verderop komt hij tevoorschijn, zomaar tussen al die stenen omhoog. 'Hier,' zegt hij, en steekt een arm de lucht in. Ze lopen op hem af, Dieke iets langzamer dan haar moeder, ze hoort schelpen knersen onder haar sandalen. De schelpen onder de schoenen van haar moeder knersen veel luider. Oom Jan komt tussen de stenen vandaan naar het pad toe.

'Hé Jan,' zegt haar moeder.

'Hé,' zegt hij.

'Dieke wil bij jou, ze wil niet naar het zwembad.'

'Waarom niet?'

'Omdat ze daar elke dag al heen gaat. Omdat ze zich daar verveelt.'

Dieke zelf houdt zich stil, draait de punt van een sandaal in het schelpengruis. Ze kijkt niet naar haar moeder en ook niet naar oom Jan. Ze kijkt neutraal.

'Dan blijft ze toch hier? Ik vind het best.' Hij kijkt haar aan. 'Ik let wel op. Let je zelf ook op?'

'Ja, natuurlijk,' zegt Dieke.

Haar moeder draait zich half om. 'Ik kom haar straks wel weer ophalen, want reken maar dat ze over een halfuur wél naar het zwembad wil.'

'Nee, hoor,' zegt Dieke.

Haar moeder loopt langs haar heen zonder haar aan te kijken. Kners, kners, kners, en weg is ze.

Dieke blijft nog even naar het pad staren.

'Is je moeder een beetje kwaad op je, Diek?'

'Ik heb een plant kapotgemaakt,' zegt ze.

'O, ja?'

'En ik was veel te vroeg uit bed gekomen. Zei ze.'

'Hoe vroeg dan?'

'Vijf uur?' probeert ze.

'Dat is wel erg vroeg ja. Maar volgens mij was het toen wel al licht. Het wordt nauwelijks donker nu.'

'Weet ik niet.' Ze kijkt op. Oom Jan lijkt erg op haar vader, maar toch ook weer helemaal niet. 'Je bent bloot.'

'Ja. Ik had het erg warm'

'Is dat je T-shirt om je hoofd?'

'Ja.'

'Kijk, ik heb m'n grijze jurkje aan.'

Hij maakt een keelgeluid.

'Zonder mouwen.'

'Slim.'

'En paarse bloemen.' Dieke kijkt voorzichtig om zich heen. Nu ze hier is, ziet ze niet alleen rechtopstaande stenen, maar ook stenen die plat op de grond liggen. Het is net of het kacheltjes zijn, ze voelt er warmte vanaf stralen. Het is ook nogal plat op de begraafplaats; er staat maar één boom, maar die is wel heel groot.

'Wat zit er in je rugzak?' vraagt oom Jan.

'Drinken.' Dieke ritst het rugzakje open en haalt er een Jip-en-Jannekedrinkbeker uit. 'Kijk.'

'Hm.'

'En twee appels en twee bananen. Ook voor jou.'

Ze hebben al erg veel gepraat, en oom Jan is ermee begonnen.

Nu stapt hij van het pad af en gaat naar een kleine

steen die als het ware op de tweede rij ligt. Hij knielt erbij neer.

Dieke weet even niet wat ze nu moet doen. Eerst stopt ze de drinkbeker terug in de tas. Dan doet ze drie passen in de richting van oom Jan en ze komt daardoor naast een steen van de eerste rij te staan. Ze legt er een hand op, maar trekt die er ook meteen weer af. Veel te warm. Bij haar oom staan een potje verf en een groene emmer met een natte lap over de rand, er liggen velletjes papier en een stuk of wat voorwerpen die ze niet herkent. Op het potje verf balanceert een penseel, precies zo een als waarmee zij haar waterverfschilderijen maakt. Haar oom pakt een schroevendraaier op en steekt daarmee witte verf van de steen af. Blijkbaar gaat er iets verkeerd, ze hoort de punt van de schroevendraaier krassen en hij begint te vloeken.

'Je mag niet schelden,' zegt ze.

'Van wie niet?'

Ze doet nog een pas naar voren. 'Wat doe je?' vraagt ze.

Bloesje

Het duurt even voor ze een geschikt bloesje vindt. Ze zoekt helemaal niet naar een geschikt bloesje, ze schudt haar hoofd, maar de neger en het woord 'verkrachten' raakt ze daarme niet kwijt. Ze moet zich even uitstrekken op haar bed, en de deur van de slaapkamer sluiten, zodat Benno op de overloop blijft. De bandjes van de bustehouder knellen, dat ding moet uit, en helemaal per ongeluk beroeren beide handen daarbij haar borsten. Ze doet haar best om aan de bakker met het schrale gezicht te denken, het is zaterdag, vanavond zien ze elkaar, maar het lukt niet. Hij heeft een naam, net als iedereen, maar ze denkt: bakker. Er staat een raam open, en toch beweegt de lauwe lucht niet.

De neger klimt als een of ander katachtig Afrikaans dier door het openstaande raam naar binnen. Ook haar rok en step-in knellen, die moeten omlaag geschoven worden. Waarom is het zo warm? Het is juni, maar het voelt aan als een drukkende dag veel later in de zomer, als er al bruine bladeren in haar voortuin liggen. Hij draagt een soort schort, een lendendoek, verder is hij naakt. Glimmend naakt, zweet of olie, of nog weer iets anders, een of ander magisch Afrikaans goedje. Benno blaft. De lippen van de neger gaan uiteen, er komen tanden tevoorschijn en een verbazingwekkend lichtroze tong. Dinie Grin opent ook haar mond en ze doet haar handen aan de kant. Als de neger zich naast haar op het bed uitstrekt, rukt hij zijn lendendoek af en ze voelt zijn geslacht tegen haar dijbeen drukken. 'Ik wil dit niet,' prevelt ze. 'Nee, nee.' De neger snoert haar de mond en zij graait naar zijn geslacht, dat in tegenstelling tot de rest van zijn lijf dofzwart is. Haar mond vult zich met speeksel dat naar bittere bladeren smaakt, haar vingertoppen glijden over aders die... Benno blaft. 'Stil!' roept ze. De neger was heel even weg, nu is hij er weer, groter en harder dan zoeven. Zwellend mannenbloed onder haar vingers, ja. Het is of ze haar keel aanbiedt aan die Afrikaanse katachtige, haar keel, haar onderlijf, alles duwt ze omhoog en naar voren, ze wil dat hij in haar gaat, ze wil graaien en trekken en sturen, maar in plaats daarvan grijpt ze met een hand de zijkant van haar tweepersoonsbed beet en toch is hij nu in haar, dat kan hij zelf prima. Hij mag heel diep, en snel, of langzaam, wat hij maar wil, en dat laat hij zich geen tweede keer zeggen – god, wat is hij groot – en nu wil ze dat hij uit haar gaat en dat hij zijn geslacht in haar mond steekt. Dat doet hij natuurlijk ook. Maar niet meteen. Hij kruipt traag op knieën en handen omhoog. 'Nee, niet doen,' mompelt ze. 'Ophouden nu.' De neger is zijn geslacht geworden, een geslacht met zware ballen die nu over haar tepels slepen, de eikel dringt al tegen haar lippen op. De bakker, denkt ze. De bakker.

Niet de bakker, haar zoon. Hij ligt op zijn rug, zijn onderbroek op zijn enkels, één knie opgetrokken, het andere been op de grond, de spijkerbroek met de leren kniestukken op een hoopje naast hem, zwart schaamhaar, waar ze een beetje van schrikt, en die jongen van Kaan, die rooie, en natuurlijk haar eigen hoofd, door het luik van de garagezolder, de gedachte: ik wil dit niet, wegkijken, van het trapje af; en daar niet op reageren, móeten blijven kijken, naar haar zoon, die mooie, zwartharige jongen, met een stijf geslacht, in dat onverwachte schaamhaar en die rooie van Kaan, zonder kleren, met zijn hoofd op de mooie buik van haar zoon en zijn hand in zijn eigen kruis, maar vooral toch haar eigen hoofd, door dat luik, en de gedachte aan die vent van haar, die lamlul die in plaats van zich met haar bezig te houden liever gaat biljarten of een hele avond onderuitgezakt naar Mies Bouwman en een lopende band zit te staren, en een vreemd verlangen naar haar bloedeigen zoon, zo jong nog, zo onbedorven, maar zo heftig komt dat verlangen naar hem ineens op, dat ze een rood hoofd krijgt, en als dan die rooie van Kaan brutaalweg terugstaart – maar waarschijnlijk haar helemaal niet ziet, omdat tussen hen in dat geslacht van haar zoon zit, dat ze niet wil zien, maar móet zien – de gedachte: weg hier.

Ze komt veel te snel omhoog, het bloed vliegt naar haar hoofd, het duizelt haar. De neger lost op in de warme lucht, maar zijn tong en zijn geslacht laten een spoor na. Ze wil niet aan haar zoon denken als de neger hier is. Dat hoort niet. Dat mag niet. Onpasselijk is ze, ineens. Geen bittere bladeren, bittere gal. Ze graait niet langer naar zware ballen, maar naar haar bustehouder, die naast het bed op de vloerbedekking ligt. Ze gespt hem snel aan en trekt nog sneller de step-in en rok op. Ondanks de duizeligheid stapt ze haastig van het bed af. Ze trekt de deur van de garderobekast open en rukt er zonder te kijken een bloesje uit. Benno blaft. Ze doet de deur open, schuift de grote hond met een knie aan de kant en gaat de badkamer binnen. Daar hangt een spiegel. Het eerste wat ze ziet is haar ravenzwarte haar. Het tweede wat ze ziet is haar verwilderde blik. Op het plankje onder de spiegel staat een pot *Wella donkerbruin*. Niet *Wella zwart*, want dat maakt het potsierlijk. Ze buigt zich voorover en draait de koude kraan open.

Stro

Ze heeft hem gehoord. Misschien heeft hij zijn klompen uitgedaan en staat hij nu met stoffige sokken op het beton. Minstens vijf minuten staat hij er al, kijkt hij de stier bezwerend aan om hem stil te houden? Nu maar eens de mond opendoen. 'Nooit eens denken jullie aan moederdag.'

Stilte.

'Weet jij wanneer dat is, moederdag?'

'December?'

'De tweede zondag van mei!'

Stilte.

Een dochter weet zoiets. Een dochter zou in mei langskomen met cadeautjes of in elk geval bellen. Zij zou gekomen zijn. Ze krabt zich weer eens over de buik. Komt dat door het stro, die jeuk? Anders heb ik nooit jeuk op mijn buik. Of is het van de warmte? 'Hoe laat is het?'

'Wil je dat écht weten?'
'Nee, natuurlijk niet!'
'Halfelf.'
Ze kan er niets aan doen, ze moet lachen. Glimlachen. Ze ziet hem staan, met het hoofd in de nek. 'Waar is iedereen? Zitten ze allemaal op het kerkhof?'
'Begraafplaats.'
'Hè?'
'Staat er een kerk?'
Nog steeds glimlacht ze. 'Jij weet dat beter dan wie ook.'
'Ja.'
Halfelf. Nog lang geen tijd om van het stro af te komen. 'Heb jij ze op zitten stoken?'
'Natuurlijk niet.'
'Lieg niet.'
'Ik lieg nooit. En wie bedoel je precies met 'ze'?'
'Jan natuurlijk. En Johan.'
'Johan?'
'Waarom roept iedereen daarbeneden aldoor zo verbaasd 'Johan'?'
'Die is daar niet, hoor.'
Nee, nog niet. Maar dat zal wel niet lang meer duren. Ze drinkt wat water. De fles begint al aardig leeg te raken. 'En waar is Klaas?'
'Weet ik niet.'
Zwaluwen. Spinrag, heel oud, als grauwe wol. En dan ineens het geluid van schuivend krachtvoer in de houten silo die als een pilaar één hoek van het stro vormt, terwijl er toch al heel lang geen krachtvoer in zit.
'En nog eens wat, jij bent mijn moeder niet.'
'Ik ben de moeder van jouw kinderen.'
'Jij bent niet mijn moeder.'
'Ach man, ga toch naar je kerstbomen.'
Dat krijgt hem even stil. Even.
'Kom je naar beneden?'

'Nee.'

'Heb je geen honger?'

'Natuurlijk heb ik honger!'

'Kom er dan af.'

'Nee.'

Nu is het klaar. Ze wacht. Laat de waterfles kantelen; het water klotst heen en weer, wordt warmer en muffer. Weer een schuiven in de houten silo. Zit er een rat in? Het schuifgeluid wordt vervangen door het aanzwellende loeien van een straaljager. Die piloten doen tijdens hun oefenvluchten hun best om zo laag mogelijk over bomen en boerderijen te scheren, en Anna Kaan is even bang dat het vliegtuig dwars door de schuur zal komen. Dat gebeurt niet.

'Praat tegen me!' Hij heeft gewacht tot het geluid van de straaljager helemaal weggestorven is.

De fles kantelt en kantelt. Balken, spinrag, een al heel lang ongebruikt zwiertouw, riet, panlatten.

'Heb jij daar het defilézwaard?'

En natuurlijk de doorkijkjes naar buiten, al is daar helemaal niets te zien.

'Wat ben je daarmee van plan?'

Ze pakt een van de twee ballen van rood koord in een hand. Niks, denkt ze. Of toch wel?

'Ik verzin wel iets. Let jij maar eens op.'

O vast, denkt ze.

'Ik ga straks weg. Ik heb mijn band geplakt. En dan zit jij hier alleen.'

Ik zit hier nu ook alleen.

'Praat tegen me!'

Het kost moeite niets te zeggen. Ze moet standvastig zijn. Nu begint hij te zuchten. Van de weeromstuit begin de stier, die tot nu toe muisstil is geweest, te snuiven. Onverdraaglijk bijna. En dat allemaal terwijl ze niet eens uit volle overtuiging op het stro zit.

'Wanneer is het vaderdag?'

Ze weet het, maar laat zich niet uitlokken.

'Ik ga nu weg,' roept Zeeger.

Nee, blijf. Ga ergens zitten, op een overgebleven baal hooi, op een zak biks, op de oude werkbank, op het kret van de hooiwagen, desnoods op de betonnen vloer. Niet weggaan, Zeeger.

'En als ik hier weg ben, ga ik naar Jan.'

Anna Kaan laat de fles niet langer kantelen. Ze laat hem op haar buik rusten en staart naar het rechthoekje zonlicht boven haar hoofd. Dan begint ze dakpannen te tellen, eerst naar links vanaf het gat, daarna naar rechts.

'Juni!' roept Zeeger nog, buiten al, klompen aan. 'De derde zondag in juni!'

Vogels

Dieke denkt na over wat ze zelf als antwoord geeft als bijvoorbeeld opa aan haar vraagt wat ze doet. Dat hangt ervan af wat ze aan het doen is, dus. Als ze aan het tekenen is, zal ze zeggen: 'Ik ben aan het tekenen.' Maar soms is ze heel diep aan het tekenen, en zal ze niets zeggen, al was het alleen maar omdat het puntje van haar tong in de weg zit. Oma heeft haar nog nooit gevraagd wat ze aan het doen is. Maar het is niet een moeilijke vraag, oom Jan kan best iets zeggen. Zijn schouderblad gaat op en neer, hij blijft krassen en prikken, hij blijft zachtjes vloeken. Ze doet voorzichtig een paar stappen achteruit, tot ze weer op het pad van kapotte schelpen staat. Ze knijpt haar ogen half dicht. Daar staat haar rugtas. Eerst maar eens iets drinken. Ze haalt de Jip-en-Jannekedrinkbeker uit de tas en schudt hem voor ze een paar slokken neemt even heen en weer. Het water is nu al lauw. Een appel?

Nee, nog even wachten. Bovendien wil ze samen met oom Jan een appel eten, niet alleen. De tas moet van het pad af, die moet ergens netjes liggen. Ze kijkt naar de grote boom, er staat een bankje onder, in de schaduw. Dat is een mooie plek.

Erg veel koeler is het niet bij het bankje, maar de wittige schelpen doen hier geen pijn aan haar ogen en het hout van de zitting is niet heet aan haar vingertoppen. Ze denkt aan haar rode zonnebrilletje, dat ergens thuis ligt, al kan ze zo snel niet bedenken waar. Op de rugleuning van het bankje zit een stukje metaal, met een erop tekst die ze niet kan lezen. Ze gaat naast de tas zitten en kijkt op haar gemak om zich heen. Van oom Jan ziet ze alleen zijn hoofd met het eromheen gebonden T-shirt. Hij praat in zichzelf, maar ze kan niet verstaan wat hij zegt. Nu krabt hij met zijn hand in zijn haar. Zelf strijkt ze over haar knieën, die zien nog een beetje zwart, van de aarde uit de pot met de... 'Cactus,' zegt ze. 'Cactus, cactus...' Het lukt haar niet haar knieën schoon te wrijven. 'Lidcactus!'

Ze kijkt omhoog, de boom in. Op een lage tak zitten twee kleine vogels vlak naast elkaar. Omdat ze haar hoofd in haar nek heeft, ziet ze alleen de koppen. Ze staat op en kijkt beter. Allebei de vogels hebben hun snavels wijdopen en ze kan ze bijna lucht naar binnen horen zuigen en weer uitblazen. Zijn dat nou mussen? Of merels? Vast mannetje en vrouwtje. Wonen die in die grote boom? Er hangt geen nestkastje. Ze neemt nog een paar slokken lauw water. Als ze de Jip-en-Jannekedrinkbeker zorgvuldig terugstopt in haar rugtas, komt een straaljager overrazen. Ze kijkt een beetje verschrikt naar de vogels, maar die doen niets, verschikken geen veer, klemmen niet hun snavels dicht, het is of ze het geraas niet eens horen. 'Hm,' zegt ze, veegt met een hand langs haar voorhoofd en gaat op onderzoek uit.

Er zijn eigenlijk best weinig paden op de begraafplaats. Een lang pad vanaf Het Polderhuis naar waar ze nu staat, en dan een vierkant naar het pad waarover haar moeder en zij aangekomen zijn. Oom Jan is ín dat vierkant aan het werk. Er zijn brede stenen, hoge stenen, witte en zwarte stenen, een blauwe steen, een doorzichtige steen. Soms alleen een dikke, liggende steen. Begraafplaats. Wat betekent dat eigenlijk? Een stukje verderop is een groot gat in de hoge heg, aan de kant waar de nieuwbouw is. Ze weet niet of ze zomaar tussen al die hete stenen door mag lopen, maar toch wil ze naar dat gat toe, kijken wat daar is. Vlak voor ze er aankomt, trapt ze per ongeluk een vaas om die op de zijrand van een rechthoek met kleine steentjes staat. In de vaas zit een bos bloemen, een heel oude bos bloemen, want als ze op de grond komen, verkruimelen ze tot stof. Ze kijkt om zich heen, pakt de vaas en zet hem weer rechtop. Er is maar een heel klein schilfertje van de bovenrand afgebroken. Niet erg.

Ze komt aan bij het gat in de heg en ziet aan de overkant van een brede sloot en een grasveld de achtertuinen van een rijtje huizen. De huizen liggen een stuk lager dan de begraafplaats. Voor één van de ramen staat iemand, een vrouw met zwart haar. De vrouw begint tegen de ruit te tikken, met een ring, denkt Dieke, het klinkt hard en doordringend. Is dat voor haar bedoeld? Ze denkt van niet, dus ze doet niets, blijft staan waar ze staat en staart naar de vrouw.

'Dieke!'

Ze draait zich om en loopt, nóg voorzichtiger dan zoeven, tussen de stenen door naar het schelpenpad. 'Ja!' roept ze.

'Waar zit je?'

'Hier!' Ze loopt langs het bankje, de vogels en haar tas, terug naar de plek waar oom Jan aan het werk is. 'Wil je een appel?' vraagt ze.

‘Nee. Straks.’
‘Wat doe je?’ Gewoon nog eens proberen.
‘Ik ga deze steen opknappen.’
‘Wassen?’
‘Ook. En daarna ga ik de letters weer wit maken. Schilderen.’
‘Leuk!’ Ze tilt een been op, laat haar voet slap hangen en begint met het been te schudden.
‘Schelpen in je schoenen?’
‘Hm.’
‘Wil je voor mij iets doen, Diek?’
‘Ja, hoor.’
‘Kun jij deze emmer vullen met water?’
‘Uit de sloot?’
‘Nee, natuurlijk niet. Uit de kraan.’
‘Waar is die?’
‘Daar.’ Hij wijst naar een klein huisje dat bij de ingang achter Het Polderhuis staat. ‘Aan de buitenmuur zit een kraan. Dat is het begraafplaatsgereedschappenhuisje. Gaat dat lukken?’
‘Ja, natuurlijk,’ zegt ze verontwaardigd.
‘Goed, goed, ik wist niet dat je kwaad werd.’ Oom Jan geeft haar de groene emmer.

Dieke pakt de emmer aan en loopt naar het huisje, dat een heel lange naam heeft, die ze nu al vergeten is. Aan de voorkant, naast een deur, zit de kraan. Voor ze die opendraait, voelt ze of de deur op slot zit. Geen beweging in te krijgen. Aan de andere kant van de deur zit een raampje. Ze zet de emmer omgekeerd op de klinkers, klimt erop en grijpt zich vast aan een stenen rand onder het raampje. Nog voor ze de kans krijgt zichzelf voldoende omhoog te trekken om vervolgens eens goed te kijken wat er allemaal in het huisje staat, schrikt ze erg van een vogel die omgekeerd aan een touw hangt. Een dode, zwarte vogel, in een waas van spinnenwebben en een vuile ruit. Snel springt ze van de emmer af. Ze bekomt even van de schrik en zet dan de emmer onder de kraan. Het opendraaien is niet zo moeilijk, het is een kwestie van uitproberen. Als hij niet de ene kant uit draait, is het de andere kant. Het water stroomt en al snel maken opspattende druppels donkere vlekken op haar grijze jurkje met paarse bloemen. Nu mag de kraan wel dicht, maar hoe ze ook draait, het water blijft komen, begint over de rand te stromen, maakt haar blote tenen nat. Haar hart klopt in haar keel, maar ze wil niet nu al gaan blèren, eerst nog een keer proberen.

'Oom Jan!'

'Wist je niet meer welke kant je uit moest draaien?'

'Nee,' snift ze.

'Niks aan de hand, geeft helemaal niets. Hij is dicht nu.'

'Ja.'

Oom Jan giet de emmer half leeg tussen de struiken die voor het huisje staan. Daarna maakt hij zijn T-shirt los en doopt dat in het overgebleven water. Hij wringt het uit en bindt het opnieuw rond zijn hoofd. Dan pakt hij haar bij de hand. 'Kom,' zegt hij. 'Nu gaan we schrobben.'

'Schrobben?'

'Schoonmaken.'

'Eerst een banaan eten?'

'Ja lekker, een banaan, daar ben ik net aan toe. Op de bank onder de boom?'

'Ja.'

Ze lopen naar de bank. Dieke haalt de twee bananen uit haar tas en geeft oom Jan er één. Nadat ze de schil heeft losgetrokken, wijst ze naar de vogels.

'Ja, twee pimpelmezen.'

'Ze hebben het warm.'

'Er staat hier een emmer met water.'

'Die is veel te diep.'

'Dat is waar, dan verzuipen ze.'
'Is het een mannetje en een vrouwtje?'
'Geen idee, Diek. Dat kan je niet zien bij mezen.'
Dieke heeft haar banaan op en geeft oom Jan de schil.
'Wat moet ik hiermee?'
'Opruimen.'
'O.' Hij staat op, loopt naar de heg en gooit de bananenschillen eroverheen. Er klinkt een plonsgeluid en nu weet Dieke dat er aan die kant van de begraafplaats óók een sloot is. De hele begraafplaats is bijna een eiland.
'Wat is dit hier eigenlijk,' vraagt ze. 'Een begraafplaats?'
'Aha,' zegt oom Jan. Hij komt teruglopen naar de bank en gaat zitten. Maar hij zegt niets meer.

Stro

Anna Kaan en Does staren elkaar aan. Anna omlaag kijkend, Does omhoog. Ze doen het al een hele tijd. Anna ligt op haar buik aan de rand van het stro. Does zit roerloos op het harde beton. Zo af en toe zegt ze 'Kom maar,' en dan slaat Does met zijn staart op het beton, maar hij komt niet van zijn plek. Honden zijn minder dom dan je zou denken, denkt ze. Zo te zien heeft hij niet lang geleden in de sloot gezeten. Door de grote schuurdeuren komt de Kaapse bergeend naar binnen, Anna ziet hem vanuit een ooghoek. Vroeger waren er meer van die eenden, nu is alleen deze nog over. Een grote woerd. Nu wordt het spannend. Ze blijft de hond strak aankijken en ze ziet aan zijn wenkbrauwen dat hij twijfelt. Als Dirk ook nog eens begint te snuiven, gaat Does door de knieën. Hij staat op en blaft één keer naar de Kaapse bergeend, die razendsnel naar buiten verdwijnt. Dirk valt stil. Het evenwicht in de schuur is hersteld, maar als de hond weer gaat zitten, is Anna Kaan al verdwenen.

Ze kruipt op haar knieën terug naar de plek die door haar liggen platgedrukt is, waar het stro minder hard is. Ze pakt de fles advocaat. Het is vast al na de middag. Gewoon maar uit de fles? Dat is de ellende met advocaat, het is dik, je kan het eigenlijk niet drinken. Toen ze gisteren zomaar wat dingen bij elkaar graaide – vlak na het telefoontje van Johan was dat – dacht ze er niet aan een lepeltje mee te nemen, en nog minder aan een glaasje. Lobbig schuift het gele spul haar keel in. Nog zoiets met advocaat, te dun om te drinken, niet dik genoeg om te kauwen. Ze krijgt enorm veel zin in droge worst, van die worst die ze vroeger, toen er nog een echte slager in het dorp zat, op zaterdag kocht, of liet kopen door Klaas of Jan. Met haar tong duwt ze de advocaat tegen haar gehemelte. Vroeger.

Ze draait de dop op de fles en zet hem rechtop naast het water, het aangebroken pak bokkenpootjes en het defilézwaard. Zwaluwen. Does die zacht begint te piepen. Wat is dat toch met honden? Voelen die aan dat je ze niet mag? Vinden ze het plezierig om een schop te krijgen? Als het aan haar had gelegen waren er na Tinus nooit nieuwe honden gekomen. Ze rochelt, de laatste slok advocaat is achter in haar keel blijven hangen, en ze spuugt, recht naar voren. De fluim verdwijnt over de rand van het stro. Die is voor Does.

Ze gaat weer liggen en ziet zichzelf keurig rechtop zitten, tijdens een verjaardag, met een hele troep buren om zich heen. Daar moet ze om lachen, zo vlak nadat ze hartgrondig gerocheld heeft. Ze krabt zich ook nog maar eens ongegeneerd over de buik. Is dat het? vraagt ze zich af. Daarom op het stro kruipen? Vijftig jaar getrouwd, hoe is dat mogelijk? Ze steekt beide handen de lucht in, met de ruggen naar zich toe. Het is te donker hier; ze kan de aders, de levervlekken, de slappe huid niet zien.

Vroeger. Boomgaarden met kweeperen en notarisappels, proefvelden met lijnzaad of boekweit. Verderop is een boerderij, nu verbouwd, ruim en licht geworden, waar foto's werden genomen van prijsstieren en 100.000 literkoeien, waar de boer zonen had die doordeweeks in Wageningen zaten, maar na jaren studie toch de stad graag verruilden voor het platteland, waar in de tuin magnolia's geen struiken maar bomen waren, en waar boeken met deftig blauwe stofomslagen lagen waarin stond dat deze polder '1880 morgens en 580 roeden geestmerambachtbinnenbansmaat' groot is. En ook op deze boerderij weckten meiden ooit alles wat er maar te wecken viel, en zij zetten de flessen op houten stellages in de frisse kelder. Hier schonk haar schoonmoeder één keer in het net nieuwe jaar koffie aan knechten en hun vrouwen in paasbeste kleding, en ze presenteerde er zelfgemaakte koek bij op de zondagse schaal. Alles ver voor bakkers nieuwe Volkswagenbussen aanschaften, vrienden moderne badkamers lieten bouwen en de Gebr. Beentjes NV uit Assen de ene na de andere Mueller melkkoeltank installeerde. Zaterdag. Bruine bonen of grauwe erwten, Klaas of Jan nog even naar de kruidenier om een pot appelmoes te halen. Auto wassen, kleren wassen, grasmaaien.

Ze kreunt. Waar in haar hoofd hadden die precieze getallen verstopt gezeten? 'Klaas!' roept ze. Dat was niet de bedoeling. Dirk beantwoordt haar roep. Dat overbodige stuk vlees. Nee, nooit meer een feest.

Ze waren met z'n allen in een kleine bus naar een dierentuin in het oosten van het land gereden, een week of twee geleden. Met een flinke vertraging, want Jan moest van Texel komen en Johan was het vergeten. Bij aankomst was de ellende meteen begonnen. De chauffeur zei dat er twee locaties waren, het oude en het nieuwe dierenpark. De helft van de bus wilde naar de oude locatie, de andere helft naar de nieuwe. 'We gaan naar de vlindertuin!' had Zeeger geroepen, en omdat hij het hardst riep, werd het de oude locatie. Eenmaal binnen bleek dat beide locaties gewoon met elkaar verbonden waren, dus de chauffeur had onnodig onenigheid veroorzaakt. Johan raakte vrijwel onmiddellijk zoek, en toen Anna's broer Piet naar hem op zoek ging, raakte die ook kwijt. Jan liep er rond met opgetrokken schouders en een ontevreden kop, de vrouw van Klaas keek ook niet erg vriendelijk uit haar ogen en Zeeger kreeg ruzie met zijn zuster, in de klamme vlindertuin nota bene. Omdat Johan de boodschappenwagen met eten en drinken bij zich had, en de busreis meer dan twee uur had geduurd, kreeg iedereen honger en dorst, maar Zeeger weigerde iets te kopen. Na anderhalf uur vonden Dieke en Klaas Johan terug, met op zijn kop een doodshoofdaapje, dat er, zo vertelde hij hun, 'minstens een u-ur' had gezeten, en niet van zijn kop af viel door zich met z'n kleine grijphandjes aan zijn oren vast te klemmen. Daarom was hij maar blijven zitten waar hij zat. Het duurde wel even voor iedereen rondom de boodschappenwagen met eten en drinken verzameld was. Het kwartier daarna vormden de Kanen zelf een attractie voor andere dierentuinbezoekers. Anna Kaan had geprobeerd er de moed in te houden, maar toen ze, losgeraakt van de groep, bij de bavianenrots aankwam, brak ze. De manier waarop de volwassen apen met elkaar en de jonge aapjes omgingen, verschilde zo van hoe zij zich deze dag voorgesteld had, dat ze slappe benen kreeg en zich op de van grote stenen gemetselde rand van het verblijf moest laten zakken.

Nooit, denkt ze, nooit meer een feest. Wij kunnen dat niet. Ze staart door het gat in het dak pal boven haar naar de lucht. Of die blauw is, valt zo niet te zien, net zoals je aan een verfstaal niet kan zien hoe de kleur op een complete wand uitvalt. Ze komt overeind en grijpt naar de fles water. Nadat ze een paar slokken heeft gedronken, eet ze drie bokkenpootjes en gaat ze weer op haar rug liggen. De volgende keer neem ik een kussen mee, denkt ze.

Zeeger had een restaurant geregeld, niet in de stad waar de dierentuin was, maar in een dorp aan het Amstelmeer. Tijdens de terugreis vraten Klaas, Jan en Johan alles op wat er nog te eten was – gevulde koeken, zakjes chips, minimarsen – en gingen daarna, omdat er geen blikjes bier waren, demonstratief zitten slapen. Anna's broer Piet en zijn vrouw en de zuster van Zeeger en haar man keken stilletjes twee uur lang naar het landschap, de chauffeur floot zachtjes maar vals mee met de radio, die tamelijk hard stond. Eerst moesten er foto's gemaakt worden, op de dijk achter het restaurant. Anna kon er toen ze de afdrukken opgehaald had nauwelijks naar kijken, naar al die ontevreden, verongelijkte koppen. Ze zitten nog steeds in de envelop. Het eten zelf, stipt om zes uur, was een ramp. Zaterdaghulpen brachten het rond en volgens Zeeger en de vrouw van Klaas stond er in de keuken ook een zaterdagkok. Alles was van tevoren besteld en geregeld, en natuurlijk was niemand het eens met het menu. Borden schoven over de tafel en weer terug en het duurde niet lang voor er patat door de lucht vloog. Jan bestelde op luide toon steeds meer drank, terwijl ook dat allemaal van tevoren geregeld was. Johan dronk met Jan mee, en hij kan helemaal niet tegen drank, en Klaas en zijn vrouw gingen zitten roken terwijl anderen nog aan het eten waren en ook dat stond Jan niet aan, waardoor Klaas uit dwarsigheid ging zitten kettingroken. Zeeger zat tien minuten opgesloten in de wc, door een defect slot, en dat werd pas opgemerkt toen Dieke naar de wc moest en er niet in kon. Anna kreeg visioenen van een dochter, die bij haar stoel neerhurkte en zacht vroeg of ze het naar haar zin had, die papieren ronddeelde met een lied erop, een lied 'op de wijs van', dezelfde dochter die eerder al blij geroepen zou hebben dat ze het fijn vond om eens bavianen in het echt te zien.

Toen was iemand begonnen over het graf. Ze weet niet precies wie, het zal Zeeger wel geweest zijn, die verlengt elke tien jaar ook de grafrechten. Jan was erop ingegaan, wilde wel schilderen. Op een stil moment had ze 'Geen sprake van' gezegd, waar niemand op reageerde, behalve misschien Johan die zei dat hij 'o-ok wel iets wilde doen'. Nadat ze nog eens duidelijk had gemaakt dat ze het niet wilde hebben, en in een adem door eindelijk eens tegen Zeeger zei dat het verlengen van de grafrechten van haar ook niet hoefde, gingen zelfs Klaas en zijn vrouw zich ermee bemoeien. Zeeger zat de boel op te stoken, iedereen ging elkaar zitten opstoken, er werd even niet gedronken of met patat gegooid. Ze voelde zich alleen, het was of iedereen op dit moment gewacht had om zich als één blok tegen haar te keren.

Daarna Dieke, die zat te pruilen boven een toetje dat ze niet besteld had. Onverdraaglijk was dat. Anna Kaan had haar stevig, misschien iets te stevig, bij een bovenarm gepakt en 'Je éét het op!' gezegd. Klaas en zijn vrouw zaten een stuk verderop te paffen alsof hun leven ervan afhing. 'Ik wilde dit niet,' jankte Dieke. Toen had Anna nóg harder in haar arm geknepen. 'Eten, ondankbaar kind dat je er bent!'

Ze grijpt naar de fles advocaat en werkt een paar happen naar binnen, wat niet meevalt, omdat haar keel door dat laatste beeld een beetje dichtgeraakt is. En waarom de gouden bruiloft uitgerekend in juni vieren terwijl ze toch in april getrouwd waren?

'Ik moet de laatste boot nog halen,' had Jan gezegd. Terwijl ze zijn bed had opgemaakt en het raam van de logeerkamer op een kiertje had gezet. De avond was afgebroken, Jan werd door haar broer Piet, die in Den Helder woont, naar de boot gebracht. Iedereen was met eigen vervoer vertrokken. Anna en Zeeger zeiden geen woord tijdens de rit van het restaurant naar huis, die een klein kwartier duurde. Ze had zich afgevraagd wat het meest zeer had gedaan. Toen ze in bed stapten, zei Zeeger: 'Nou, best een geslaagde dag.'

Misschien was dat het, wat het meest zeer had gedaan.

Ze draait de dop op de fles en kijkt hoeveel er nog in zit. Ongeveer de helft. Ze legt de fles naast zich neer en kruipt naar de rand van het stro. Er trilt iets, onder haar, het trilt erger dan zou moeten door alleen het kruipen. Als ze bij de rand is aangekomen en naar beneden kijkt, is het helemaal leeg op de betonnen vloer. Geen hond, geen Kaapse bergeend, geen Zeeger. Zelfs Dirk houdt zich stil. Als ik straks alsjeblieft maar niet moet denken aan eerdere feesten, denkt ze. Als ze weer op haar oude plek gaat liggen, voelt ze dat ze koude voeten heeft.

Hoofdletters

'Kind afgeleverd?'

'Er staat een brok kuilvoer in de voergang.'

'Wat?'

'Waarom zit jij hier op je knieën?'

'Eens zien of de vloerbedekking al slijtplekken heeft.'

'Je zou toch de ligboxenstal uitmesten?'

'Ja.'

'En?'

'Wilde Dieke niet toch naar het zwembad?'

'Nee.'

'Wat doet ze nu dan?'

'Hoe moet ik dat weten? Ik ben daar niet gebleven. Heeft die broer van jou een mobiele telefoon?'

'Vast niet.'

'Is die broer van jou wel goed bij z'n hoofd?'

'En jij?'

'Waarom zit jij hier op je knieën en ben je niet aan het werk in de stal? Je zit toch niet te controleren of ik de boel wel schoonhoud?'

'Nee. Het is veel te warm.'

'Ik heb het ook warm.'

'Jij bent niet de stal aan het uitmesten.'

'Dit kan zo niet langer.'

'Wat niet?'

'Dit. Alles.'

'Waarom ben jij eigenlijk niet aan het werk?'

'Het is zomer, iedereen is op vakantie.'

'Maar een slager heeft toch altijd werk? Die slagerij van je broer loopt toch als een trein?'

'Het is zomer! Er is niemand!'

'Doe eens rustig.'

'Wat betekent Eben Haëzer?'

'Huh?'

'Laat maar.'

'Als iedereen op vakantie is, zijn er vast ook vakantiegangers in Schagen, en heeft je broer het net zo druk als anders.'

'Hè?'

'Jij moet eens leren de andere kant op te denken.'

'Hè?!'

'Al die Duitsers, in Schagen.'

'Ik kan geen Duits.'

'Trouwens, als dit zo niet langer kan, zal jij toch echt

meer dan één dag in de week in die slagerij moeten staan.'

'Aha, dus je snapte me wel. Heb je al een makelaar gebeld?'

'Een makelaar.'

'Hou je niet van de domme.'

'Wat deed Jan?'

'Hij zat net als jij op z'n knieën, alleen niet in de slaapkamer van zijn dochter, maar tussen de grafstenen.'

'Wat dééd hij?'

'Klaas, ik heb Dieke er afgezet en ben weer weggegaan.'

'Maar waar kom je nu vandaan dan? Even op en neer fietsen duurt niet langer dan een kwartier.'

Ze zegt niets meer. Ze draait zich om en loopt de slaapkamer van Dieke uit. Halverwege de trap zegt ze wel iets, nét hard genoeg. 'Ik zit liever op de fiets, zelfs als het rubber van mijn banden smelt, dan dat ik hier ben.' Stilte. 'Haal jij Dieke zometeen op? Die houdt het nog geen halfuur uit daar.' De trapdeur wordt zachtjes gesloten.

Klaas komt overeind. Onder Diekes bed lag haar schatzak. Niet in een deken van wollig stof, maar op brandschone vloerbedekking. Hij heeft er niet in gekeken. Als hij zijn rug recht, schiet er een barst in het tuimelraam. Heel even voelt hij dat in zijn onderrug, dan vraagt hij zich af hoe zoiets zomaar kan gebeuren. Warmte? Een constructiefout? De barst zit in het buitenste raam, en zal in de herfst zeker zorgen voor condens. Hij rekent. Het raam zit er al bijna veertig jaar in. Ouderdom? Hij trekt aan het mechanisme om te zien of het nog normaal open en dicht kan. Vlak voor hij het raam weer sluit, meent hij zijn moeder met haar schelle stem zijn naam te horen roepen. Hij schudt zijn hoofd, maar zijn naam galmt gedempt na.

Drie jaar geleden heeft hij het werk van zijn vader opgepakt. Met een zachte bezem en een stofzuiger verwijderde hij de dikke lagen stof en vuil. Zijn vrouw kwam nooit boven. Er was genoeg van alles. Schrootjes, tengels, plinten en ruim voldoende spijkers. Vloerbedekking ontbrak. Hij reed naar de Tapijtgigant in Schagen, en Dieke ging met hem mee. Ze wees met een heel besliste vinger naar een rol lichtgroen tapijt. Zeeger Kaan zou de schrootjes gelakt hebben, dat deed iedereen in de aanloop naar de jaren zeventig, maar Klaas schilderde de slaapkamer lindegroen. Hij was in vier weekenden klaar. Zijn vader stak geen hand uit. Hij kwam wel af en toe kijken, bromde dan wat, maar deed niets. Dat moet hem moeite gekost hebben, want hij is zo'n vader die niets aan kan zien. Bandenplakkende kinderen, daar kon hij alleen blazend naar kijken, voor hij ze de bandenplakspullen uit de handen rukte om het zelf beter en sneller te doen. Toen de slaapkamer klaar was, kwam hij aanzetten met vijf letters. Hoofdletters, die hij in zijn garage uit een stuk hout gezaagd had. De letters hadden verschillende kleuren en in de bovenkanten waren kleine oogjes gedraaid. Dieke verhuisde van de slaapkamer van Klaas en zijn vrouw naar de nieuwe kamer, nadat er boven aan de trap een draaihekje was aangebracht. De eerste weken sliep DIEKE er, daarna lag er steeds iemand anders, want ze had een opstapkistje gevonden op de overloop. IKDEE heeft er geslapen, en IDEEK.

Niemand vroeg hem waarom hij de derde slaapkamer afbouwde, terwijl de twee oude slaapkamers, aan de voorkant van het voorhuis, al jaren leegstonden.

Voor hij de slaapkamer uit gaat, pakt hij DEKIE van de deur en hangt de letters in de juiste volgorde terug. Heel ver weg hoort hij nog steeds zijn moeder zijn naam roepen, het zit ergens diep in zijn achterhoofd. Het hadden net zo goed vijf andere hoofdletters kunnen zijn, denkt hij. In zwart. Of grijs. Nee, vier andere. Hij loopt langs het trapgathek naar de voorkant van het huis en kijkt even in de twee slaapkamers. In elke kamer staat een bed, met alleen matrassen en kussens zonder sloop. Er logeert hier nooit iemand. In de grootste kamer, die met het balkon, is de lucht taai en valt meer zonlicht naar binnen dan zou moeten. Hij doet de balkondeuren open, stapt de groen uitgeslagen betonnen rechthoek op en zet zijn handen breeduit op de bovenrand van het hekwerk. De rode beuk, die in het midden van het grasveld staat, begint kaal te worden bovenin. Dat was hem nog niet eerder opgevallen. Het smeedijzer van het hekwerk verkruimelt onder zijn handen. Voorzichtig stapt hij achteruit de slaapkamer weer in en even voorzichtig sluit hij de balkondeuren. Hij trekt zijn overhemd uit en wrijft er zijn hoofd mee droog. Stofdeeltjes tollen rond in de taaie lucht. Taai, denkt hij, er ademen hier geen mensen. Ik ga Dieke ophalen.

Stront

Wat staat dat kind daar? Waarom reageert ze niet op mijn tikken? Ze pakt haar bril van het aanrecht, zet hem op en kijkt nog eens goed. Het kind heeft zich omgedraaid en loopt dwars tussen de graven door weg. Rossig haar. Is dat niet het meisje dat ik net achterop die fiets heb zien zitten? Wat moet ze op de begraafplaats? Waar is die moeder? Wat gebeurt daar? ‘Benno!’ roept ze.

Een kwartier later is ze op pad. Ze vervloekt zichzelf omdat ze een jasje heeft aangetrokken. Het is een zomerjas, maar dit is weer om in een wijde jurk over straat te gaan.

Of eigenlijk is het weer om in zee te liggen, of in de achtertuin onder een grote parasol. Het is dat hier overal huizen staan, en de hoge heg rondom de begraafplaats, anders had ze vast de lucht kunnen zien zinderen. Benno komt nauwelijks vooruit, ze rukt aan de riem, daar trekt hij zich weinig van aan. Ze moet om de paar stappen haar bril omhoog duwen.

Het meisje en een man zitten op de grond, achter de eerste rij stenen. Ze zijn in de weer met water en nog iets, sponzen misschien? Het meisje draait zich om, ziet de hond, staat op en rent weg. Een stukje verderop, bij de obelisk voor de vier omgekomen Engelse vliegeniers, blijft ze staan. Haar lichtgrijze jurkje heeft donkere vlekken. Benno reageert niet op haar. De man zat op zijn knieën, is nu half overeind gekomen door één voet onder zich vandaan te trekken en op de grond te zetten. Hij kijkt naar het meisje. Ze ziet onmiddellijk wie hij is.

'Jij bent er een van Kaan, niet?'

'Ja,' zegt de man met een zucht. 'Ik ben er een van Kaan.'

Benno heft z'n grote kop en gaat zonder aansporing op de man af. Ze laat de riem vieren. 'Ik dacht,' zegt ze, 'ik kom eens even kijken. Ik zag beweging en er gebeuren hier de laatste tijd vervelende dingen. Ik woon daar.' Ze wijst naar de heg en beseft dat niemand van hieruit kan zien waar ze woont. Hij van Kaan kijkt niet eens in de richting die haar wijzende vinger aangeeft.

'En ik hou de boel een beetje in de gaten. Ja, als ik het niet doe, wie doet het dan wel? Ze doen hier helemaal niets! Daar, dat gat in de heg, al twee jaar. Mijn man ligt hier ook, daar.' Nu wijst ze naar het graf van haar man, een hoge, smalle steen, bekroond met een treurwilg van graniet. Ze gaat nog veel meer zeggen, maar kan hem van Kaan even niet aankijken, dus houdt ze haar ogen strak op de stenen treurwilg. 'Stel je voor dat die huftertjes zijn steen gaan omduwen? Vorige week waren ze er weer en toen hebben ze geen stenen omver geduwd, maar besmeurd! Niet met verf, maar met stront. Koeienstront! Dat is toch smerig? Wel makkelijk schoon te maken. Het graf van mijn man hebben ze goddank niet besmeurd. Het stond in de krant. Heb je dat niet gelezen? Nee, jij woont hier niet, jij leest vast andere kranten, waar zulk klein dorpsnieuws niet in staat. Er is niemand opgepakt, ze weten niet wie het doen. Ze zullen er vast ook niet veel tijd aan besteden.' Nu moet ze hem wel weer eens aankijken. 'Als ik iets zie wat anders is dan normaal, kom ik even controleren. Met de hond. Ik zag een meisje, en ik dacht eropaf.' Ze duwt haar bril omhoog en wil haar jas uitdoen, maar dat kan niet, daar is geen aanleiding toe, buiten dat ze het heel warm heeft. 'Of maak jij die steen schoon omdat er vuiligheid op zat? Het is je zusje, dat weet ik nog wel, zo'n klein meidje, en ze ligt hier tussen al die volwassenen. Kijk, eh... daar hebben ze een speciaal kinderhoekje gemaakt, dat is toch veel beter... Ik wil maar zeggen, al die kinderen bij elkaar, met vrolijke berenstenen, en zonnetjes, sterretjes en...'

'Kan die hond weg?'

Ze was wel overgegaan op de kindergraven, maar ze zag de bakker voor zich. In zijn fonkelnieuwe lichtgrijze Volkswagenbus. Ze moet hem hier vanavond over vertellen. Of juist zwijgen? Er druipt kwijl van een knie van die jongen van Kaan. Benno staat heel dicht bij hem, hij voelt vast de hete adem van de hond. Het liefst zou ze zich nu omdraaien en de begraafplaats verlaten. De hond zou blijven staan. Benno is een watje, maar dat weten de mensen niet. Die zien een enorm gevaarte, een soort berghond, met heel veel haar. Laat hem maar even een uurtje zweten, of nog langer. 'Benno, hier!' zegt ze.

De hond komt terug naar het schelpenpad, gaat meteen liggen, maar blijft hem van Kaan strak aankijken.

'Maar jij duwt geen stenen om,' zegt ze.

Hij komt eindelijk overeind. 'Nee,' zegt hij, 'ik duw geen stenen om.'

Hij had net zo goed nog een keer: 'Ja, ik ben er een van Kaan,' kunnen zeggen, het klinkt precies hetzelfde. Houdt hij haar voor de gek? Ze kijkt hem aan. Onbeschaamd, om op een begraafplaats in je blote bast en in korte broek te zitten. En wat heeft hij om zijn hoofd gebonden? Dat lijkt wel een T-shirt. Die lichte ogen, harde ogen. Nee, nee, niet nu denken aan toen, dat grote geslacht van haar zoon, die brutale kop van hem, nee, niet eens brutaal, het was meer nietsziend, alsof ze niet bestond, er helemaal niet toe deed.

'Dieke, kom maar. Die hond doet niets.'

O ja? Is dat zo? Ze kijkt naar de rotzooi die op en om het kindergrafje ligt. Schroevendraaier, emmer, natte lap, en wat is dat andere toch? Het lijkt wel zeeschuim. Er zit een grote kras op de steen. De kiezelsteentjes zijn nat en vies, groenig vies. Wat gebeurt hier? Ze vertrouwt het niet, ze wíl het niet vertrouwen. Het meisje is naast hem van Kaan komen staan. Wat een lelijk roodharig kind. 'Wie is dat?' vraagt ze. 'Je dochter?'

Hij zegt niets, trekt een scheve glimlach en pakt het handje dat het kind hem toesteekt.

'Jullie zijn allemaal zo rood.'

'Ik ben Dieke,' zegt het kind.

'Ja,' zegt hij. 'Dit is Dieke, ze helpt me.'

Ze probeert zo effen mogelijk te kijken, maar dat valt niet mee. Ze doorbreekt haar afkeer van dat blote lijf, van die lichte ogen, door nog maar eens haar bril omhoog te duwen. Hij ziet toch zeker wel wie ik ben? Waarom ben ik niet meteen weggelopen, zonder Benno? 'Goed,' zegt ze.

'Goed?' zegt hij. 'Wie ben jij? De begraafplaatsbewaarster?'

Als dit kind zijn dochter is, was dan die vrouw bij wie ze achterop zat zijn vrouw? Zei hij nou 'jij' tegen me? Jij?

'Hij is niet mijn vader, hoor,' zegt het kind. 'Dit is oom Jan. Wie ben jij?'

Ja. Jan Kaan. De groene viezigheid op de kiezeltjes is knisperend aan het opdrogen. Benno hijgt. De zon schijnt, maar niet zo fel meer als eerder op de dag.

'Ik ga maar weer,' zegt ze.

'Ja,' zegt hij.

'Doedoei!' zegt het kind.

Ze trekt met moeite de hond op zijn poten. 'Letten jullie ook een beetje op?'

'Waarop?' hoort ze het kind vragen, als ze nog maar nauwelijks vertrokken is.

'Nergens op,' zegt Jan Kaan. 'Weet jíj wie die vrouw is, Diek?'

'Nee, hoor. Gewoon een vrouw, een oma denk ik.'

'Had ze geverfd haar, denk je?'

'Weet niet.'

'Kom, we gaan weer aan het werk.'

Met opzet doen ze dat, denkt ze, als ze tergend traag over het schelpenpad loopt. Die rothond! Dat beest doet net of hij al twaalf is! Door het draaihek heen, met de twee altijdgroene coniferen ernaast. Ze kijkt nog even achterom en ziet dat de staart van de hond een zwabberspoor getrokken heeft in het schelpenpad. Ze trekt haar jas uit en haalt de bril van haar hoofd.

Water

'Maar,' zegt ze, 'wat is dit dan?'

'Zeeschuim,' zegt oom Jan. Hij kijkt haar niet aan, hij staart naar een grafsteen en wrijft met een hand over zijn borst. De hondenvrouw had in die richting gewezen. 'Wat?' zegt hij na een tijdje.

‘Jij hebt het laatst iets gezegd, hoor.’
‘Wat zei ik dan?’
‘Zeepschuim.’
‘Zeeschuim.’
‘Wat is dat dan?’
‘Dat komt uit een inktvis.’
‘Die zijn toch helemaal zacht en glibberig?’
‘Ja. Maar toch hebben ze een hard stuk.’
‘Waar dan?’
‘Op hun rug?’
‘Ik snap er niks van.’ Ze wrijft over het afgesleten zachte deel van het zeeschuim.
‘Ik ook niet. En het is troep, het werkt helemaal niet.’
‘Alles is vies.’
‘We gaan nog een emmer water halen.’
‘Oké.’
‘Of wil je naar het zwembad?’
‘Nee!’
Als ze samen naar het huisje met de lange naam lopen, kijkt Dieke om zich heen. Overal liggen dode mensen, heeft oom Jan gezegd. Maar het zijn niet alle dode mensen, want anderen willen liever verbrand worden. Hij zei ook nog andere dingen, en gelukkig gingen ze toen de steen schrobben en dacht ze stiekem toch aan het zwembad, en aan Evelien.
‘Wil jij het doen?’
‘Nee, doe jij maar.’
Oom Jan draait de kraan open en gaat met zijn handen in z’n zij staan wachten tot de emmer vol is.
‘Daarbinnen hangt een vogel,’ zegt ze.
‘Hm.’
‘Aan een touw.’
‘Hm.’
‘Die is ook dood.’
Oom Jan draait de kraan dicht, het gaat heel makke-

lijk. Ze kijkt ernaar en snapt niet dat het haar eerder niet lukte.

'Waarom?' vraagt ze.

'Wat?'

'Die vogel?'

Nu pas kijkt hij door het raampje naar binnen. 'Dat is een ekster.'

Dieke zucht.

Oom Jan giet de emmer in een paar keer leeg over de steen. Hij gooit de stukken inktvis in de emmer, samen met het schuurpapier en de natte lap. Hij wipt met de schroevendraaier het potje open en roert even in de verf. Daarna haalt hij de natte lap weer uit de emmer en wrijft er de schroevendraaier mee schoon. Natte lap en schone schroevendraaier gaan ook in de emmer, die hij op het schelpenpad zet. 'Zo,' zegt hij. 'Even wachten tot de boel droog is.'

'Goed,' zegt ze.

'Weet jij wat een bullebak is?'

'Nee.'

'Ik ook niet. Vroeger maakten opa en oma ons bang met de bullebak. Die woonde in de sloten. Zo hielden ze ons bij het water weg.'

'Waarom?'

'In water kon je verdrinken. Ze waren altijd bang dat we verdronken.'

'Dan ga je toch op zwemles?'

'Ja, dat deden we ook natuurlijk, maar pas toen we vijf of zes waren.'

'Wat is dat dan, zo'n bullebak?'

'Een heel groot beest, dat je zomaar kon grijpen als je te dicht bij een sloot kwam. In de sloot tussen jullie huis en dat van mijn vader en moeder, daar is een plek waar altijd luchtbelletjes omhoogkomen. Weet je dat?'

Dieke denkt na. 'Ik geloof het niet.'

'Dat is moerasgas, en mijn vader zei altijd dat dat de ademhaling van de bullebak was.'

'Opa?'

'Ja, jouw opa.'

'Was dat ook zo? Zat daar die bullebak?'

'Nee, natuurlijk niet.'

'Best griezelig.'

'Ja, daarom zei hij het ook. En weet je wat er gebeurde toen Johan voor de eerste keer zwemles had?'

'Nee.'

'Hij vroeg aan de badmeester of er een bullebak in het zwembad zat. Wat is dat? vroeg de badmeester. Hij bijt, zei Johan toen. Hij was hartstikke bang. De badmeester moest lachen en zei dat hij alleen door de watervlooien gebeten kon worden, en dat die zó klein waren dat je daar niets van voelde.'

'Bijten die dan?'

'Volgens mij niet. Heb jij er weleens iets van gemerkt?'

'Nee, hoor. Hoe oud was oom Johan toen?'

'Vijf, denk ik. Net zo oud als jij nu bent.'

'En jij?'

'Zeven. En we hebben ook een keer meegemaakt dat de bliksem insloeg.'

'Echt waar?'

'Echt waar. Het hele zwembad was vol met mensen en toen begon het te onweren. De badmeester blies drie keer op zijn fluit en binnen de kortste keren stond iedereen aan de kant. Johan en ik gingen in een badhokje zitten. Johan was heel bang en hij vroeg steeds of het weer wegging. Hij leek op Tinus, dat was de hond die we toen hadden, die kroop een keer in de kelder toen het onweerde. We gingen tellen.'

'Tellen?'

'Ja. Als het weerlicht, en de donder komt tien tellen later, dan is de onweersbui tien kilometer ver. Hoe minder tellen, hoe dichterbij het onweer is. Toen er nauwelijks meer iets te tellen was, trok ik mezelf omhoog aan de bovenrand van de deur van het badhokje. En net kom ik met mijn hoofd boven de deur uit, of de bliksem slaat in het water.'

Dieke denkt aan Evelien, ze hoopt dat het niet gaat onweren nu.

'Het was alsof er een deken van licht vlak boven het water hing. Overal, van het pierenbad tot het vierde. Ik schrok zo dat ik de rand van de deur losliet.'

'En toen?'

'Het was of ik het geraamte van het zwembad zag.'

'Hè?'

'Alsof het zwembad zich binnenstebuiten had gekeerd. En ik proefde een metaalsmaak in mijn mond.'

'En oom Johan?'

'Die zat te rillen op het lattenbankje.'

'Binnenstebuiten,' zegt Dieke. 'Dat snap ik niet.'

'Ik snapte er ook niets van. Het was heel raar.'

'Waarom was papa niet in het zwembad?'

'Die had al twee diploma's. Die ging liever in het kanaal zwemmen, hij vond het zwembad kinderachtig.'

'Ga je dood als de bliksem in het zwembad slaat?'

'Ja, dat denk ik wel.' Oom Jan schuift het T-shirt dat om zijn hoofd zit een paar keer heen en weer, alsof hij jeuk heeft. 'Die steen is nu wel droog, denk je niet?'

'Is jouw vrouw daar onder de grond?' vraagt Dieke.

'Hè?'

'Jouw vrouw.'

'Ik heb helemaal geen vrouw. Nooit gehad ook.'

'Waarom niet?'

'Daarom niet.'

'O,' zegt Dieke.

'Hier ligt jouw tante.'

'Ik heb geen tante.'

'Eh nee, dat klopt. Want die ligt hier.'

'Wat?'

'Oempf,' zegt oom Jan. 'Wacht even,' zegt hij dan. Hij kiepert de emmer leeg en loopt ermee naar het huisje. Even later komt hij terug en zet de bijna tot de rand gevulde emmer voor haar neer. 'Stop daar je hoofd maar in als je het te warm krijgt.'

'Doe het zelf,' zegt ze.

'Oké.' Hij gaat op zijn knieën zitten, zet zijn handen naast de emmer op de grond en steekt zijn hoofd helemaal in de emmer, met T-shirt en al.

Na een tijdje begint Dieke te fluiten, soms gaan de dingen sneller als je een beetje voor je uit fluit. 'Oom Jan!' roept ze. Maar dat kan hij natuurlijk niet horen. Wat zei hij nou net nog meer, toen ze op het bankje zaten? Dat als je dood bent, de wereld niet meer bestaat? Ze rukt aan zijn schouder, die is vettig, haar hand glijdt eraf. Ze grijpt de knoop van het T-shirt vast en trekt het hoofd van haar oom uit de emmer.

'Hè, hè,' zegt hij.

'Helemaal niet leuk,' zegt Dieke.

'Ik maakte maar een geintje. Ik wachtte tot je me ging redden.' Hij knoopt het doornatte T-shirt niet los, een dun straaltje water loopt van zijn neus. 'Au,' zegt hij en schuiert stukjes schelp van zijn knieën. 'Als jij eens gaat kijken of die pimpelmezen nog in de boom zitten.'

Ze buigt voorover, denkt even aan de dag waarop ze slaagde voor haar zwembewijs, haalt diep adem en stopt haar hoofd in de emmer. Ze zal hem krijgen. Ze voelt nu al de hand die haar eruit zal trekken, haar schouder jeukt een beetje. Ze doet haar ogen open en snel weer dicht. Waarom doet oom Jan nou niets? Ze zit toch zeker al een minuut met haar kop in de emmer? Had ik maar meer adem gehaald, denkt ze. Nog even. Kan best, hoewel het nu wel net is of haar borst vol zit met watten. Trek me er dan uit! Met een ruk komt ze overeind, ze voelt haar natte haar tegen haar rug slaan. 'Waarom doe je niks!' blèrt ze.

Oom Jan staat heel rustig, met zijn armen over elkaar zelfs, naar haar te kijken. 'Je wilt toch niet dat de wereld nu al ophoudt met bestaan?' zegt hij.

Hij knielt neer bij de steen en pakt het potje verf en het penseel op.

'Wat moet ik nu doen?'

'Dat zei ik net al. Ga even bij die pimpelmezen kijken.'

Ze wacht heel lang voor ze zich omdraait en met tegenzin naar de boom en het bankje loopt. Ze knijpt haar ogen stijf dicht en doet net of de wereld niet meer bestaat. Als ze denkt dat ze bij de boom is, doet ze haar ogen weer open. Ja, de vogeltjes zitten nog steeds op hun tak lucht naar binnen te zuigen en uit te blazen. Ze vindt het zielig, maar er is niets wat ze kan doen. De rits van haar tas is niet dicht, ze steekt er een arm in en pakt een appel. 'Wil je ook een appel nu?' roept ze.

'Jawel.'

Ze haalt de tweede appel eruit en loopt terug. Als oom Jan de appel aan wil pakken, trekt ze haar hand weg. 'Nooit meer doen,' zegt ze.

'Beloofd.' Ze eten hun appels op naast het graf, ieder aan een kant.

'Die vogeltjes waren er nog, hoor,' zegt ze.

Hij zegt niets.

'Hoe oud is die tante?' vraagt ze.

'Twee.'

'Twee? Hoe kan dat? Hoe oud ben jij? Dertig?'

'Ha! Zesenveertig. Je snapt toch wel dat die tante een kind was van oma?'

'Hè?'

'Ik ben toch ook een kind van oma?' Hij spuugt een hap uit. 'Bah, dat was een verrot stukje.'

'Eh...'

'Laat maar. We moeten iets verzinnen voor jou om te doen. Of wil je naar huis?'

'Nee.'

Oom Jan kijkt om zich heen. 'Wil je andere stenen schoonmaken?'

'Ja, hoor.'

'Mooi.'

'Moet dat ook met zeepschuim?'

'Nee, dan is water wel genoeg.' Hij loopt naar het pad, pakt de natte lap van de grond en schudt het schelpengruis eraf. 'Hier heb je een lap. Zit er nog genoeg water in de emmer?'

'Ja,' zegt Dieke. Ze pakt de lap aan en geeft hem haar klokhuis.

'Wat moet ik hiermee?'

'Opruimen.'

'O.' Hij doet een paar passen in de richting van de heg en gooit de twee klokhuizen eroverheen.

'Plons,' zegt Dieke.

Oom Jan komt terug naar het schelpenpad en wijst haar een steen, een liggende steen, die helemaal glad is, en bruinig.

'Wie ligt hieronder?' vraagt ze.

'Wil je dat echt weten?'

'Nee.' Ze dompelt de lap in de emmer, wringt hem uit en begint de steen schoon te wrijven, al snel met het puntje van haar tong tussen opeengeklemde tanden.

'Papa!' Hij was aan komen lopen zonder dat ze het merkte.

'Hé, Dieke.'

'Hier liggen allemaal dode mensen!' roept ze opgewonden. 'Ik maak ze schoon!'

'Nee.'

'Ja!'

'Moest dat van je oom?'

'Nee hoor, zelf bedacht,' liegt ze.

Haar vader loopt naar oom Jan. Ze staat op en gaat achter hem aan. Hij doet zijn handen in zijn zij en kijkt naar hoe oom Jan aan het werk is. 'Dat moet je anders doen,' zegt hij.

'Wat bedoel je?'

'Je moet de steen plat leggen, dat is veel gemakkelijker.'

'Kan dat?'

'Proberen.'

Haar vader en oom Jan pakken de steen vast en wrikken die een beetje heen en weer, tot het ze lukt hem omhoog te tillen. Ze leggen de bovenkant van de steen op een opstaand randje van het graf.

'Maken jullie het stuk?' vraagt ze.

'We zetten hem zo weer terug,' zegt haar vader. 'Niets aan de hand.' Hij gaat een stukje verder op een graf zitten, trekt zijn pakje shag uit een kontzak en gaat een sjekkie zitten rollen.

Ze kijkt aandachtig van de een naar de ander. Ze lijken inderdaad heel erg op elkaar, maar toch ook weer helemaal niet. Ze gelooft dat haar vader ouder is, dat is vreemd, want haar oom ziet er ouder uit. Oom Jan doopt het penseel in het potje verf en buigt zich over de steen heen. Haar vader steekt zijn sjekkie op. De een rookt, de ander schildert. Zij was aan het schoonmaken, en dat werkje pakt ze weer op. De beide mannen zeggen niets, en toch is het hier nu veel gezelliger. Werken zonder iets te zeggen, dat is wel mooi, voelt ze. Dat betekent iets. Als oom Jan na een tijdje zegt 'Het gaat niet zo, die steen moet weer rechtop,' reageert ze niet eens. Ze kijkt pas op als ze vanuit een ooghoek iemand over het schelpenpad ziet aankomen. 'Hond!' roept ze. En die grote vrouw met het zwarte haar. Hond en vrouw lopen zonder iets te zeggen langs haar heen.

‘Wat moet dat?’ zegt de vrouw. Ze praat hard, en de hond begint te blaffen. ‘Stil, Benno! Jullie vernielen de boel, ik wist het wel. Ik had jullie wel door. Zijn jullie van plan nog meer stenen om te halen?’

Dieke is opgestaan, maar blijft in de buurt van haar schoonmaaksteen. Haar vader en oom Jan staan met de steen in hun handen tussen de graven. De vrouw klinkt kwaad en de hond heeft niet naar haar geluisterd; hij blaft nog steeds.

‘Dit is ons graf,’ zegt haar vader. ‘Daar heb jij je niet mee te bemoeien.’

Dieke schrikt. Hij zei ‘jij’ tegen de vrouw, dat klinkt brutaal.

‘Ik ga dit aangeven! En wat doet dat kind daar? Ze zit aan een vreemd graf! Ze bevuilt die steen. Hebben jullie hier ook ergens een bak koeienstront staan? Waar zijn jullie mee bezig? Benno, stil!’

De hond blaft, haar vader en oom Jan laten de steen langzaam zakken. ‘Iets omhoog,’ zegt haar vader, ‘er liggen steentjes op het beton.’ Oom Jan bukt en veegt met zijn vrije hand iets weg en de steen zakt uit haar zicht. Daarna komen de mannen overeind, haar vader met een rooie kop.

‘Nou?’ zegt de vrouw.

Dieke kijkt nieuwsgierig naar haar vader. Gaat hij nog iets brutaals zeggen?

‘Ga toch weg.’

‘Wat?’

‘Bemoei je met je eigen zaken.’

Haar vader kijkt de grote hond doordringend aan en na een tijdje stopt het beest met blaffen. Hij kruipt achter de benen van de vrouw weg.

‘Ik héb hier zaken,’ zegt de vrouw, en ze wijst naar die

hoge, smalle steen die ze oom Jan eerder ook al aangewezen heeft.

Haar vader draait zich om en kijkt aandachtig in de richting die ze wijst. 'We doen niets wat niet mag,' zegt hij langzaam.

'Dat zullen we nog weleens zien,' roept de vrouw. Ze kijkt nu naar oom Jan. 'En jij...' zegt ze.

'Ja?' zegt oom Jan.

Het ziet er raar uit, oom Jan, met dat T-shirt om zijn hoofd en bloot van boven, en haar vader tussen de grafstenen, de vrouw en haar hond op het schelpenpad. Nu ziet ze pas dat de vrouw haar jas niet aanheeft. En had ze eerder geen bril op? Dieke is benieuwd wat ze tegen oom Jan gaat zeggen. Het is heel stil, ze denkt zelfs het hijgen van de twee vogeltjes te kunnen horen. De vrouw zegt niets. Ze draait zich met een ruk om en beent weg. Als de vrouw Dieke passeert, kijkt ze haar vuil aan. 'Rotjongens,' zegt ze.

Dieke glimlacht lief naar haar. 'Ik ben een meisje, hoor,' zegt ze opgeruimd. 'Doedoei!'

De hond stribbelt tegen.

'Eigenlijk kwam ik jou ophalen,' zegt haar vader even later.

'O, ja?' zegt ze.

'Ja. Ga je mee naar huis?'

'Nee.'

'Wil je niet naar het zwembad?'

'Nee.'

'We kunnen ook naar het strand.'

'Getver.'

'Wanneer ga je dan eten?'

'Ik heb al een banaan op. En een appel.'

'Ik ook,' zegt oom Jan. 'Laat haar maar blijven als ze dat wil.'

'Goed.' Haar vader steek zijn handen in zijn zakken. 'Ga je vanavond weer weg?'

'Ja,' zegt oom Jan. 'Wat heb ik hier verder te zoeken?'

'Misschien kunnen we nog even vissen.'

'Met dit weer?'

'Waarom niet? Een worm is een worm, of hebben vissen als ze het warm hebben geen honger?'

'Ja, vissen!' roept Dieke.

'Weet je al wat je gaat doen?' vraagt oom Jan aan haar vader.

'Hoe bedoel je?'

'Is het land al verkocht?'

'Nee.'

'Maar hoe moet het dan verder?'

'Geen idee. Is jouw probleem niet.'

'Nee,' zegt oom Jan. 'En tegen de avond gaan we vissen.'

'We zien wel,' zegt haar vader. 'Tot zo, Dieke.'

'Doei, papa.'

Haar vader loopt het schelpenpad af, in de richting van Het Polderhuis. Hij loopt een beetje krom, ziet ze. Net als opa, bijna. Snel gooit ze de lap in de emmer, waar bijna geen water meer in zit. 'M'n water is op,' zegt ze.

'Ik haal een nieuwe emmer. Moet ik je drinkbeker ook even vullen?'

'Ja, graag.' Ze gaat zitten op de steen die ze schoongemaakt heeft, al voelt dat niet helemaal goed. Het is niet leuk dat haar vader weg is. Ze voelt zich een beetje alleen en vraagt zich af waarom ze nee gezegd heeft. Want nu denkt ze wél aan het zwembad. En aan Evelien, want die is natuurlijk lekker aan het zwemmen. Misschien wel met Leslie, hoewel die de laatste tijd niet zo vaak meer in het zwembad is. Er kan natuurlijk nog iemand naar de begraafplaats komen, opa bijvoorbeeld, en dan kan ze gewoon met hem mee naar huis. En daar in het grote opblaaszwembad gaan liggen. Als het dan gaat onweren, is ze daar veel sneller uit dan uit het zwembad. Het mag zelfs oma zijn, hoewel ze haar best doet die sinds dat bezoekje aan de dierentuin en het eten erna te ontlopen. Het deed gemeen zeer, dat geknijp in haar arm. De kerkklok slaat.

'Wat zegt de kerkklok, Dieke?' vraagt oom Jan, die terugkomt met een volle emmer water.

'Veel.'

'Twaalf.'

Stroboek

Ik moet nieuwe onderbroeken, denkt Zeeger Kaan als hij de kurkdroge was van de lijn haalt. Hij gooit de kledingstukken in een wasmand en zet die op de keukentafel. Verder dan dit gaat zijn taak niet, de was opvouwen of strijken heeft hij nog nooit gedaan. Does is als een schaduw met hem meegelopen en gaat met een zucht languit onder de keukentafel liggen. Zeeger kijkt op de klok. Halfeen. Wat kan een zomerdag toch lang duren. Klaas is weer thuis, de auto, gammel en vuil, staat naast de schuur. Hij vermoedt dat zijn oudste zoon op de begraafplaats is geweest. Hij gaat voor de schuifpui staan en staart naar de tuin die in de loop van de tijd steeds voller is geworden. Er bloeit van alles nu, geen enkele vaste plant vloekt met de vaste plant ernaast. Toch is het op een dag als vandaag niet echt fleurig. Hij zou graag de sproeier aanzetten, maar doet dat niet, omdat hij geen zin heeft in een verbrand gazon. De grote bladeren van de Duitse pijp zijn dof en stoffig. Nu al, en het is nog niet eens juli. Hij steekt de kamer over en kijkt de voortuin in. Anna heeft gelijk, het is er, zelfs als het voorzomer is, duister. Vanochtend vroeg was het er al grauw. Om de een of andere reden kan hij dat wat hij zelf geplant heeft niet omhalen. Niet alleen Anna klaagt, ook Klaas zegt er tegenwoordig iets van, maar naar Klaas luistert hij helemaal niet, die doet zelf niets aan de tuin van de boerderij. Die laat de boel versloffen, neemt niet eens de moeite in het voorjaar een viooltje of afrikaantje in de drinkbak naast de achterdeur te zetten.

Hij haalt het schrift uit het bureau dat in het kleine kamertje staat. Hij wil ermee naar de woonkamer, maar bedenkt zich. Waarom niet hier blijven zitten? Het is een prettig kamertje, met ongeveer hetzelfde uitzicht als door de schuifpui, maar dan een paar meter verderop. Hij zet de deur naar de tuin open. Niet omdat hij denkt dat het daardoor koeler zal worden, maar om de radio in de garage te kunnen horen. Does begint te janken, die kan er slecht tegen alleen te zijn. Hij loopt naar de woonkamer. 'Kom maar,' zegt hij tegen de hond die aan de rand van de tegelvloer in de keuken staat. Dat is zijn grens, hij mag niet in de rest van het huis komen. De hond loopt met zijn kop naar beneden en zijn staart op vijf uur naar hem toe. Hij doet iets wat eigenlijk niet mag, maar heeft bevel gekregen het wel te doen. Daar gaan honden raar van kijken. Hij glipt het kleine kamertje binnen en loopt er onmiddellijk weer uit. Met een diepe zucht laat hij zich tegen de openstaande tuindeur aan vallen. 'Jij hebt het ook niet makkelijk, hè,' zegt Zeeger Kaan. Hij gaat op de bureaustoel zitten, en wrijft over zijn knieën. Soms moet hij zijn linkerknie een tikje geven als hij op wil staan, alsof het gewricht uit zichzelf niet meer wil werken.

Het schrift is niet al te dik en heeft een grijs gemarmerde kaft. Het etiketje op de voorkant is niet beschreven, hij heeft het schrift geen naam gegeven. Het is geen dagboek, het is een stroboek. Voor hij begint te schrijven, bladert hij wat in het schrift, waarvan de bladzijden nu droog en broos aanvoelen, maar in andere jaargetijden slap en klam kunnen zijn.

Donderdag 9 oktober 1969. Anna zat weer op het stro. Voor de tweede keer. Vlak na de begrafenis waren Jan en Johan hun moeder kwijt. Ik en Klaas gingen op zoek. Ze zat op het stro. Ik vroeg haar eraf te komen, maar ze zei niets en kwam er niet af. Schoonmoeder kwam. Op zaterdag 5 juli (1969), schoonmoeder stond te koken, kwam ze eraf. Ze stuurde haar moeder naar huis. Gisteren (8 oktober) zette ik de ladder tegen het stro op. Ze trapte de ladder omver toen ik ongeveer halverwege was. Pols gebroken. Melken gaat, maar moeilijk. Gips is vuil en nat geworden. Een paar uur later kwam ze eraf. Zonder commentaar.

23 december 2003 (dinsdag). De vrouw van Klaas heeft geprobeerd Anna van het stro te krijgen. Ze stond te schreeuwen als een viswijf. Anna zei natuurlijk niks, zoals altijd. Ze heeft haar dekbed meegenomen, gelukkig, het is vinnig koud. Toen de vrouw van Klaas wegliep uit de schuur, zei ze toch iets. 'Ga maar naar je kind.' Uren later kwam ze binnen, het was al donker. En vroeg kwaad waarom ik de kerstboom nog niet had opgetuigd.

21 maart 2004 (zondag). Het was te verwachten. De oude koningin is dood. In plaats van voor de televisie te gaan zitten (de godganse dag), zat ze op het stro. Nou ja, stro: er ligt nog een laag of drie. Ook vandaag nog van alles op de televisie. Er zit 15 maand tussen de vorige keer en nu, terwijl ik tot december 2003 dacht dat ze het nooit meer zou doen. Immers: de keer daarvoor was eind juni 1994. 'Zo' zei ze, toen ze vanmiddag binnenkwam. En later op de avond kwam er nog meer: 'Alles en iedereen begint nu echt weg te sterven. Nu ik zelf nog.'

30 maart 2004 (dinsdag). ik hield mijn hart vast, maar Anna heeft keurig voor de televisie gezeten, keek naar die protserige paarse koets, en ze bleef kijken tot iemand het gordijn dichtschoof voor het gat in de kerkvloer. Daarna zette ze een pot thee.

Dat het schrift ondanks korte aantekeningen toch bijna halfvol is, komt doordat hij er na verloop van tijd ook een tuinboek van is gaan maken. Alles wat doodgaat in de tuin, wordt nauwkeurig bijgehouden. Eerst alles rondom de boerderij, vanaf de verhuizing naar de overkant van de sloot, in de tuin hier. Twee iepen omgewaaid op 24 december 1977, meerdere hosta's in het voorjaar van 2001 niet opgekomen, perenboom gesneuveld op 1 april 1994, allebei de vlinderstruiken kapotgevroren, eind maart 2002, conifeer bruin geworden na de zomer van 2003 (*onverklaarbaar, schimmel?*), hemelsleutel (*uit elkaar gevallen*) verwijderd in het najaar van 1993. En tussen onheil met bomen, struiken en planten zo nu en dan een overlijdensbericht:

12 oktober 1981. Klaas heeft de veearts naar Tinus laten kijken. Helemaal onder de kanker, zei die. Geef hem maar een spuitje, zei Klaas. 's Middags kwam de destructor om een dood kalf op te halen. Klaas wilde Tinus laten meenemen. Daar heb ik een stokje voor gestoken. Gat gegraven aan de voet van de laatste knotwilg en de hond daar begraven. De grond was nog rul. Klaas snoof er een beetje om, Anna leek bijna opgelucht. Ze heeft altijd op de hond gescholden, ze schopte hem, en toch was het haar hond. Toen ik aan het graven was, stond ze de hele tijd pal achter me, ik geloof dat ze graag de schop uit mijn handen had gerukt.

mei 1984. Achterste wilg slaat niet echt aan. Heb ze nu twee keer geknot, de andere vier beginnen een mooie knot te vormen. Laat 'm nog even staan, hij is niet dood. Tinus?

'Moet ik nu al schrijven, of nog even wachten?' vraagt Zeeger Kaan aan Does. Al die oude dingen staan hem tegen, het hele schrift staat hem tegen, en toch voelt het als een verplichting om het bij te houden. Er fluit geen enkele vogel in de tuin, die moegeslagen lijkt door de hitte, uit de radio komt niet langer vioolmuziek, maar gepraat, hij staat net te zacht om te horen waarover. Zo af en toe hoort hij een woord. *Maartenszee, Rijkswerf, volleybal*. Does heeft één keer gezucht, na het horen van zijn naam. Hij pakt een pen uit het pennenbakje. Draait die even rond tussen zijn vingers, tikt met de punt op het opengeslagen schrift. Dan zet hij hem terug in het pennenbakje, dat omvalt, waardoor een aantal pennen over het bureaublad rolt en sommige op de grond terechtkomen. Hij slaat het schrift dicht en stopt het in de la. Hij gaat op zijn sokken door de openstaande deur naar buiten. 'Zo,' zegt hij. 'Meekomen jij.' Does staat op en loopt met tegenzin achter hem aan, alsof hij aanvoelt wat er komen gaat. Zeeger stapt bij de zijdeur in zijn klompen en lokt de hond naar de walkant van de brede sloot tussen zijn huis en de boerderij. Hij gaat zitten en trekt de hond op zijn schoot, en zo laat hij zich naar beneden glijden, tot zijn klompen de houten beschoeiing raken. Met enige moeite schuift hij Does, die verrekte zwaar is en niet echt meewerkt, van zijn schoot af. De hond valt op zijn zij in het water en gaat kopje onder. Zeeger Kaan wrijft over zijn knieën en laat zich achterover zakken. Even liggen, het kan hem niets schelen dat Klaas en zijn vrouw door hun keukenramen mogelijk zicht op hem hebben.

De bakker met het schrale gezicht maakt zich op om het huis te verlaten. Hij wil weg. Hij wil niet weg. Hij draalt. Op de radio zit de cultuurman van Radio Noord-Holland de evenementen van de komende tijd te bespreken. Volgende week kofferbakmarkt in Sint Maartenszee, vanavond films in de openlucht op de oude Rijkswerf in Den Helder, braderieën in Harenkarspel en Middenmeer, volleybaltoernooi in Schagen. Leuk, denkt hij. Gezellig. Hij zet het glas waaruit hij water heeft gedronken op het aanrecht en loopt naar de kamer. Het lage tafeltje ligt vol met foto's; de asbak, tafelaansteker en plant hebben ervoor moeten wijken en staan op de vensterbank. Achter de kurkdroge kranten.

De tijd tussen het kijken naar de kalender en het uitspreiden van de foto's heeft hij gevuld met het doornemen van de kleine advertenties in het streekblad. Onder het kopje DIEREN EN TOEBEHOREN stond niet één jonge honden-aanbieding. Wel werden twee oude honden te koop aangeboden, 'wegens huiselijke omstandigheden'. 'Die dus juist niet,' had hij gemompeld. Ook dronk hij vele glazen water, staand voor het keukenraam, met zicht op Het Polderhuis. Achter Het Polderhuis staat een aantal grote kastanjebomen, een hoge coniferenhaag ontnam hem het verdere zicht op de begraafplaats.

Hij gaat zitten, met een hand in zijn rug, als een hoogzwangere vrouw. De foto's van het koninginnebezoek zijn nooit ingeplakt geraakt. De envelop waarin ze zitten – hij ziet nog de handen van zijn dochter ernaar graaien – is nog steeds die uit 1969, gewoonlijk tussen de bladen van een roodbruin album gestoken. Andere foto's, van later datum, zijn wél ingeplakt, ook die van de vakantie naar Schin op Geul, eind augustus 1969. Geen opgeruimde en ontspannen vakantie, ondanks het mooie weer. Elke dag zon en elke avond een enorme onweersbui. Alleen het dochtertje lacht, op twee of drie foto's. Het album ligt op een van de luie stoelen, de envelop, die nu uitgescheurd is, erbovenop. Hij kan zich niet herinneren wanneer hij dit album voor het laatst bekeken heeft. Treurige afbeeldingen allemaal, die later nóg treuriger werden omdat zijn vrouw en dochter er niet meer waren om ze nog eens, giechelend en fluisterend, te bekijken.

Hij kijkt op de klok en denkt: wat kan het mij schelen. Uit het dressoir pakt hij een fles citroenbrandewijn en schenkt zich een glas in. Nu gaat hij niet als een zwangere vrouw zitten, hij heeft al zijn evenwicht nodig om de drank in het glaasje te houden. De dwerggeitjes staan, verdomd als het niet waar is, op één van de foto's. Dat wist hij niet meer, hij was zich in de loop van de tijd zelfs af beginnen te vragen of hij het niet verzonnen had. Een boer in een smetteloze overall houdt ze stevig vast, terwijl hij de dank van de oude koningin in ontvangst neemt. De geitjes vreten aan een bosje duizendschoon, dat een vrouw die met grote ogen naar de vorstin staart van opwinding langs een been laat hangen. Veel afbeeldingen van zijn dochtertje en het zoontje van de slager, die samen een duur boeket vasthouden. Hij neemt een slok. De koningin is op slechts één andere foto te zien, van achteren, door een haag van kindertjes met vlaggetjes op weg naar de voordeur van Het Polderhuis. Jan Kaan staat met een ontevreden kop, buik vooruit, vlaggetje omlaag, op de foto. Hij draagt een grijs vest met zwarte randjes en zilveren knopen. Een gloednieuw vestje. Twee keer is hij te zien, steeds met dat bozige hoofd. Waarom? De bakker neemt nog een slok en zet dan pas het glaasje tussen de foto's neer. Zijn dochtertje straalt. Die lijkt écht blij. Het zoontje van de slager kijkt onverschillig, hij heeft een knie achteloos naar voren gezet, het is of de hele gebeurtenis hem mateloos verveelt. Terwijl uitgerekend hij bloemen mag aanbieden aan de koningin. De bakker kijkt nog eens naar de boze Jan Kaan. Zou hij jaloers geweest zijn? Had hij met netter dan net over elkaar geslagen armen in de klas gezeten om uitverkoren te worden? Of vond hij dat hij er bespottelijk uitzag in dat Noorse vestje?

De bakker pakt de tweede foto waar Jan Kaan op staat van de lage tafel. Naast hem staat de zoon van Dinie. Teun, toch? Waar is die eigenlijk gebleven? Dinie zegt nooit iets over haar kind. Vreemd, overigens, Teun is een jaar of drie ouder dan Jan Kaan. Wat deed hij op die plek in de kinderhaag? Ze staan hand in hand. Teun kijkt in elk geval niet naar de koningin, waar die zich op het moment dat hij afdrukte ook bevond. Hij kijkt een beetje schuins naar Jan Kaan. De bakker zucht en neemt nog een slok. In een keer kiept hij de citroenbrandewijn naar binnen. Teun Grin kijkt als iemand die zijn ogen niet van een misvormd been kan houden, terwijl hij weet dat het niet gepast is daarnaar te staren. Vanavond toch eens aan Dinie vragen wat er van die zoon geworden is. Zijn hoofd begint te tollen.

In één beweging schuift hij alle foto's bij elkaar en stopt ze in het album. Hij verfrommelt de envelop en gooit de prop in de prullenbak. Dan pakt hij de asbak, de plant en de tafelaansteker van de vensterbank en zet die terug op het tafeltje. Hij schenkt zich nog een glaasje citroenbrandewijn in en slaat dat in twee teugen achterover. Met drank op is het of een oud lijf minder oud is; losser, vrijer.

In de lege winkel hangt aan een wand een grote plaat, in een zwarte lijst, met een ontspiegelde glasplaat. De lichtgrijze Volkwagenbus. Geparkeerd voor de bakkerij. *Blom Broodzaken.* Hij, zijn vrouw en dochtertje bij de achterkant van de bus. Stralend. Met zijn linkerhand trekt hij de onderkant voorzichtig naar zich toe en houdt zijn rechterhand op. Toch dwarrelt de foto die achter de plaat heeft gezeten op de grond. Hij bukt, wat na twee glaasjes inderdaad een stuk makkelijker gaat dan toen hij eerder op de dag de hortensia's aan het begieten was, en raapt de foto op. Heel speciaal, deze. Maar ook onverdraaglijk om naar te kijken. En wat heb je aan verstoppen, als je zelf precies weet waar dat wat je verstopt hebt zich bevindt?

Vroeg in de ochtend had hij de bestelling naar Het Polderhuis gebracht. 'Geen poespas,' had de bode hem gezegd. 'Gewoon brood, bolletjes, rozijnenbrood. De koningin is gewoon een mens. Als het maar kraakvers is.' Hij leverde de waar af met de nieuwe bus, hij wilde zoveel mogelijk mensen laten wennen aan het *Blom Broodzaken* dat op de zijkant aangebracht was. Terwijl de bus bedoeld was voor het buitengebied. De ronde in het dorp werd gedaan door zijn oude vader, in de even oude driewielerkar met een bovenbouw van glanzend notenhout. Daarop stond nog de oude naam, *Blom Brood & Banket*. Hij had tegen zijn vrouw gegrapt dat ze zonder de waarheid geweld aan te doen ook nog wel 'hofleverancier' onder de verse letters op de winkelruit konden laten zetten.

Later die ochtend leverde hij een grote hoeveelheid witte kadetjes af bij de notaris. Daaruit begreep hij dat die niet uitgenodigd was voor de lunch met de koningin en blijkbaar had besloten zelf maar een feestelijk middagmaal aan te richten. Voor hij het portier opende, had hij niet in de zijspiegel gekeken. Er zeilde ineens een jochie langs het portier, dat keihard 'Hé!' riep. Geschrokken trok hij het portier weer dicht. Het jochie ging weer rechts rijden en keek om. Het was Jan Kaan, de tweede zoon van Zeeger en Anna Kaan. Hij stak zijn hand op om hem te laten weten dat het hem speet. Kort daarop kwam Johan Kaan heel hard langssteppen, achter zijn broer aan. Nadat hij de kadetjes naar binnen had gebracht en langzaam terugreed naar de bakkerij, voelde hij aan zijn knieën dat de schrik hem nog steeds in de benen zat, het koppelen verliep ook niet helemaal zonder horten. Het buitengebied moest wachten tot later die dag, de koningin was in aantocht. Hij parkeerde de bestelbus schuin voor de bakkerij en keek tevreden naar de overkant. Hij stond goed in het zicht zo, de koningin kon de lichtgrijze bus niet over het hoofd zien. Er stonden al aardig wat mensen voor Het Polderhuis en uit de verte klonken opgewonden kinderstemmen. Het halve dorp leefde naar de lunch toe. Hij ging de winkel binnen, groette zijn vrouw en haalde het fototoestel uit de woonkamer.

Hij volgde zijn dochter, één van de twee uitverkoren kinderen. Drukte af op het moment dat ze volkomen bevangen door de zenuwen de koningin het bloemstuk overhandigde. En toen ze zich opgelucht in de kinderhaag voegde. Daar stond Jan Kaan ook, met een kwaaie kop. De jongen van Grin stond naast hem en hield zijn hand vast. De Westfriese dansgroep begon en ook daarvan maakte hij foto's, en van de koningin die vriendelijk keek naar het volksdansen, en van de oude Van der Goes met zijn viool, de ogen en mond samengeknepen van pure concentratie. Dit wordt een mooie, dacht hij. Daarna sprak hij met mensen, schudde handen en genoot van het fijne juniweer. Hij werd gecomplimenteerd met zijn nieuwe bestelbus en van Blauwboer hoorde hij dat de secretaris van de koningin daadwerkelijk met hem had afgesproken dat de geitjes opgehaald zouden worden. Hij gaf zijn dochtertje een zoen. Het werd steeds leger voor Het Polderhuis, hij bleef. En omdat hij bleef, wist hij de mooiste foto te maken die hij zich maar kon wensen.

'Wat zit jij te glimmen?' vroeg zijn vrouw, toen hij eindelijk zelf zijn middageten at en zich opmaakte voor de uitgestelde bezorgronde.

'Ik ben gelukkig,' zei hij. Nooit eerder had hij zoiets gezegd.

Zijn vrouw snoof en liep naar de winkel, de bel had gerinkeld.

Brood en leer. De bakker had een radio in de bestelwagen laten aanbrengen, en die speelde. Muziek, raampje open, de geur van vers brood en nieuw leer. Westenwind, dacht hij, bij het zien van de iepen langs de lange weg. Altijd maar westenwind. Hij reed het werkmanshuis naast de boerderij van Kaan voorbij. Daar was niemand, die waren op vakantie, rooms bovendien, en daarom misschien helemaal niet geïnteresseerd in de koningin? Zelf hoefde de bakker niet zo nodig op vakantie, hij had in het dorp genoeg reuring en bovendien, hoe kon hij rustig in een vakantiehuisje in Overijssel of Drenthe zitten terwijl iemand anders het brood bakte en uitventte? Zelfs als die iemand anders zijn eigen vader was? Hij draaide het erf van Kaan op en zette de Volkswagenbus stil voor het nieuwe melklokaal. Hij sprong uit de wagen en schoof de zijdeur open. Een heel bruin en een halfje wit. Achter hem klapte iets, verschrikt keek hij om. Een nat laken aan de waslijn. Hij ging het melklokaal in en liep door de gang naar de keukendeur. Hij deed de deur niet achter zich dicht, hij zou maar kort blijven. Het anderhalve brood legde hij met een zwaai op tafel. 'Daar liggen ze weer,' zei hij.

Anna Kaan keek op. Ze stond voor het raam naar de was te staren.

'Nog iets anders vandaag?' Dat vroeg hij altijd en vrijwel altijd was het antwoord nee. Heel soms een rol beschuit of een pak Fries roggebrood. Een doodenkele keer wilde Zeeger Kaan zes gevulde koeken hebben.

'Nee,' zei Anna Kaan.
'Ook niet op deze speciale dag?'
'Nee.'
'Hoe was de koningin?'
'Bijzonder.'
Hij keek Anna Kaan aan. Hij zag aan haar gezicht dat ze er verder niets over los zou laten. Nog eens schrok de bakker op, nu van een luid gebonk boven zijn hoofd. 'Wat gebeurt daar?' vroeg hij.
'Zeeger is een slaapkamer aan het timmeren. Voor Hanne.'
'Gaat die naar boven? Is ze al twee?' De bakker wist dat alle kinderen Kaan twee jaar beneden slapen, in de slaapkamer naast de woonkamer. Als je jarenlang bij de mensen thuis kwam, wist je alles van ze.
'Net,' zei Anna Kaan. 'En daarna gaan de kasten en de suitedeuren eruit.'
'Dan krijgen jullie een heel grote woonkamer.'
'Ja.'
Vanuit de gang kwam de jonge Ierse setter de keuken in. Tinus. Eigenaardige naam voor een hond. De bakker ging door de knieën en aaide het beest. Hij liet zich in het gezicht likken. Van boven kwamen nu zaaggeluiden.
'Dat duurt allemaal nog wel even. Eerst die slaapkamer maar eens af.'
'Het lijkt wel of iedereen aan het verbouwen is.'
'En kopen,' zei Anna Kaan. 'Mooie bus.'
'Dank je.' Ze had nog niet eerder iets over zijn aankoop gezegd.
Hij gaf de hond een zetje en kwam overeind. Hij ging weg zonder te groeten. Dat vond hij overbodig, hij kwam bij zoveel mensen over de vloer, deur in, deur uit, hij kon wel aan de gang blijven. Fluitend liep hij de keuken uit, en deed nu wel de deur dicht. Onderweg naar zijn bus noteerde hij met een afgekloven potlood het hele bruin

en het halfje wit in zijn opschrijfboekje. Dat kon hij, de bakker met het schrale gezicht: fluiten, lopen en schrijven tegelijk.

Hij floot bijna gedachteloos 'Oh Happy Day'. Dat had hij net in de keuken gehoord. Uit een radio die zo te zien fonkelnieuw was. Het was een melodie die bleef hangen. Hij reed achteruit het erf af en dacht toen pas weer aan het portier en Jan Kaan en dat hij daarover niets gezegd had tegen Anna Kaan. Ach, nergens voor nodig ook. Zijn knie trilde niet langer. Tussen Kaan en het volgende adres zag hij een roofvogel vliegen. Een buizerd, dacht hij. Of een kiekendief? Hij wist het niet precies, zou dat eens moeten opzoeken in het vogelboek, het verschil tussen die roofvogelsoorten. Nog een stuk of wat boerderijen en dan naar huis. Er zijn drie soorten kiekendieven, bedacht hij. Bruine, grauwe en nog een soort, dus het was niet genoeg om het onderscheid te weten tussen buizerds en kiekendieven. Hij begon weer te fluiten, schakelde zonder horten en probeerde in gedachten de plek in de boekenkast te vinden waar het vogelboek kon staan.

Een halfuurtje later reed hij op zijn dooie gemak weer langs de boerderij van Kaan, nu de andere kant op. Nog steeds was hij bezig met die buizerds en kiekendieven en daarom reed hij bedaard, zonder al te veel aandacht voor de weg. Het was heel rustig, welgeteld één auto had hem de berm in gedwongen. Vlak voorbij de dam reed hij ergens tegenaan. Hij boog zich, met zijn voet licht op de rem, over het stuur heen. Voor hem op de weg was niets te zien. In de rechter zijspiegel zag hij iets bruins. Een hond, de jonge Ierse setter van Zeeger Kaan. Had hij die aangereden? Als dat zo was, hoe kon het beest dan zo keurig rechtop zitten? De schrik zat er meteen weer goed in, allebei zijn knieën begonnen te trillen. De bus minderde vaart, hij draaide de radio uit, terwijl hij in de zijspiegel bleef kijken. Zijn linkerhand gleed over het stuur. Min of meer dwars op de weg kwam de bestelbus tot stilstand. Stilte. De geur van nieuw leer en vers brood. Een onverwachte windvlaag sloeg het portier bijna uit zijn handen. De iepen langs de weg bogen zich naar hem over. *Blom Broodzaken.* Nog voor hij om de bestelbus heen was, en de hond zag zitten, had hij een hekel aan zichzelf om die belettering, hoorde hij zichzelf wauwelen over de jaren zeventig die voor de deur stonden, over nieuwe, andere tijden.

Met de hond was niets aan de hand. Die zat waar hij zat. Hij zat, maar leek voor te staan, het was of het kind dat half op de weg, half in de berm lag, een stuk wild was. Omdat de bakker nog een stuk doorgereden was en nauwelijks in staat om te lopen, duurde het even voor hij aankwam bij het kind en de hond. Over de weg schoof een flard schaduw, de iepen bogen zich nog verder over hem heen, zonder te ruisen. Het kind zag er ongeschonden uit. Het lag stil, en het had de ogen dicht, dat was alles. Toen hij door de knieën ging, dacht de hond dat hij dat voor hem deed. De bakker duwde het jonge beest dat tegen hem opsprong en hem enthousiast begon te likken ruw van zich af. Uit een oor van het kind sijpelde een klein beetje bloed. De hond begon te blaffen, hoog en scherp. De zijdeur, die eigenlijk een voordeur was, de deur in de voorgevel van de boerderij was blind, ging open. De bakker kwam overeind. Anna Kaan liep een paar passen het erf op. Bleef daar staan. 'Zeeger!' riep ze. De jonge hond viel stil.

De bakker keek van de blinde deur omhoog langs de gevel. Een paar meter boven het balkon zag hij voor het eerst – terwijl hij alles wist van wat zich in het huis afspeelde – een gevelsteen. *Anno 1912.*

'Zeeger!'

De hond begon zachtjes te janken.

Die avond ging hij niet naar bed. Hij zat op een luie stoel die voor het grote achterraam geschoven was, en kwam niet eens in beweging toen hij in de bakkerij zijn vader – hoe was die binnengekomen? – aan het werk hoorde gaan. Het vogelboek lag op zijn schoot, hij staarde naar de kranten die zijn vrouw achter de kamerplanten had gezet. Hij wist nu precies het verschil tussen een buizerd en de drie soorten kiekendieven. Blauwe kiekendief, dat was de naam die hij eerder die dag, of nee, gisteren al, niet had kunnen achterhalen. Het interesseerde hem niets meer. Bovendien kon hij er weinig blauw aan ontdekken, het was eerder grijs, ongeveer de kleur van zijn nieuwe Volkswagenbus. Om halfvijf, het was inmiddels woensdag 18 juni, kwam zijn dochtertje naar beneden.

'Wat doe je?' vroeg ze.

'Ik zit,' zei de bakker.

Zijn dochtertje schoof met enige moeite een tweede luie stoel voor het raam en ging ook zitten. Ze viel meteen weer in slaap.

Is dit wat ik ga onthouden? Het verschil tussen die roofvogels? Hij keek naar zijn dochtertje. De hand van de koningin gloeide nog na op haar gezicht. Op het gezicht van Hanne Kaan zou nooit meer iets nagloeien. Hij staarde naar buiten, waar het al licht was en stroken mist de sloten aangaven.

Zo trof zijn vrouw hem aan, nadat ook zij naar beneden was gekomen. Ze ging achter zijn stoel staan.

Het dochtertje werd wakker. 'Wat is er?' vroeg ze.

Zijn vrouw vertelde haar wat er gebeurd was.

'Ik moet erheen,' zei de bakker. Hij dacht aan zijn grijze bus, werd misselijk bij het idee van de geur van nieuw leer en vers brood. Hij zag zichzelf op de fiets de gang naar de Kanen maken.

'Maar niet nu,' zei zijn vrouw. Ze liep naar de keuken.

'Nee,' mompelde hij. 'Niet nu.'

Ja, denkt hij, een hond. Zo'n schnauzer misschien. Hij kijkt naar de foto in zijn hand. Hij wil eindelijk weleens weg. Hij wil niet weg. Hij draalt.

Moriaantje

'Wat heb je daar?'

Oom Jan voelt aan zijn voorhoofd. 'Een muggenbult, denk ik,' zegt hij.

'O.' Nu begint het hier toch wel een beetje vervelend en saai te worden. Het water uit de emmer is weer eens op, en Dieke heeft geen zin oom Jan te vragen hem te vullen. Ze heeft ook geen zin om het zelf te doen, omdat ze dan veel te hard na moet denken over hoe ze die kraan dicht krijgt. De natte lap is niet nat meer, hij hangt over een steen en was na een paar minuten droog, ze zág hem lichter worden. Ze loopt om oom Jan heen, tot ze pal achter hem staat. Hij vult onverstoorbaar de lettertjes op met witte verf. Hij heeft één woordje af en is nu bezig met een volgend woordje. Hij heeft een kale plek op zijn achterhoofd, nee niet kaal, er zit minder haar dan op de rest van zijn hoofd. Het T-shirt is nog wel een beetje nat, dat komt natuurlijk omdat het opgerold is. Haar vader heeft niet zo'n plek op zijn hoofd. Oom Jan had al een hele tijd niets gezegd, en ze moest haar best doen om hem te verstaan.

'Vind je het vervelend dat er geen koeien meer zijn?'

Aha, nu gaat hij weer praten. 'Nee hoor.'

'Waarom niet?'

'Ik vind koeien niet leuk.'

'Wilde je geen boerin worden dan?'

'Ha! Natuurlijk niet!'

'Waarom niet?'

'Ik kan toch geen trekker rijden.'

'Dat kan je leren.'
'Nee, ik niet.'
'Zelfs ik kan trekkerrijden.'
'O, ja? Zonder rijbewijs?'
'Op Texel rij ik op zo'n klein trekkertje.'
'O, dat telt niet.'

Hij haalt het penseel uit een letter, doopt het in het potje verf en begint aan een nieuwe letter.

'Wat is dat voor een letter?'

'Dit is een l. Hier staat kleine. Ik denk dat een l makkelijk is. Een e is best wel lastig.'

Dieke zucht. Heel diep.

'Of wil je bij een slager werken? Net als je moeder?'
'Nee, dat stinkt.'
'Wat wil je dan worden?'
'Schildenares.'
'Zoiets als wat ik nu doe.'
'Nee. Schilderijen.'
'Toe maar.'

Ze zucht nog eens, en gaat even een klein stukje lopen. Het is net of ze zwembadgeluiden hoort, heel in de verte. Geschreeuw. Wat doet Evelien nu? Vindt ze er eigenlijk niks aan in het zwembad omdat zij, Dieke, er niet is? Of denkt ze helemaal niet aan haar, en dobbert ze met haar zwemarmbandjes naast Leslie. Denkt Leslie ook niet aan haar? Nee, Leslie is vast niet in het zwembad. Als ze bij het bankje uitkomt, en haar tas ziet staan, vraagt ze zich af waar haar drinkbeker is. Die zou oom Jan toch bijvullen? 'Waar is mijn drinkbeker?' blèrt ze.

Het duurt even voor er antwoord komt. 'Die staat nog bij het begraafplaatsgereedschappenhuisje.'

Tjongejonge, moet ze helemaal daarheen lopen. Het is toch wel heel erg warm. Ze schopt schelpengruis voor zich uit. Bij het huisje is het ietsje minder warm. De Jip-en-Jannekedrinkbeker staat onder de kraan, als ze hem oppakt, voelt het raar in haar arm, omdat de beker leeg is. 'Au,' zegt ze zachtjes. En nu? Ze loopt nog een stukje verder en kijkt om de hoek van het huisje. Daar staat een kistje, best wel een stevig kistje. Ze pakt het op, slaat de hoek weer om en zet het op de zijkant onder het raampje neer. Ze hoeft zich nauwelijks omhoog te trekken aan de rand, het kistje is veel hoger dan de emmer. Daar is de vogel. Hij draait heel langzaam een rondje. Wat was het ook maar weer voor vogel? Een ekster. Zo'n vogel die opa vangt, in een soort ijzeren kooitje, waarin er dan al een zit. Lokvogel, zo heet die ene ekster. Nóg langzamer draait de vogel weer terug. Hij is dood. Hartstikke dood. En toch beweegt hij. Er staat verder niet heel veel in het huisje. Ze ziet een paar scheppen, paaltjes, een grote houten hamer, en een soort tafel, met uitsteeksels. Ze kijkt nog eens goed naar de ekster, ziet hoe zijn pootjes zijn samengebonden, volgt het touw tot aan de balk waarin een spijker zit. Dan springt ze van het kistje af en veegt de voorkant van haar jurk schoon. Ze knielt neer bij de kraan. Eerst een heel klein stukje opendraaien en dan meteen weer dicht. Daarna iets verder en goed onthouden, met haar hand op de kraan, welke kant dicht is. Als de drinkbeker overstroomt, draait ze zonder verder nadenken de kraan naar rechts.

'Maar je kan toch ook trouwen met een boer. Dan gaat die op de trekker rijden.'

'Nee-hee,' zegt ze.

'Oké,' zegt oom Jan. 'Dan hou ik erover op.'

'We moeten daar weg.'

'Uit de boerderij?'

'Ja.'

'Wie zegt dat?'

'Mama. Ze zegt dat het huis uit elkaar begint te vallen.'

'Is dat zo?'

'Er viel een keer een stuk van het balkon af.'

'Levensgevaarlijk.'

'Welnee. Er staat nooit iemand op!'

'Wil je even proberen te schilderen?'

'Eerst even drinken.' Ze drinkt in één keer de helft op. Het had nog veel lekkerder kunnen zijn als oom Jan er iets over gezegd had. Maar ja. Ze durft niet goed te zeggen dat ze weg wil. Ze zet de drinkbeker aan de kant en stapt op de miezerige kiezeltjes. Oom Jan geeft haar het penseel. Ze laat zich door de knieën zakken en ziet dat haar hand een beetje bibbert. Snel komt ze omhoog. 'Ik durf niet.'

'Geeft niet. Dan doe ik het.'

Hij pakt haar onder de oksels en tilt haar naar de kurkdroge grond naast het graf. Ja, ze wil toch echt wel weg en ze begint ook honger te krijgen. Een banaan en een appel, dat vult helemaal niet. Oom Jan zit alweer, verft alweer, begint een beetje te hummen. Eigenlijk wil ze zó graag weg, dat zelfs oma langs mag komen om haar mee te nemen naar huis. Dan begint oom Jan te zingen.

'Moriaantje zo zwart als roet, ging eens wandelen zonder hoed. Maar de zon scheen op zijn bolletje, daarom droeg hij een parasolletje.' Hij maakt een letter af, en begint zonder op te kijken aan een volgende. 'Ken je dat liedje?'

'Nee-hee.'

'Het gaat over een negertje.'

'Over Leslie?'

'Zit die bij je in de klas?'

'Ja.'

'Dan gaat het over Leslie.'

'Die is nu in het zwembad. Denk ik. En Evelien ook.'

'En jij wilt zo langzamerhand ook weleens daarheen.'

'Mô,' zegt ze. 'Leslie heeft een heel grote vader.'

'Hoe bedoel je?'

'Groot. Lang.'

'O?'

'Ja.' Dieke begint zachtjes te zingen en met de teen van haar sandaal in het schelpengruis te draaien.

'Ik denk dat opa zo hier komt. Dan kan je met hem mee naar huis.'

'Mjâ,' zegt ze.

Kiezels

Iets heel moeilijks had die kerel van het tuincentrum gevraagd. Iets over oppervlaktes. Zoveel bij zoveel, en dat hij dan wel ging rekenen. 'Gewo-on,' had Johan Kaan gezegd. 'Wat er op de buik van een kind past.' Daarna duurde het een hele tijd voor de tuincentrumkerel het écht begreep, en dáárna moest er een zak speciaal, apart, gevuld worden, want de steentjes die hij wilde, werden niet standaard in zakken geleverd. Geld had hij, ja. Natuurlijk had hij geld, anders kun je niks kopen. 'Denk je dat ik gek ben, so-ms?' Die kerel was steeds langzamer gaan praten, langzamer en harder.

Nu loopt hij met de zak op zijn schouder, nu eens op de ene, dan op de andere, soms ook even in de nek, en als hij het niet meer houdt, heel even voor zijn buik, over lange, rechte wegen. Hij weet niet meer hoe zwaar de zak is, hij is vergeten wat die kerel heeft uitgerekend. Maar goed ook, want wat maakt het uit, een getal, een cijfer, als je die zak toch moet dragen? Het is heel erg stil, alleen net, op het stuk fietspad langs de provinciale weg, vlak na de witte brug over het kanaal, reden een paar auto's. Hij kent deze lange rechte wegen, en ook die ene kronkelweg voor de witte brug, hij weet waar de afslagen en bochten zitten, hij kan de sloten erlangs uittekenen, vroeger, ja vroeger, reed hij hele stukken met zijn ogen dicht, zo lang mogelijk, en dan nóg langer, de Zündapp onder zich als een, als een..., nou ja, als een brommer. Vanaf de dag dat hij zestien werd, heeft hij nooit meer op een fiets gezeten. Naar de kroeg in Schagen, heen nuchter, dronken terug. Hij kent de wegen met storm, hagel, mist, met kou en hitte, bij volle maan, met de kruidige geur van slootwater in het voorjaar, zure populierenbladerenlucht in het najaar, een hint van metaal als het regende (was dat dan de Zündapp of rook de regen zelf naar metaal?), een vermoeden van rustende beesten in het donker (langs de kronkelweg altijd schapen). En altijd jakkeren, nooit ergens uit de bocht gevlogen, nooit tegen de om de vijf jaar opnieuw geschilderde leuning van de witte brug aangeknald, nooit in een sloot beland. Nee, pas toen hij zo beheerst mogelijk over auto's en boomstammen en brokken beton...

Hij begint te zingen. Heel luid. Er zat daarnet iets in zijn kop wat weggeschreeuwd moet worden. De helderblauwe steentjes maken moeten in zijn vlees, dat helpt ook. Langs de weg staat nog een aantal grote bomen, op twee ervan is een gele stip geschilderd. Tussen de grote bomen in staan kleinere, met bruinige, verfrommelde blaadjes. Het wordt te zwaar, hij moet even de zak op de grond zetten. Bij een damhek trekt hij zijn gymschoenen en sokken uit en gaat zitten op het uiteinde van een duiker die onder de dam door loopt. Hij ziet stoom van zijn blote voeten komen. In zijn hoofd. Zingen doet hij niet meer, en hij vergeet even waarheen hij op weg is. Uit de kontzak van zijn afgeknipte spijkerbroek haalt hij een pakje Marlboro, de sigaretten plat, maar niet gebroken. Rechts de weg, met stukken waar de teer gesmolten is, links land, waarop twee vogels lopen, met lange, kromme snavels. Ze doen net of ze hem niet zien. 'Kluut!' roept hij, en dan nog vliegen ze niet op. Suffe beesten. Of is het soms te warm om te vliegen vandaag?

Vandaag. Het ís toch vandaag dat Jan...? Hij denkt na. Probeert na te denken. Haalt zich Toon voor de geest, misschien krijgt hij dan de dag weer een beetje in verband. Heeft die voor hij vertrok nog iets gezegd? Nee, want hij had ervoor gezorgd dat Toon hem helemaal niet zag weggaan. Trekt aan de sigaret. Slaat met zijn voetzolen in het water van het boerenslootje. Jan woont op Texel, denkt hij. Boot. Meeuwen. De sigaret is op, hij neemt één trek te veel, de gore smaak van het filter zit in zijn mond. Hij laat zich van de duiker glijden en staat dan tot aan zijn dijbenen in het water, dat helder was, maar nu niet meer. Hij schept wat water in een hand en spoelt zijn mond ermee. De filtersmaak is weg. Als hij de sloot uit klimt, trappelt hij om en om de prut van zijn voeten. Hij haalt de witte sokken zorgvuldig tussen zijn tenen door en trekt ze dan, smerig en vochtig, aan. Schoenen ook aan en daarna nog even omstandig in het kruis gekrabd, het is daar allemaal wat zweterig. Zak weer op de schouder. 'Kluut!' roept hij nog eens, en loopt verder, midden op de weg. Een paar minuten later toetert een auto hem de berm in. Het is of een gigantische appel hem voorbijrijdt; nooit eerder zag hij een auto met zo'n kleur, een raar soort groen, het doet zeer aan zijn ogen. De auto remt niet af, het zal niet bij de bestuurder opgekomen zijn hem mee te nemen. Johan Kaan laat zijn vrije schouder kort tegen de stam van de oude iep rusten. Hij kijkt omhoog. Dood, denkt hij. 'Morsdood!' roept hij.

Richel

Ja, de rode beuk gaat het afleggen. De boom is nog net geen honderd. In 1912, na de bouw van de boerderij, in het waarschijnlijk net ingezaaide gazon gepoot. Precies in het midden van het voorhuis, op één lijn met de blinde voordeur en het balkon erboven. Zeeger Kaan kijkt naar de boom door een keukenraam, waar de zon niet naar binnen schijnt, omdat hij zelf drie kastanjebomen in zijn eigen gazon gezet heeft. Waarvan er een trouwens al tekenen vertoont van die nieuwe ziekte: zwart bloed dat traag uit kleine gaten stroomt. Wat is dat toch, vraagt hij zich af. Al die ziektes die bomen krijgen? Is dat ergens goed voor? Ga ik op de fiets of met de auto? Fietsen is goed voor zijn knieën. Autorijden is meer iets voor een dag als deze, er zit airconditioning in.

Als hij een beetje afwezig – eerder op de dag was er geen levende ziel te bekennen op de weg – achteruit de oprit af rijdt, moet hij onverwacht hard remmen voor een auto die minstens dertig kilometer harder rijdt dan toegestaan is. Verbluft kijkt hij de groene vlek nog even na. Welke zot koopt een auto in zo'n kleur? Zelf rijdt hij rustig in neerdalend stof de weg uit. In het dorp gaat hij nog langzamer rijden. Zo her en der steekt hij een wijsvinger op naar mensen die boeidelen aan het schilderen zijn, of die hun hond uitlaten, een enkele fietser. Pas als hij de auto parkeert naast Het Polderhuis, begint hij de airconditioning te voelen. Dom, denkt hij, boeidelen schilderen met dit weer, vanavond zitten de blaren in de verse verf.

'Hé opa!'

'Ha Diek,' roept hij.

'Hier zijn we!'

'Ik zie het.' Dieke staat op het schelpenpad, in de opening naar het nieuwe deel van de begraafplaats. Het lijkt hier, elke keer als hij er komt, steeds kleiner en smaller te worden. Jan zit voor de steen. *Onze kleine* is af, hij is nu bezig met de eerste *l* van *lieveling*. 'Schiet aardig op.'

'Ja,' zegt zijn zoon.

'Honger?'

'Neu.'

'Dieke! Heb jij honger?'

'Ja,' roept Dieke. 'Opa,' zegt ze daarna, alsof ze hem nog helemaal niet heeft begroet, 'kom eens hier kijken.'

Hij loopt weg bij zijn zoon. Dieke moet niet al te lang meer in de zon, ziet hij, haar armen worden al een beetje rood. Ze wijst. Drie grote zilvermeeuwen staan in een kringetje te trappelen op het dorre gras, ze staren nors naar hun poten. Ze willen wormen, maar dan kunnen ze wachten tot ze een ons wegen. Zelfs de rode vlekken op de gele snavels – hier moet je zijn, vreten maar – zullen die wormen niet naar boven lokken. 'Meeuwen op het land, storm op het strand,' zegt hij.

'Wat zeg je?'

'Dat is een spreekwoord.' Hij kijkt naar het westen. De heiige lucht rukt op, de zon schijnt al niet helder meer.

Dieke fluistert iets.

'Wat zeg je, Diek?'

'Ik wil wel naar huis.'

'Dan ga je toch zo direct met mij mee?'

'Ja, goed.' Ze lopen samen terug, hand in hand. Als ze bij Jan aankomen, laat Dieke zijn hand los en loopt verder naar het bankje dat onder de linde staat. Ze pakt haar beker en gaat zitten drinken. 'Hè, hè,' zegt ze, als ze de deksel weer op de beker draait.

'Dat zeeschuim...' zegt Jan.

'Ja?'

'Waarom moest dat eigenlijk?'

'Om de boel goed schoon te maken.'

'Het is nergens goed voor, die steen is veel te ruw.'

'Nou, dan weten we dat voor de volgende keer.'

Jan haalt het penseel uit de *i* en kijkt hem aan. 'Ja,' zegt hij dan.

Het is niet altijd makkelijk naar je kinderen te kijken. Ze lijken zo op je, ze komen soms zo dichtbij, dreigend bijna. En vooral Jan kan op een manier kijken waar Zeeger Kaan een beetje ongemakkelijk van wordt.

'Daar ligt een tante van mij,' blèrt Dieke vanaf haar bankje. 'Daar onder de grond.'

Soms schuiven hun gezichten in elkaar over, soms ziet hij in Klaas ineens Jan, of Jan in Klaas, en moet hij zijn ogen dichtknijpen om dat weer goed te krijgen, andere keren ziet hij zichzelf, en dat wordt sterker naarmate ze ouder worden, kringen onder hun ogen, strepen langs hun mond, lijnen in hun voorhoofd. Nooit met Johan trouwens, die valt overal buiten, die is sinds het ongeluk uitgegroeid tot de allermooiste Kaan.

'Is Moriaantje zo zwart als roet een hij of een zij?'

Hij kijkt even weg, doet zijn mond al open om zijn zoon te antwoorden, maar gaat dan toch eerst even neuriën, tot hij bij 'haar bolletje' uitkomt. 'Haar,' zegt hij. 'Het is een zij.'

'Weet je dat zeker?'

'Ja.'

'Hé!' schreeuwt Dieke. 'Horen jullie mij wel?'

'Jawel, hoor. Heb je het warm?'

'Warm is niet het goeie woord,' zegt Jan.

'Ik denk dat het morgen beter is.'

'Morgen ben ik hier niet.'

'We gaan vissen vanavond!' roept Dieke.

'Je hebt niet eens een hengel,' zegt Zeeger Kaan.

'Maar jij wel!'

'Kijk uit, die e gaat niet goed.'

Jan staat op en wil hem het penseel geven.

'Nee.'

'Jawel. Toe dan.'

'Doe niet zo raar.'

'Misschien kan je het zelf veel beter.'

'Nee.' Hij duwt de hand van zijn zoon weg.
'Wat doen jullie?' roept Dieke.
'Ik heb zere knieën.'
Jan laat zich langzaam weer zakken, zijn kont op de kiezeltjes, zijn benen aan weerszijden van de opstaande randen. 'Jij hebt me gevraagd dit te doen, als je zo gaat beginnen hou ik ermee op.'
'Ja,' zegt Zeeger Kaan. Het is waar, denkt hij, ik heb hem gevraagd. Hij is de beste schilder, hij onderhoudt al die vakantiewoninkjes daar op Texel, en hij leverde vroeger al commentaar als ik aan het schilderen was. En terecht, ik had een gruwelijke hekel aan krabben en schuren. Maar ik ging niet schilderen als de zon erop stond.

Zeeger Kaan gaat aan de loop. Over de begraafplaats die steeds kleiner en smaller wordt. Hij haalt een hand over zijn kortgeknipte haar, hij wrijft over zijn knie.
'Ga je al!' schreeuwt Dieke.
'Nee,' roept hij. 'Nog even.'
'Niet mij vergeten, hè!'
Knuffelbeesten op kindergraven die zich eerder hebben volgezogen met regen zijn nu vlokkig uitgedroogd. Hij kijkt naar de namen en datums op de stenen. Drie burgemeesters liggen op een rijtje. Alle drie alleen, zonder vrouwen. Een van hen was burgemeester toen de oude koningin op bezoek kwam en voorzover Zeeger hem gekend heeft, zal hij nerveus en bijna kruiperig iets als 'Deze kant op alstublieft, majesteit. Hierbinnen staat de lunch klaar,' gezegd hebben, voor ze in Het Polderhuis verdwenen. Een bosje narcissen ligt volkomen uitgedroogd, maar nog niet verstoft, bij het monument voor de Engelse vliegeniers. Hij loopt verder, het oudere deel op, achter Het Polderhuis.
'Ga je!?'
'Ik kom zo terug, Diek!'

‘Wil je zó graag weg,’ hoort hij zijn zoon zeggen.

‘Neu,’ antwoordt Dieke.

Bij het graf van zijn ouders blijft hij staan. *Jan Kaan en Neeltje Kaan-Helder*. In een graf dat veel nieuwer is dan dat waarvan Jan de staande steen aan het schilderen is. Een graf waarvoor hij, zo schiet hem nu te binnen, binnenkort de volgende tien jaar moet afkopen. Daarnaast liggen zijn grootmoeder en grootvader. *Zeeger Kaan en Griet Kaan-van Zandwijk*. Altijd raar je eigen naam te zien op een grafsteen. Hij heeft zijn grootvader niet gekend, die stierf jong. Maar zijn grootmoeder ging pas dood toen ze vijfennegentig was, ze stierf in een stormnacht in november. Tientallen dakpannen op het erf, bomen omver, geen elektriciteit meer, grote barst in een van de voorramen. En ’s ochtends vroeg een dode grootmoeder in de twijfelaar. Hij keek lang naar haar gezicht, waar – zo dacht hij – nog iets van tegenstribbelen van af te lezen was. Anna stond naast hem, ze kneep zijn hand haast fijn, en hij wilde wel naar haar kijken, glimlachen, maar het lukte hem niet zich los te rukken van de dode vrouw. In de dagen erna de grote schoonmaak door zijn vader en moeder. Vrijwel alles verdween op een grote brandstapel achter de boerderij, waar, omdat de wind uit het oosten kwam, pas na een dag of drie de brand in kon. Het oude kapokmatras rookte en bruiste heel lang voor het eindelijk vlam vatte, de sanseveria’s ontploften vochtig.

Hij loopt snel door, naar het huisje van de doodgravers. Hij draait de kraan open, vormt zijn handen tot een kom en brengt het water naar zijn gezicht. Dan ziet hij nog zijn vader, die nadat hij de kapotte dakpannen van het erf heeft gehaald, doelbewust naar het kabinetje van zijn dode moeder loopt en er zijn medaille uithaalt. Een gouden medaille, gewonnen met arren op het ijs in de haven van Kolhorn. Zijn vader was erg goed met paarden. Het langs zijn borst halen van de medaille, bewasemen, nog eens poetsen, terwijl zijn moeder schuin achter hem dood in haar twijfelaar lag. De boerderij was eindelijk helemaal van hem.

Hij kijkt door het raampje naar binnen. Er hangt een uitgedroogde ekster aan een touwtje. Er staat een houten sleg. Een ouderwetse baar. Spades en batsen, paaltjes. Het moet in dat huisje om te stikken zo heet zijn.

Als hij Dieke op gaat halen, beseft hij dat er een compleet dorp onder zijn voeten ligt. Nee, meerdere dorpen. En toch wordt het hier naarmate hij ouder wordt steeds kleiner en smaller. Pas ik hier zelf nog wel, vraagt hij zich af. Nellie, zo heette het paard waarmee zijn vader de gouden medaille gewonnen heeft. Verdomd, het schiet hem zomaar te binnen.

'We gaan.'

'Ja!' zegt Dieke. Ze springt op de grond, pakt haar rugtas en wil al naar de uitgang beginnen te lopen.

'Eerst even Jan gedag zeggen.'

'O, ja.'

Jan is toe aan de *v*. Hij heeft een gespierde rug, ziet Zeeger, de gebogen ruggengraat steekt niet uit, maar ligt in een geul. 'Je moet dat T-shirt van je hoofd halen en gewoon aantrekken.' Een gespierde rug en dunner wordend haar op zijn achterhoofd.

'Weet je waar ik vanochtend aan dacht, toen ik langs Het Polderhuis fietste?'

'Nou?'

'Aan oom Piet, en hoe die op dat zwarte randje stond.'

'Hoe bedoel je?'

'Die stond voor de begrafenis, zonder zijn handen te gebruiken, op die zwarte richel.'

'Ach jongen, hou toch op. Dat kan helemaal niet.'

'Gaan we nou,' zegt Dieke.

'En toch was het zo.' Zonder op te kijken praat hij. Hij

doopt het penseel nog eens in het potje verf en zet de punt ervan in de *e*.

Zeeger Kaan zucht. Hoe verzint die jongen het. Hij pakt Dieke bij de hand. 'Kom.'

Als ze een graf of zeven, acht verder zijn, roept Jan hem na. 'Heeft moeder nog iets gezegd?'

'Nee,' liegt hij.

'Heb je geprobeerd haar eraf te krijgen?'

'Nee.'

Dieke trekt aan zijn hand. 'Opa...'

'Wanneer is ze er eigenlijk gaan zitten?'

'Vlak voor ik jou gisteren van de trein ging halen belde Johan op. Hij wilde je moeder spreken. Toen wij thuiskwamen, zat ze op het stro.'

'En nu?'

'Opa!'

'Ja, Diek. Niets.'

Ze lopen door. Het is heel stil nu. Dieke wijst hem zonder iets te zeggen op twee vogeltjes die op een van de onderste takken van de linde zitten. Pimpelmezen, met hun snavels wijdopen. De schelpen onder hun voeten knersen. Hij kijkt naar de fiets van Anna, die Jan tegen de stam van een kastanjeboom heeft neergezet. Daar is het zwartgeverfde richeltje dat langs de hele onderkant van Het Polderhuis loopt. Het kan niet veel breder zijn dan zeven centimeter. Blikmanes, heet dat, dat zwarte spul. Voor alle zekerheid inspecteert hij de gebroken-witgeschilderde muur, misschien zit ergens een ring waaraan zijn zwager zich vastgehouden zou kunnen hebben. Niets. Dieke is vooruitgelopen naar de auto. Hij trekt het portier open en ze wipt op de stoel. 'Pfoe!' zegt ze.

'Wacht,' zegt hij dan. 'Ik moet nog even...'

'Ja maar, het is hier zo heet.'

'Laat de deur maar openstaan. Het duurt niet lang.'

Hij loopt om de auto heen en opent ook het portier aan de bestuurderskant. Hij draait het contactsleuteltje om en zet de radio aan. Hij blijft even luisteren. Een verslaggever van Radio Noord-Holland staat aan de kust: *Je kunt hier over de hoofden lopen, de strandtenthouders doen goede zaken vandaag, en dat is heel anders dan de totaal verregende zomer van vorig jaar. Ik loop nu de strand...*

'Saai,' zegt Dieke.

'Er komt zo wel muziek.'

Hij loopt terug, naar de zwarte richel, maar bedenkt zich en loopt door. Langs de fiets van zijn vrouw, in de schaduw van de kastanjes nu, de poort, die hij gelukkig niet achter zich dicht geduwd heeft, zodat hij zonder lawaai te maken de begraafplaats op kan lopen.

Hij ziet niets. Zijn zoon zit verborgen achter de grafstenen. Misschien bezig met de tweede *l*, of zelfs al de tweede *i*. De zilvermeeuwen, die hij was vergeten, vliegen lachend op. Jan komt iets omhoog, kijkt naar de vogels die over hem heen zeilen en achter de heg verdwijnen. Buitelend op weg naar het westen. Waar het strand is. Dan lijkt de begraafplaats weer uitgestorven. Hij draait zich om en loopt op de zwarte richel af. Hij gaat met zijn rug tegen de muur staan en stapt met een hiel op de richel. Als hij de andere voet erop wil zetten, verliest hij onmiddellijk zijn evenwicht. Nog eens probeert hij het, nu met zijn andere voet eerst, en weer mislukt het. 'Rare jongen,' mompelt hij.

'Opa!'

Radio

Klaas zit weer op de luie stoel in de koegang. Niet omdat hij lui is, maar omdat het roepen van zijn moeder in zijn kop is blijven zitten. Nog steeds weet hij niet of hij het zich heeft verbeeld of dat ze werkelijk geroepen heeft. Hij staart naar buiten, en buiten is een vierkant in de verte, op de plek waar gisteravond nog de schuifdeur zat. Op het halfhoge muurtje van witte stenen dat een afscheiding vormt in de L-vormige oude koegang staat ook al een radio. Vroeger liep je weg uit de ligboxenstal met muziek en werd je een stuk verderop door dezelfde muziek opgewacht. Nu is de enige radio die nog speelt het oude ding in de garage van zijn vader. Hij heeft hem aangezet, en verwachtte dat hij het niet meer zou doen. Hij doet het wel... *Ik loop nu de strandopgang af, eens zien of hier iemand... Kunt u mij zeggen of... Wacht, dit is een Duits gezin, die verstaan mij natuurlijk niet, en als ze iets terugzeggen, kunt ú ze natuurlijk niet verstaan. Behalve als ik het ter plekke vertaal, maar daarvoor is het veel te warm, hahaha. Ik loop gewoon even verder en, ha, hier liggen twee onvervalste Noord-Hollandse dames. Dames, hebben jullie een aangenaam stranddagje?*

Het is hier zalig, maar nu is de zon weg, dus erg bijbruinen doen we niet. Maar we gaan niet naar huis, hoor! Rie en ik houden erg van zwemmen, dus we springen straks lekker in zee!

U hoort het luisteraars, hier is het prima toeven. De dames, hoe was uw naam? ... Jenneke en Rie hebben het naar hun zin. De zon is trouwens inderdaad verdwenen, laten we overschakelen naar weerman Jan Visser. Jan, kun jij...

Het begint te kraken in de houten silo, waarvan als een ijsberg op z'n kop maar een klein deel zichtbaar is hier, hangend uit de zolder, een taps toelopende onderkant, afgesloten door een ijzeren schuif met handvat. Eerst kraakt het en dan valt er iets op de schuif. Daarna wordt het weer stil, op het gezever uit de radio na.

Heb je het land al verkocht? Die broer van hem, die altijd maar daar op Texel zit, die hier nooit een poot heeft uitgestoken, die zelfs nooit kwam hooien, terwijl Johan bij wijze van spreken al op de wagen stond nog voor de balen uit de pers rolden, terwijl dat niet echt verantwoord was, die broer vraagt: Of hij het land al verkocht heeft. 'Tss,' zegt hij. Hij staat op en zet de radio uit. Er wolkt stof uit het laken dat de luie stoel bedekt.

Waarom doen we toch altijd ons uiterste best om moeder naar beneden te krijgen, vraagt hij zich af. Wat heeft dat voor zin? Uiteindelijk komt ze er altijd zelf wel af. Die ene keer dat ze het jachtgeweer van zijn vader mee omhoog had genomen, en er ook nog mee schoot. Ze had op een gierzwaluw gemikt, bekende ze veel later aan zijn vader, en die natuurlijk gemist. Om de een of andere reden houdt zijn moeder niet erg van dieren. De dag erop bonden hij en Jan alle ladders die ze konden vinden aan elkaar en klommen omhoog om tientallen gesneuvelde dakpannen te vervangen. Anna Kaan liep nog weken rond met een beurse schouder. Klaas kan zich niet herinneren wanneer dat was, misschien begin jaren tachtig. Het wordt wel steeds pijnlijker, zeker nu ze in de zeventig is. Dat ouwe lijf langs die ladder omhoog, dat ouwe lijf op het harde stro, die schelle stem, gedempt door honderd jaar stof.

Hij loopt naar buiten en trapt nog maar eens tegen de deur die plat op het beton ligt. Daar is het dooie schaap ook weer. Hoe deden ze dat vroeger? Begroeven ze die dooie beesten gewoon in het land? Hij herinnert zich een verhaal van zijn grootvader, over een massagraf achterin het land, na de miltvuurepidemie van 1923. Honderden koeienknekels aan het kopeind van een weiland. Hij herinnert zich zoveel. Hij begint te fluiten en loopt net als gisteravond naar het damhek en legt zijn onderarmen op de bovenste, afgekloven plank. Een meter of vijftig het land in zitten twee hazen. Hun oren trillen, ze zitten tegenover elkaar, kijken elkaar aan, lijken bezig elkaar te hypnotiseren. Vreemd, je ziet vaak één haas, of twee, en heel zelden een groep. Ze reageren niet op zijn gefluit.

Naast de onderkant van de houten silo zit een luikgat. Het luik staat open. Klaas trekt een roestige fiets uit een hoop troep en zet die tegen het witte muurtje. Hij grijpt zich vast aan de bovenkant van het muurtje, stapt op het zadel, en verplaatst in de opgaande beweging zijn handen naar de rand van het luikgat. Voeten van het zadel op de muur, het bovenlijf door het luikgat. Daar is een zwaai met beide benen voor nodig, en in die zwaai tikt hij de radio van het muurtje af. Die zal het nu echt niet meer doen.

Het is er schemerig, aan de achterkant van de schuur zitten twee kleine dakraampjes. Het stro ligt bijna drie meter hoog. Hij hoort Dirk snuiven. De stier is nog niet weg, zonder het beest zou het hier doods zijn. Hij kost niks; een paar handen hooi, zo nu en dan een paar scheppen krachtvoer, een emmer water. Er staat geen ladder tegen het stro op. Zijn moeder is niet van gisteren. Ook dat nog, het ouwe lijf dat een ladder omhoogtrekt. Of nee, ze is wél van gisteren, want er zijn meer ladders. Niet allemaal even stevig, maar nog niet helemaal versleten. Eén leunt tegen het oude melklokaal, een andere, van aluminium, ligt in het voorste vierkant, waar vroeger het hooi gestapeld werd. Als hij wil, is hij binnen de kortste keren boven, zelfs zonder ladder.

Hij leunt tegen de zijkanten van de balen stro en hijgt nog wat na van het klimmen. Hij wil dat zijn moeder iets vriendelijks tegen hem zegt, al was het alleen maar om het nog steeds zachtjes naklinkende 'Klaas' uit zijn oren te krijgen. Uit zijn vrouw komt weinig vriendelijks tegenwoordig, ze dringt aan, ze dwingt. Achtenveertig is hij, godbetert, en hij wil dat zijn moeder iets liefs zegt, misschien wil hij zelfs dat zij hem vertelt wat hem nu te doen staat.

Stro

Nadat Anna Kaan beneden iets kapot heeft horen vallen, is ze op haar buik gaan liggen. Had hij speciaal voor haar de radio aangezet? Ze ziet de 'onvervalste Noord-Hollandse dames' voor zich. Jenneke en Rie. De bokkenpootjes zijn op. Samen met het lauwe water en de advocaat hebben die ervoor gezorgd dat ze een wee gevoel in haar maag heeft. Ze heeft zin in iets fris, een zure appel, knapperig verse sperziebonen. Dat laatste kan, later, de moestuin staat er vol mee. Ze hoort Klaas hijgen. Ze weet dat hij er geen enkele moeite mee zou hebben op het stro te komen zonder ladder. Inmiddels weet ze ook dat ze hier zonder overtuiging ligt, kan ze nauwelijks naar het defilézwaard kijken zonder het nog warmer te krijgen dan het al is. Vreemd genoeg zijn haar voeten nog steeds koud, en er heeft zich een doof gevoel in haar kuiten genesteld. Ze voelt zich opgelaten. Ze ligt hier omdat ze dit al bijna veertig jaar doet, ze doet het als een herinnering aan vroeger, als een gewoonte. Lag ik maar naast Jenneke en Rie op het strand, denkt ze. Was ik maar met ze aan het zwemmen. Wat kan mij het schelen dat de zon verdwenen is.

Nu zijn ze hier met z'n drieën. Dirk, Klaas en zijzelf. En de zwaluwen natuurlijk. Ze laat haar oudste zoon nog even wachten.

'Klaas?'

'Ja?'

'Wat doe je?'

'Staan.'

Daarop kan ze zo snel niets verzinnen. Ze draait zich op haar zij, haar nek is stijf, haar arm doet zeer. Ze wrijft over haar borstbeen, de misselijkheid neemt al een beetje af.

'Heb je mij net geroepen?'

'Nee,' liegt ze. 'Waarom zou ik jou roepen?'

'Omdat je me nodig had.'

'Ik heb helemaal niemand nodig.'

'Waarom kom je niet naar beneden?'

'Bemoei je met je eigen zaken.' Ze hoort Klaas zich losmaken van het stro, het knispert, en vervolgens hoort ze hem een paar stappen doen op de planken vloer. In de richting van het luik? 'Je moet Jan weghalen van de begraafplaats.'

'Waarom?'

'Nee, gewoon doen. En Johan zal daar ook wel zijn.'

'Johan? Waarom denk je dat?'

De eerste keer dat Johan kwijt was, lag hij onder de beun die Zeeger getimmerd had voor de wasmachine. In het nieuwe melklokaal. Een Miele bovenlader was het. Het scheen dat er geen betere wasmachines waren dan een Miele. Maar deze machine was voortdurend stuk. En dan kwam de reparateur voorrijden in zijn bestelbusje. *Miele, er is geen betere,* stond op dat busje. 'Hmpf,' zegt ze nu, bijna veertig jaar later. Er had helemaal niet zo'n reparatiebusje rond mógen rijden. Zoals de bakker tot vervelens toe 'Daar liggen ze weer, hoor!' kon roepen, wanneer hij met een zwaai de broden op de keukentafel legde, zo zei de Mieleman steevast 'Hij draait weer, mevrouw.' Tot de volgende keer dat de wasmachine stuk ging. Ze vond Johan toen ze tussen het zoeken door een was ging draaien. Hij lag met opgetrokken knieën, op zijn zij, onder de beun. Dat lukte alleen een jongen van vijf. 'Ik wou weg,' zei hij, toen ze hem vroeg wat hij daar deed. Waarom, wilde ze weten. 'Zomaar,' zei hij. Later kroop hij vaker onder de wasmachine. Soms haalde ze hem er weg, soms liet ze hem liggen en wachtte ze rustig af tot hij er zelf onder vandaan kwam.

'Hmpf?' vraagt Klaas. 'Ik vroeg waarom je denkt dat Johan daar ook is.'

O ja, Klaas. 'Dat wéét ik gewoon.'

'Johan is in Schagen. Hoe moet die hier komen? Volgens mij mogen ze ook niet zomaar weg daar.'

'Nou, alsof hij zich daar iets van aantrekt.' Ze draait op haar rug en spreidt haar armen wijduit. Ze ruikt zichzelf en denkt weer even aan het strand, aan de zee. 'Ga je?'

'Misschien.'

'Ik ben jullie moeder!' Ze zucht. En ze hoorde iets in zijn stem wat haar argwanend maakt. 'Of ben je er al geweest soms?'

'Welnee. Wat heb ik daar te zoeken?'

'Ga je?'

'Ja.'

'Nu meteen?'

'Ja. Of straks.'

'Dan doe je tenminste nog eens wat nuttigs.'

Klaas zegt niets meer. Ze hoort hem door het luik naar beneden klimmen. Er valt weer iets, het klinkt vreemd genoeg als een fiets, en zo te horen komt hijzelf ook niet op twee benen beneden. 'Goddomme,' vloekt hij. Hoe hij en zijn vrouw zaten te paffen, tijdens het eten, met verongelijkte koppen, alleen om Jan dwars te zitten. Het eten dat op tafel lag, en niet op de borden, Johan die begonnen was met patat te gooien. En eerder op de dag als een dwaas met dat aapje op zijn kop zat. Trouwens, dat gesmijt met eten, dat deden ze altijd al. Als ze kwaad op elkaar waren, zetten ze potten stroop omgekeerd bij elkaar op het hoofd, of ze staken een zorgvuldig afgelikte vinger in de vla van een ander. Zeeger die het feest afsloot met zijn 'Nou, best een geslaagde dag.' Ze moet zich sterk vergissen of hij heeft er ook nog tevreden bij gezucht.

Het is weer stil beneden.

Nee, nooit meer een feest.

En ja, zo was het. Johan onder de wasmachine. Maar dat was pas later, want op de dag zelf waren hij en Jan bij Tinie en Aris. Ze had zelf nog gebeld, al kan ze zich daar nu geen voorstelling meer van maken. Op welk moment had ze de tijd daarvoor genomen? Was het voordat of nadat ze om een ziekenwagen had gebeld? En Klaas, waar was Klaas? De bakker die bleef komen, in die vreselijke lichtgrijze bestelbus. Hij hield op monter 'Daar liggen ze weer, hoor' te zeggen. Natuurlijk bleef hij komen, het was zijn werk, en hij kon moeilijk alleen naar hier iemand anders sturen, maar ze kon hem niet meer aankijken, en hij kon haar niet meer aankijken. Toen Blom Broodzaken de boel opdoekte omdat de concurrentie met het supermarktbrood uit Schagen te groot werd, was het hele dorp in rep en roer geweest. Dat was nogal misplaatst, omdat eigenlijk iedereen wel begreep dat het hun eigen schuld was. Het hele dorp, behalve zij. Zij was opgelucht. Er hing ook een was aan de lijn, een witte was, lakens die klapperden in de juniwind. Misschien had haar moeder die eraf gehaald. En iemand, ze heeft geen flauw idee wie, had de radio uitgezet. Dat was goed, want dat rotlied kwam zo ongeveer elk uur voorbij.

Anna Kaan pakt de fles advocaat erbij. Ze schroeft de dop eraf en laat de lobbige drank in haar keelgat glijden. Soezerig wordt ze ervan, op verjaardagsfeestjes beperkt ze zich tot één of twee glaasjes. Als het grote kraken begint – waar zit dat toch? Zijn het de balken van het vierkant?

De daksparren? Of toch iets in haar eigen lichaam? – draait ze de dop weer op de fles. Nog een kwart. Zet het hout, al het hout, uit omdat het zo warm is? Of krimpt het juist? Ze kijkt door het gat in het dak naar de lucht, die lijkt nu toch inderdaad wit, grauw in elk geval. Haar tijd op het stro zit er bijna op. Een regendruppel, denkt ze. Als ik de eerste regendruppel voel, grijp ik die aan om hier weg te gaan. Ze neemt nog een paar slokken muf water om de zoete smaak uit haar mond te spoelen en schudt haar kuiten. Het dove gevoel blijft.

Wandelstok

De wandelstok met de ivoren knop. Die zal hem de steun geven die hij zoekt. De bladeren van de hortensia's zien er beter uit, ze hangen er in elk geval niet langer helemaal slap bij. Het grind onder zijn voeten rommelt, de punt van de wandelstok maakt gaatjes. Liever niemand tegenkomen op de korte wandeling van zijn huis naar de begraafplaats, hij wil doelgericht lopen, en ook daar helpt de wandelstok bij. Hij denkt aan de hond van Dinie, zo'n hond is dan ook weer niet de bedoeling. Die is groot en log, en lijkt nooit erg geïnteresseerd in de dingen die om hem heen gebeuren. Zijn naam is wel goedgekozen. Benno. Nee, een schnauzer, dat lijkt hem wel wat, met een korte, schrandere naam.

Hij neemt de brug over de vaart en dan is het nog maar een klein stukje naar de oprijlaan van Het Polderhuis. De punt van de wandelstok tikt. Eén, twee, drie, één, twee, drie. Het ritme wordt even doorbroken als hij een hand naar de linker kontzak brengt. Hij voelt aan de dichtgeplakte envelop met daarin de foto. Hij heeft er een stukje karton bij gestoken om verkreukelen tegen te gaan. Voor een jasje is het veel te warm, anders zou hij de envelop in een binnenzak gestoken hebben. Op het moment dat hij de voordeur uitstapte, was de rug van zijn overhemd al nat. Het Polderhuis komt hem vreemd voor, nu hij kortgeleden de koninginnebezoekfoto's bekeken heeft, en voor hij de wandelstok erbij pakte snel nog een derde glaasje citroenbrandewijn naar binnen heeft geslokt. Vroeger stonden hier bomen, iepen, en nostalgische lantarenpalen, en naast de deur hing het bord met *Secretarie geopend van 9.- tot 12.30. 's Middags gesloten.* Daar stonden de koningin, de burgemeester en een onbekende man te kijken naar de dansgroep, en naast hen stond de stokoude violist met dunne en strakke lippen te spelen. Die ligt natuurlijk allang honderd meter verderop. Net als de burgemeester trouwens. De oude koningin ligt in Delft, in die grote kelder. In de schaduw van de oude leilindes stonden ze. Hij draait zich om, want zó duidelijk ziet hij dat beeld voor zich, dat hij bijna verwacht dat voor de bakkerij, aan de overkant van de vaart, zijn lichtgrijze Volkswagenbus staat. Die staat er natuurlijk niet. Er komt iemand aanfietsen en haastig loopt hij langs Het Polderhuis naar de poort van de begraafplaats. Die staat wijdopen, alsof hier kortgeleden iemand naar buiten is gegaan.

De bakker is niet vaak op de begraafplaats geweest. Zijn ouders zijn allebei gecremeerd en verder ligt hier geen familie. Dinie heeft hem een keer meegenomen om hem het graf van haar man te laten zien. Schutterig stond hij erbij, terwijl zij de steen met een afwasborstel te lijf ging (hij had geen vuiltje gezien), oude bloemen weggooide en nieuwe ervoor in de plaats zette. De hond lag een paar meter verder en keek de andere kant op.

Hij heeft een beetje hoofdpijn, wat niet verwonderlijk is na drie glaasjes brandewijn, midden op de dag. Er hangt een hoed aan de kapstok thuis, hij ziet hem hangen, hij heeft hem helaas niet opgezet. Een hoedrand houdt niet alleen de zon uit het gezicht, wat trouwens nu niet nodig is omdat de zon nauwelijks nog schijnt, maar beschaduwt ook de ogen. Net doen alsof hij hier wel vaker komt, alsof de begraafplaats een vast onderdeel is van zijn middagwandeling. Hij kijkt naar de grafschriften zonder een letter te onderscheiden, het schelpengruis onder zijn voeten klinkt heel anders dan het grind in zijn voortuintje en hij is blij dat hij de wandelstok bij zich heeft, die geeft nu ook werkelijk steun. Daar staat een bankje, onder een grote lindeboom. En nu ziet hij Jan Kaan zitten, tenminste, hij ziet een glimmende rug en een hoofd met een doek eromheen gebonden. Hij laat zich op het bankje zakken, eerst in het midden, maar daar zit een koperen plaatje dat hem venijnig in zijn rug prikt, dus hij schuift een stukje naar opzij. De wandelstok zet hij tussen zijn benen, beide handen op de ivoren knop.

Dan wordt het zó stil dat hij meent gehijg te horen, het lijkt wel van boven te komen. Verdomd, er zitten twee vogeltjes in de lindeboom. Twee vogeltjes die het heel warm hebben, als het even tegenzit rolt er straks een op zijn hoofd. Hij schuift naar de andere kant van de bank, en trekt daarbij met de punt van zijn wandelstok een streep in de schelpen. Jan Kaan komt iets omhoog en kijkt zijn kant op. Even kijken ze elkaar aan, even is er de mogelijkheid iets te zeggen, elkaar te begroeten, maar dan is het moment voorbij. Als de bakker besluit zijn wandelstok in de lucht te steken, zit Jan Kaan alweer met gekromde rug tussen de grafstenen.

Oh Happy Day

Dinie Grin zit op de bank in haar woonkamer. Het zonnescherm nog verder omlaag gedraaid, het is nóg geler in de kamer, en dat terwijl de zon allang niet meer op het grote voorraam staat. Haar blote voeten rusten op een rundlederen voetenbankje. Benno zit voor het bankje en likt haar hielen. Ze huilt. Al drie keer heeft ze haar hand uitgestoken naar de telefoon, en elke keer heeft ze hem weer teruggetrokken. Je kunt de politie niet bellen als je huilt, want dan begrijpen ze je niet, of ze denken dat je niet goed bij je hoofd bent. 'Ja, lief,' snift ze. 'Jij bent tenminste lief voor het vrouwtje.' De hond kijkt haar aan, houdt op met likken. 'Nee,' zegt ze. 'Doorgaan.' De hond gehoorzaamt.

Mensen op de begraafplaats zijn aardig en vriendelijk. Soms zeggen ze niet veel, en dat begrijpt ze wel. Soms zeggen ze juist heel veel en moet ze een einde aan de woordenstroom maken, omdat ze zelf ook het een en ander te vertellen heeft. De gemeente laat het afweten, zij houdt alles zo een beetje in de gaten, ruimt weleens verwelkte bloemen op, en de dikke staart van Benno veegt gratis en voor niets het schelpengruis van de paden netjes aan. Die rotjongens van Kaan hebben haar weggestuurd van de begraafplaats. Die roodkoppen!

'Bah!' zegt ze. Ze duwt Benno van zich af, staat op en doet de radio aan. Ze kijkt op de klok. Ja, dit zijn *Gouden Uren*. Oude hits zonder enig commentaar. Zuchtend gaat ze weer zitten, zwaait haar benen op het rundlederen voetenbankje. Ze hebben haar gewoon verjaagd. Wat zeiden ze ook maar weer? Ga toch weg! En Bemoei je met je eigen zaken! Maar ze hééft er zaken, en ze wéét wat verdriet is. En dan dat brutale kind – Dieke, wie verzint er in godsnaam zo'n naam? – met haar buikje vooruit en die helle ogen onder bleke wenkbrauwen. De manier waarop ze Doedoei! zei, was hemeltergend. Ze maakten de boel kapot, eigen graf of geen eigen graf. Voor de vierde keer gaat haar hand naar de telefoon. Ze huilt inmiddels niet meer, maar pakt de hoorn toch niet op. Als er al iemand op het bureau zit, zullen ze haar uitlachen, ze weet het, haar stem is nog niet helemaal in orde. 'Ja, lief,' sust ze, tegen zichzelf en tegen de hond. Ze schort haar rok iets op.

Oh Happy Day. Ze staart naar de radio, dit kan ze niet geloven. *When Jezus washed oh when He washed mmm, when He washed all my sins away.*

Ze sluit haar ogen, en voelt niet langer de warme tong van Benno, maar de luchtstroom tegen haar knieën wanneer ze in het witte lokethok zat; wind die door een gat in de wand onder de toonbank kwam, meestal lauw, maar soms ook nog vinnig koud. Dit lied, de hele, lange zomer lang, en geen minuut verveelde het haar. De gospel stroomde zalvend over alle hoofden in het zwembad, zonder onderscheid te maken tussen christelijke en onchristelijke hoofden. Het was de eerste zomer dat de radio verbonden was met de luidsprekers op de hoeken van het lokethok. Ze verkocht losse kaartjes, controleerde de seizoenskaarten, viste plakkerige centen en stuivers uit kinderhandjes, in ruil voor nóg een dropsleutel, weer een spek.

He taught me how, He taught me, taught me how to watch.

Alleen als ze haar zoon een tijd niet op de duikplank had gezien, vanuit een ooghoek, kwam ze even overeind uit haar stoel om een beter overzicht te hebben over het water, en keek ze ook meteen even steels naar Albert Waiboer, die met zijn dochtertje in het pierenbadje stond, de rug gebogen, stevig op zijn benen, vele spieren aangespannen. Ze dagdroomde in die tijd van Albert

Waiboer. Hij deed dingen met haar waar haar eigen man zich geen voorstelling van kon maken. Als Albert Waiboer er niet was, en hij was er niet vaak, was er altijd wel een andere man om naar te kijken. En ja, ze rookte af en toe een sigaretje, hoewel dat eigenlijk niet mocht, ze zette de deur op een kiertje en dan tochtte de rook al snel het hok uit. Die twee kleine Kanen kwamen altijd samen, altijd zei ze opgeruimd 'Ha, daar zijn de Kaantjes.' Dan keek die ene stuurs en nors en de kleinste schold. Heel onvriendelijk waren ze, niet leuk, niet vrolijk en blij als alle andere kinderen. En wat kon Teun toch prachtig springen op de duikplank. In zijn gele zwembroek. De oudste van Kaan zag ze niet veel in het zwembad. Maar die ene, die Jan Kaan, die haar zoon, op het zoldertje van de garage...

He washed my sins away...

Onmiddellijk gevolgd door een andere gouwe ouwe. Ze doet graag haar ogen open.

De Kanen. Ze fietste eens in de winter langs hun boerderij en daar stonden ze, de oudste zoon en Zeeger, te midden van nog een stuk of zeven van die akelige mannen, allemaal met een geknakt geweer over hun arm. Op een wit zeil lagen rijen hazen, fazanten en eenden, arme beesten. De jagers sloegen met hun vrije hand glazen jenever naar binnen, gewoon buiten, terwijl het nog licht was! Raar volk. Anna Kaan kent ze nauwelijks, maar daar zal ook wel een steekje aan los zitten.

Teun. Haar hand wil nog eens naar de telefoon. 'Benno, ophouden nu,' zegt ze. De hond luistert niet. In plaats van de politie Teun opbellen? En dan niet per ongeluk 'Teun' zeggen, de juiste naam gebruiken, anders kan hij zo kwaad worden. De bakker, die kan ze ook bellen, die is altijd thuis. Hij zal nu wel onder een parasol in zijn achtertuin zitten, met een kruiswoordraadsel op schoot.

Nee, dat heeft niet veel zin, ze ziet hem over een paar uur. Ze begint opnieuw te huilen, nu meer uit machteloosheid. Het kostte de nodige overredingskracht, maar het is haar gelukt uit het dorp weg te komen, de zoon die keurig trouwt, in Den Helder, twee kinderen krijgt, en dan gaat scheiden. En tegelijk ook niet langer machinebankwerker wil zijn, maar zich omschoolt tot jongerenwerker, en eindigt in een of ander tehuis voor van die jongens die 'moeilijk' zijn. Die simpelweg de hoorn op de haak gooit als ze hem eens een keer belt en haar per ongeluk een 'Teun' ontschiet. Je bent toch zeker hoe je heet? Zij en haar man hebben hem niet voor niets Teun genoemd. Namen zijn belangrijk, daarom is het zo akelig als mensen een lelijke naam hebben. Dieke? Vreselijk voor dat kind, ergens. Ze denkt erover haar ex-schoondochter te bellen, maar verwerpt dat idee, want die heeft tegenwoordig een nieuwe man, en de kans bestaat dat hij opneemt, en hij kent haar helemaal niet. O ja, 'Had ze geverfd haar, denk je,' dat zei die rooie van Kaan ook nog tegen dat lelijke kind. En 'Weet jíj wie die vrouw is,' vroeg hij, alsof hij dat niet zag. Als ik het zie, moet hij het toch óók zien? 'Benno-o,' zegt ze, zo dat de hond er niet eens op reageert.

Den Helder. Vrijwel alle uit de voortuin gegraven vaste planten en heesters vroren de eerste winter dood, de meubels stonden raar in de kleine woonkamer en haar man was er doodongelukkig. Ze heeft, toen eenmaal alles een beetje aan de kant was, één keer 'onwijzeling' tegen haar zoon gezegd, wat hij onbewogen over zich heen liet komen. Hij was er na een week of wat naar een nieuwe school gegaan en leek verder geen problemen te hebben met de verhuizing. Haar man had grote ogen gekregen, alsof hij zich voortdurend afvroeg hoe hij in godsnaam in dat tochtgat terechtgekomen was. Door haar, dus. Zij had de overplaatsing in gang gezet. Hij had tot vlak voor zijn dood die vreemde blik in zijn ogen gehad. Pas nadat ze hem beloofd had hem in het dorp te begraven, keek hij eindelijk weer een beetje normaal.

Niemand bellen dus, want het is raar om iemand te bellen als je huilt. 'Benno!' roept ze. De hond houdt op met likken. Ze staat op en loopt naar het raam. Staart naar het verdroogde gras. De hond komt naast haar staan en blaft naar een langzame lijster in de tuin. Lange draden kwijl druipen van zijn bek op het vloerkleed. Zo maar eens beginnen aan het avondeten, een fles frisse witte wijn in de koelkast leggen. Daar houden ze wel van, zij en de bakker. De bakker lijkt in niets op de neger die vanochtend door haar slaapkamerraam naar binnen glipte. Die zou donker bier ongegeneerd langs zijn kin laten lopen, waarna het op zijn blote borst zou druppelen, waarna het strepen zou maken tot aan zijn navel, of misschien wel lager. Ze zucht. De neger is natuurlijk ook veel jonger dan de bakker.

Wandelstok

De bakker slaat met zijn wandelstok tegen de stam van de lindeboom, om geen gezichtsverlies te lijden. Even is hij bang dat het de vogeltjes verstoort, maar ze vliegen niet op. Dan maar erheen kuieren, even kijken naar wat hij er aan het doen is, en dan daar een opmerking over maken? Hij heeft een droge mond gekregen van de citroenbrandewijn, droog en vies zoet. De stok staat weer tussen zijn benen en met zijn hele gewicht erop komt hij omhoog. Kuieren, denkt hij, niet lopen. Links van hem een glanzende steen, alsof de dekplaat gisteren is neergelaten. Jan Kaan is aan het schilderen. Een klein potje witte verf, een penseel. De bakker staat niet recht achter hem, en kan duidelijk lezen wat er op de steen staat. Vier woorden in verse verf. Jan Kaan is net begonnen aan het eerste jaartal. De bakker doet zijn ogen dicht, hij wil helemaal niet kunnen lezen wat er op de steen staat. 'Ha,' zegt hij, en weet het dan niet meer. Kan hij 'Jan' zeggen? 'Kaan,' wordt het. 'Ha, Kaan.' Dan pas doet hij zijn ogen weer open.

De rossige man maakt een kleine hoofdbeweging.

'Knapt mooi op,' zegt de bakker.

'Hm,' zegt Jan Kaan.

'Goed dat de zon weg is, anders is het hier niet om uit te houden.'

'Hm,' zegt Jan Kaan.

'En je schiet al lekker op.'

Jan Kaan zegt niets. Hij zet het potje verf op de grond en legt het penseel op de rand. Hij gaat op zijn knieën zitten, knoopt de doek die om zijn hoofd gebonden is los, slaat hem uit en trekt hem aan. Het is een T-shirt. Hij draait zich om terwijl hij opstaat. 'Ik ga even op die bank daar zitten,' zegt hij.

De bakker ruikt hem, als hij hem, met de blik strak op het bankje gericht, voorbijgaat. Niet onaangenaam, zonnebrandcrème en zweet, misschien ook nog iets als deodorant. Hij is ouder geworden, natuurlijk, heeft al het iets gekromde lopen van zijn vader en grootvader, maar het jochie van zeven zit nog in hem. En het kereltje van twaalf. De bakker probeert te achterhalen wanneer hij Jan Kaan voor het laatst gezien heeft. Echt gezien. Misschien toen hij een jaar of achttien was. Daarna nog een keer of twee, drie? Hij zal toch nog weleens in de keuken gezeten hebben, op een zaterdag, als hij er het brood langsbracht? Hij is op het bankje gaan zitten, trekt aan de korte mouwen van zijn T-shirt. De bakker vat wat

Jan Kaan gezegd heeft maar op als uitnodiging om naast hem te komen zitten. Hij heeft zijn wandelstok nodig om de vijftien meter te overbruggen. Met een diepe zucht zet hij zich voor de tweede keer op het bankje. Eerst gewoon even een praatje maken, denkt hij. 'Waar woon jij tegenwoordig?'

'Texel.'

'En wat doe je daar?'

'Ik beheer een park met vakantiehuisjes.'

'Hé,' zegt de bakker. 'En wat houdt dat allemaal in?'

'Schilderen, grasmaaien, Duits praten, troep opruimen.'

'En vandaag had je vrij?'

'Nou, ik ben eigenlijk assistent-beheerder.'

'Aha. Want het is nu toch hoogseizoen?'

'Jawel.'

De bakker denkt hard na. De man naast hem geeft antwoord, zeker, maar er gaat helemaal niets van hem uit. Hij zit erbij als Benno, de hond van Dinie, die kan ook zo lijdzaam alles ondergaan. 'Getrouwd?'

'Nee, hoor.'

Dat is jammer, want een vrouw moet ergens vandaan komen en over kinderen is altijd wel het een en ander te zeggen.

'Geen vrouw, geen kinderen. Helemaal niets heb ik.'

'Nou,' zegt de bakker, 'dat zal wel meevallen, toch? Hoe is het met je vader en moeder?'

'Prima.'

'Allebei nog goed gezond?'

'Jawel.'

'Heb je honger? Moet ik even wat voor je halen?'

Jan Kaan kijkt hem aan. Helle ogen onder bleke wenkbrauwen. 'Waarom zou ik honger hebben?' Weer doet hij de bakker aan Benno denken, hij heft zijn kin een beetje, alsof hij iets geroken heeft, en zo zijn neusgaten

iets beter in stelling brengt.
'Nou, misschien...'
'Ik heb helemaal geen honger. En als ik dorst heb, loop ik naar die kraan daar.'
'Ja, ja.'
'Heeft u gedronken?' vraagt Jan Kaan.
'Ach.' Wat doe ik hier, vraagt de bakker zich af. Hij haalt een hand langs zijn voorhoofd, terwijl hij met de andere hand stevig de ivoren knop van de wandelstok omklemt. De vochtige hand veegt hij af aan zijn broek. 'Ik heb net, thuis, oude foto's zitten bekijken.'
'Hm.'
'Van toen de koningin kwam.'
'17 juni 1969.'
'Wat?'
'Toen was de oude koningin hier.'
'Weet jij daar nog van?'
'Nee, helemaal niks.'
'O. Je staat er trouwens wel op. Op die foto's.'
'Weet ik.' Jan Kaan staat op. 'Ik ga weer eens aan de slag.'
'Eh...'
Jan Kaan loopt weg bij het bankje.
De bakker staat op, té snel, zijn ene hand, die waarmee hij het zweet van zijn voorhoofd geveegd heeft, schiet van de ivoren knop, hij valt op zijn knieën. Het doet gemeen zeer, die scherpe schelpen, ook aan zijn handen. Jan Kaan draait zich om en kijkt hem aan. Lijkt te weifelen. De bakker beseft dat hij zonder hulp niet op kan krabbelen. Hulp van de man tegenover hem, of van zijn stok. Hij grabbelt naar zijn stok. Jan Kaan doet een paar passen zijn kant op. 'Nee,' zegt de bakker. 'Laat mij maar even nog zitten.' Hij beziet het tafereel van bovenaf, alsof hij één van de twee vogeltjes in de lindeboom is. Oude man op zijn knieën. Veel jongere man, in T-shirt en kor-

te broek, op hem neerkijkend, hem is verboden een helpende hand te bieden. 'Ik wilde...' zegt de bakker.

'Ja?' zegt Jan Kaan, niet eens onvriendelijk.

'Nee... Ik...'

'Moet ik u helpen of niet?'

'Zeg toch...' Zeg wat? Bakker? Blom? Jij? Harm? 'Ik wil eigenlijk...' Hij heeft zijn wandelstok nu stevig te pakken, zet de punt in het schelpenpad en duwt zichzelf langzaam omhoog. Met kloppende slapen staat hij nu weer min of meer rechtop, hij verlangt erg naar zijn hoed en naar een groot glas koud water. Hij wil het schelpengruis van zijn knieën vegen, laat het toch maar even zo. 'Hier,' zegt hij dan, haalt de envelop met foto en kartonnetje uit zijn achterzak, en duwt die Jan Kaan in de hand. Het maakt hem nu niets meer uit, hij mag de envelop ter plekke openscheuren. 'Mijn vrouw is bij me weggelopen,' zegt hij. 'Lang geleden al.' Alsof dat verklaart wat er op de afbeelding staat. Hij mag de envelop ook dicht laten, en dan later de foto bekijken. Jan Kaan staat weifelend met de envelop in zijn hand, hij heeft nergens zakken, beseft de bakker. Niet in het T-shirt en niet in de korte broek, het is zo'n sportbroekje. 'Ze hield het niet meer bij me uit.' Nu draai ik me om, denkt de bakker, en loop ik rustig en bedaard naar de poort. Dat gaat lukken, zeker als ik de stok goed gebruik. Eén, twee, drie, zwaai; één, twee drie, zwaai.

'Waar is iedereen?'

Hij draait zich om. Waar is iedereen? Jan Kaan staat zoals hij net stond, hij staart naar de envelop die hij nergens kwijt kan. 'Wie, iedereen?'

'In het dorp.'

'Hoe bedoel je?'

'Het lijkt hier wel uitgestorven.'

'Dat valt toch wel mee?' Wat bedoelt die jongen?

Jan Kaan loopt terug naar het graf en legt de envelop

op de bovenrand. Hij haalt een hand langs zijn nek en laat zich zakken. De bakker zwaait met zijn stok. Eén, twee, drie, zwaai. Als hij Jan Kaan, zacht maar duidelijk, 'Bedankt' hoort zeggen, houdt hij zijn pas niet in. Eén, twee, drie, zwaai. Maar dat betekent niet dat hij het niet hoort.

Kastanje

De vrouw van Klaas staat aan de overkant van de sloot. 'Schoonvader!' roept ze. 'Weet u wat Eben Haëzer betekent?'

'Eben Haëzer? Zo heet toch dat huis van Kager?'

'Ja, maar wat betekent het?'

'Geen flauw idee. Moet het iets betekenen?'

'Ik vroeg het me af. En Linquenda?'

'Wat stel je moeilijke vragen.'

'Dat weet u dus ook niet?'

'Nee.'

Ze gaat naar binnen. Het lijkt erop dat ze speciaal naar buiten was gekomen om hem dit te vragen. Hij heeft de kettingzaag eventjes op het gras gezet. Toen hij de zaag uit de garage haalde, en door de achtertuin naar de zijkant van het huis liep, telde hij daar minstens zes bomen die ook om mogen. En dat terwijl hij eerder vandaag nog zijn bedenkingen had bij het bos van die kerel uit de stad. 'Does, wegwezen,' zegt hij tegen de labrador, die tijdens het gesprek met zijn schoondochter tussen hen in zat en keurig steeds degene die sprak aankeek. De hond luistert half, hij gaat zitten waar hij stond, terwijl Zeeger Kaan doorloopt naar de kastanje met de gaten en het bloed. Het is de middelste van drie kastanjes, de grootste. Er is een schrijven gekomen, een tijd geleden al, van de gemeente, waarin dringend aangeraden werd aangetaste bomen te laten staan. Dus gaat Zeeger Kaan niet een zieke boom omzagen, nee, hij velt een boom die hij beschouwt als onkruid. Een boom die op een plek staat waar hij ongewenst is. Does loopt tegen zijn benen op. 'Weg zei ik!' De hond piept en loop onwillig naar de hoek van het huis, waar hij op het klinkerpad gaat zitten.

Zeeger heeft de tank tot de rand gevuld met mengsmering, ook de olietank is vol en hij heeft zelfs het luchtfilter schoongemaakt. Hij trekt de choke uit en duwt met zijn pols tegen de handbescherming, maar de ketting staat al op de rem. Met een voet in het handvat, om de zaag op de grond te houden, trekt hij aan het starterkoord, en begint alvast maar te zuchten. Onbegrijpelijk, die machines. De ene keer slaat de zaag onmiddellijk aan, een andere blijf je trekken. Hij weet ook nooit zeker of je de choke nu uit moet trekken of in moet duwen. Nu duwt hij hem in en trekt nog eens aan het starterkoord. Nee, dit is niet goed, dat hoort hij meteen. De choke moet uitgetrokken worden. Na een keer of drie trekken, slaat de motor aan. Does probeert nog even te blijven zitten, dan wordt het kabaal hem toch te veel. Hij staat op en loopt naar de brug. Zeeger trekt de handbescherming naar zich toe, de ketting begint te lopen. Lang geleden heeft hij een eendaagse cursus gedaan. Hij weet niet meer precies hoe alle onderdelen van het vellen genoemd worden, wel heeft hij onthouden dat hij een driehoek uit de stam moet zagen aan de kant waar de boom moet vallen, vervolgens twee spintsnedes maken, en daarna vanaf de andere kant van de stam echt beginnen te zagen, ter hoogte van die spintsnedes. De boom is toch al snel een meter of twaalf hoog, hij moet hem schuin opzij laten vallen, tussen de hoek van het huis en de derde kastanje door. De andere kant uit is geen optie, dan belandt de boom half op de weg. Gelukkig zijn de meeste aardbeiplanten in de moestuin kaal. Ik lijk wel gek, denkt hij, als hij de kettingzaag halverwege het vellen op het gras moet zetten omdat het zweet hem in de ogen loopt. Hij trekt een zakdoek uit zijn zak en probeert zijn gezicht droog te wrijven. Hij ziet Does rondscharrelen bij de openstaande schuurdeuren. De bomen staan hier nu bijna veertig jaar. Ze zijn geplant toen de knecht hier nog woonde. 'Moet dat,' zei de knecht. 'Ja, dat moet,' antwoordde hij, en groef drie gaten. De twee kinderen van de knecht vonden het leuk, zij gaven de kleine boompjes wekenlang trouw water. Hij frommelt zijn zakdoek weg, trekt de ketting weer van de rem af en steekt het zaagblad in de snede die hij al gemaakt heeft. Even later begint het hout te kraken, hij doet snel een stap achteruit en opzij. De kastanje kantelt traag door de warme lucht en slaat met een onverwacht harde dreun tegen de grond, twijgen en bruine bladeren zwiepen de lucht in. Toch zonde van de sperziebonen die er nog stonden, denkt hij, als hij de kettingzaag uitzet en het huis binnengaat. En de enkele aardbei natuurlijk. In de keuken kijkt hij goed om zich heen. Het is er lichter geworden. 'Hm,' doet hij. Het kan nóg lichter. Voor hij weer naar buiten gaat, haalt hij een handdoek uit de badkamer en drinkt twee glazen water. Does staat al op hem te wachten op de stoep voor de achterdeur. 'Nee, Does, ik ben nog niet klaar,' zegt hij. Hij zwaait de hond weg met de handdoek. 'Ga maar naar de overkant.'

Stro

Nu is alles op. De bokkenpootjes, de advocaat en zelfs het water. De advocaat raakte op nadat Dieke tijdenlang had staan roepen beneden. Wanneer was dat? Een uur geleden? Een halfuur geleden? Dingen over Jan, die 'een steen aan het schilderen was, met een heel kleine kwast' en over 'een tante, maar hoe of dat zit snap ik niet'. Over iemand die Leslie heet, en dat Jan had gezegd dat Leslie 'een Morioentje' is. Zelf had ze 'allemaal stenen schoongemaakt, met dode mensen eronder' en dat was 'toch wel raar' geweest. Ze had niets teruggezegd, natuurlijk, en na een tijdje was Dieke weer verdwenen. Dirk snoof nog wat na, tot ook hij stilviel.

Anna Kaan is naar de rand van het stro gekropen en probeert door de openstaande schuurdeuren iets te zien. Er is een boom geveld, maar welke boom? Ze ziet niets, buiten een rechthoekje grind. En Does natuurlijk, die in de opening rondhangt, nu eens een poot op het beton, dan weer een poot op het grind. Als ze echt wil weten waar Zeeger aan het zagen is, zal ze het stro af moeten, en het jeukt in haar lijf, zó graag wil ze omlaag. Ik ga niet, denkt ze. Nog niet. Die regendruppel, dat heb ik afgesproken met mezelf. Laat ze nog maar even wachten.

Opnieuw klinkt het geluid van de kettingzaag. Nog een boom? Even later verschijnt Does weer bij de schuurdeuren. Waarom komt dat beest niet gewoon binnen? Vanwaar dat weifelen? Ze wrijft haar vingers warm. Het komt door het liggen, denkt ze. Het bloed stroomt niet.

Er zijn gelukkig geen herinneringen aan eerdere feesten omhooggekomen. Ze heeft gedoezeld, een halfslaap waaruit haar kleindochter haar wekte. Ze zag het hoedje van de oude koningin. Een mooi hoedje was het, met een brede ronde rand, gemaakt van stof die paste bij haar jurk. Een jurk met bloemen, inclusief steeltjes. De leren handschoenen, niet tegen de kou, want het was lekker voorzomerweer. En die ene handschoen die uitgetrokken werd, en de woorden die ze sprak. De wang die even aangeraakt werd, met de blote hand. De twee vrouwen achter haar, een heel deftig met een geel dophoedje, en een die de koningin van heel dichtbij aankeek, onbeschaamd bijna. De ene handschoen die losjes in de andere gehandschoende hand gehouden werd. 'De koningin heeft haar aangeraakt,' mompelde ze, alsof het net gebeurd was, toen Dieke haar met een keihard 'Oma! Wat doe je daar!' deed opschrikken. Onbegrijpelijk, dat het kind met haar praten wil, een antwoord van haar verlangt.

Kastanje

Klaas zit in het gras naast het grote plastic zwembad en houdt een oogje op zijn dochter. Het zwembad staat naast het voorhuis, aan de zuidkant. Zo te horen liggen er al twee bomen tegen de vlakte, hiervandaan kan hij het niet zien. Hij wil het wel graag zien, maar Dieke zit in het zwembad, en hoewel ze haar eerste zwembewijs heeft, blijft zelfs een laag water van een centimeter of veertig gevaarlijk. Het krijsen van de kettingzaag is hels in de stille middag. Blijkbaar moet er nog een derde boom geveld worden.

'Wat doet opa?' vraagt zijn dochter.

'Bomen omzagen.'

'Waarom?'

'Opa vindt bomen stom.'

'Nee!'

'Nee. Ik denk dat oma geklaagd heeft, Dieke. Dat ze het te donker vond worden in haar keuken.'

'Waarom zit oma op het stro?'

'Heb je haar dat niet gevraagd?'

'Jawel, ik zei "Oma, wat doe je daar," maar ze zei helemaal niks.'

'Misschien vertelt ze dat nog weleens.'

'Heeft ze wel drinken?'

'Ik mag hopen van wel, anders is ze zo langzamerhand uitgedroogd.'

'Wanneer komt ze eraf?'

'O, dat zal wel niet zo lang meer duren.'

'Van mij hoeft het niet, hoor.'

'Oma heeft geen hekel aan je, Dieke. Dat weet je toch wel?'

Ze geeft geen antwoord, staart naar het lauwe water.

Hij kijkt naar haar en vraagt zich af vanaf welk moment mensen ophouden met zoveel gemak over dingen heen te stappen. Ze is de bomen al vergeten, en hij ziet haar, nu, haar grootmoeder vergeten.

'Papa...' zegt ze.

'Ja?'

'Waarom praat oom Johan zo raar?'

'Vind je hem raar praten?'

'Ja. Zo langzaam.'

'Dat heb ik je toch al eens verteld?'

'Neu.'

'Jawel, dat hij een ongeluk heeft gehad, met zijn motor...'

'Hij reed over auto's heen.'

'Zie je wel dat je het weet?'

'Ik ben het een beetje vergeten.'

'Trialrijden heet dat. En dat hij op een dag van zo'n obstakel afgevallen is.'

'Obstak...?'

'Nou ja, van een hoop boomstammen.'

'O, ja. En toen was hij bewusteloos.'

'Ja. Wel een dag of tien. Wacht even, Diek. Ik ga even om de hoek kijken wat opa aan het doen is. Dan kom ik terug. Blijf je zo zitten? Precies zo? Ga je niet liggen?'

'Ja,' zegt zijn dochter.

'Wat bedoel je met ja? Dat je wél gaat liggen?'

'Nee, niet liggen. Kom je straks ook in het zwembad?'

'Ja. Ik heb het vreselijk warm.' Hij staat op. Voor hij de hoek van het huis om gaat, kijkt hij nog even achterom. Zijn dochter doet haar best precies zo te blijven zitten als ze zit. Als hij onder het balkon doorloopt, kijkt hij omhoog. Je zal zien dat juist op het moment dat hij hier loopt, er een balkje of een stuk beton naar beneden komt. Het balkon laat niets vallen. De liguster die het gazon van het erf scheidt, is veel te hoog om overheen te kijken, daar is in geen jaar de heggenschaar in gezet. De geur van de bloemen is onverdraaglijk. Stom, denkt hij, als ik de heg knip, bloeit hij niet meer. Hij gaat naast de heg staan en ademt door zijn mond. De middelste boom ligt schuin de moestuin in, die zal hij als eerste omgezaagd hebben. De tweede boom ligt midden in de voortuin, dat is logisch, want de boom die er stond, staat er niet meer, en aan waar zijn vader staat, is te zien dat de derde boom boven op de tweede boom komt te liggen. Hij heeft ze alleen omgezaagd, niet gestript. Dit was het grove werk. Klaas houdt zijn hart vast. Zijn oude vader, gebukt bij de stam van de derde kastanje, met een levensgevaarlijke machine. Als de derde boom neergaat, houdt hij het voor gezien. De kettingzaag wordt uitgezet. Does, die midden op de brug zat, staat onmiddellijk op en loopt naar zijn baas toe. Klaas draait zich om en loopt terug langs de voorgevel van de boerderij. Hij kijkt door elk raam naar binnen, en door geen enkel raam ziet hij zijn vrouw. Dieke heeft geen vin verroerd en kijkt hem tevreden aan.

'Is-ie klaar?' vraagt ze.

'Ja, hij is klaar.'

'Kom je er ook in?'

Klaas trekt zijn schoenen, sokken en broek uit en stapt in het zwembadje. Het water is allang niet koel meer. Hij kan er net helemaal gestrekt in liggen. Dieke gaat op zijn buik zitten.

'Je bent een eiland,' zegt ze.

'Ja,' zegt hij, 'ik ben een eiland. Met een onderbroek aan.'

Oma vergeten, Jan op de begraafplaats vergeten, Johan vergeten en nu ook al de kastanjebomen vergeten. 'Texel,' zegt ze dan. Dus nog niet helemaal Jan op de begraafplaats vergeten.

Even hier zo liggen, denkt Klaas. Even die ouderwetse plasticgeur opsnuiven; scherp, zoals vroeger de opblaasballen en zwembandjes op het strand. Dan ga ik.

'Papa?'

'Ja?'

'Die tante, die daar op de begraafplaats ligt...'

'Ja?'

'Waarom is die dood?'

'Ach, Dieke.'

'Ben ik daar te klein voor?'

'Ja. Laten we het daar maar op houden.'

'Waar was jij?'

'Waar was ik?'

'Ja, toen ze dood ging.'

'Joh, dat is zo lang geleden. Dat weet ik niet meer.'

Hij had gestaan bij het zijraam, twee meter vanwaar hij nu ligt.

's Ochtends spijbelde hij. Hij had geen zin om hand in hand met klasgenoten voor Het Polderhuis te staan, met een lullig vlaggetje. 'Als ik de koningin wil zien, kijk ik wel naar de tv,' had hij gezegd tegen een vriendje en samen met dat vriendje was hij naar het kanaal gefietst, om bij de witte brug te gaan zwemmen. Ze wisten dat de koningin vanuit Slootdorp aan zou komen rijden en het was geen toeval dat ze allebei met druipende zwembroeken op de leuning stonden en precies op het moment dat de grote wagen over de brug reed naar beneden sprongen. Ze hadden afgesproken niet om te kijken, te doen alsof ze net als op gewone dagen aan het zwemmen waren. Dat lukte niet, ze waren te nieuwsgierig. Klaas zag de koningin in de wagen zitten, een vrouw met een soort dophoed. Daarna ging hij eten bij dat vriendje en vervolgens ging hij naar huis. Hij zorgde ervoor dat zijn moeder hem niet zag.

Die middag zat hij onder de werkbank in de schuur. Hij was bezig met moeren en bouten, stukken hout, fijn kippengaas en spijkertjes. Iets maken wilde hij, zonder precies te weten wat. De drie stiertjes stonden met hun koppen tegen de spijlen van de stierenbox, een rode kater lag naast hem op een lege jutezak. Het werd een soort kar, met pakketouwklossen als wielen. Toen hoorde hij zijn moeder schreeuwen. 'Zeeger!' Dat was geen kom-je-eten-roepen. Hij kwam overeind en stootte zijn kop tegen de bankschroef. De kater schoot weg, de stiertjes deden een stap achteruit. Hij nam niet de kortste weg – door de schuur naar voren – maar ging aan de achterkant naar buiten. Ter hoogte van het boenhok hoorde hij zijn moeder nog eens om zijn vader roepen. Door de moestuin aan de zijkant van de boerderij liep hij naar de voortuin. Hij bleef staan bij het zijraam, vanwaar hij door de voorramen op de weg kon kijken, over een rijtje cactussen en de liguster heen. In de verte zag hij de Volkswagenbus van de bakker staan.

Hij kwam niet van zijn plaats. Hij zag zijn moeder, zijn vader, hij hoorde één keer Tinus scherp janken, alsof hij een trap gekregen had. De bakker kwam uit zijn bestelbus, er werd gebukt – achter de heg – en er werd gepraat, maar dat praten was te ver weg om iets te kunnen verstaan. Hij hoorde een sirene, de bakker verdween, de bus bleef gewoon half op de weg staan, een ziekenwagen manoeuvreerde zich erlangs, en daarna kwam er ook een politieauto aanrijden. Mannen in witte jassen op het erf, mannen in uniform stonden op de dam en bij de bestelbus van de bakker, en nog steeds begreep Klaas maar niet wat er aan de hand was. Zijn moeder riep een paar keer zijn naam.

Na een tijdje stond alleen de Volkswagenbus er nog, hij wist niet zeker of de bakker er nog in zat. Hij zag alleen nog de cactussen, het waren er vijf, van die grijze, wollige, met gemene weerhaken. Er liep iets tegen zijn benen op. Tinus. Samen liepen ze terug naar achteren, dwars door de moestuin heen, hij hoorde de boontjes onder zijn laarzen knappen. Hij kwam aan in de schuur, wist niet wat hij moest doen. Hij liep de stal in en trok de deur van het kalverhok open. Tinus scharrelde achter hem aan en vlak voor hij de deur dichttrok, glipte de rode kater naar binnen. De kalveren schrokken van hem. Toen hij een tijdje met zijn rug tegen de muur zat, kwamen ze op hem af en begonnen voorzichtig aan hem te ruiken. Tinus likte hun natte neuzen. De drie stiertjes stonden niet langer met hun koppen richting de schuur, duwden tegen de spijlen aan deze kant. Hij stak zijn hand in de bek van een kalf en even later zijn andere hand in de bek van een tweede kalf. Hij dacht aan een boekje van het K.I.-station Stompetoren dat zijn vader hem kort geleden gegeven had. Daarin stond een stier die Blitsaert Keimpe heette. Blitsaert Keimpe! Dat was nog eens wat anders dan Dirk. Dirk met een cijfer erachter, zoals alle drie de stiertjes heetten. Het was een lange middag. De kater lag urenlang te soezen in een hoek, zelf viel hij ook even in slaap, Tinus was onrustig. Toen kwamen de koeien de stal in. Ging zijn vader melken? Was alles weer normaal? Hij stond moeizaam op, hij had Tinus, die met zijn kop op een bovenbeen in slaap was gevallen, niet wakker willen maken, en deed de deur van het kalverhok open. Daar stond grootvader Kaan. 'Daar zit je,' zei zijn opa.

Kiezels

Schoenen uit, denkt Johan Kaan. Sokken ook. En snel. Ergens, ver weg, is iemand bezig met een lawaaiding. In het dorp fietst iemand en er loopt een man met een hondje. Die zegt iets tegen hem, maar hij kan het niet verstaan, het is of de man in een vreemde taal spreekt. Voor Het Wapen staan tafeltjes en stoelen, op de stoelen zit niemand. Rond een leeg glas op één van de tafeltjes vliegen drie wespen. Hij loopt de begraafplaats op. De zak die hij nu, het laatste stukje, voor zijn buik draagt, is zó zwaar dat zijn schoenen diepe vegen maken in het schelpengruis van het pad. Hij ziet niemand.

'Hé. Kom je voor mij?'

Hij kijkt opzij. Zijn broer komt achter het huisje vandaan. 'Hal-lo, Jan,' zegt hij en blijft staan waar hij staat. Jan komt op hem af. 'Wat deed jij daar achter dat hok? Zat je je af te ruk-ken?'

'Nee, natuurlijk niet.'

'Waarom heb je dan een stij-ve?'

'Ik moest pissen.'

'Ik ben toch zeker niet blind. En je bent zeik-nat van het zweet.'

'Water. Daar zit de kraan. Wat heb je daar?'

'Ben jij wel blind? Sten-en, dat zie je toch wel?'

'Waar is dat voor?'

'Ik had gist-er ook een stij-ve. In de huiskamer. En toen zei Toon, zal ik je da-ar even afhelpen? Dat zou jij wel goed-vinden, hè?'

'Jezus, Johan.'

'Niet dan?'

'Ik weet niet wie Toon is.'

'Dat we-et je wel, een mooie man, echt iets voor jou, en hij heeft een he-el grote lul. Daar houden jullie toch zo van?'

'Dat heb je me al honderd keer verteld.'

'Zie je wel dat je we-et wie hij is?'

'Waarom heb je die zak grind bij je.'

'Voor Han-ne. Hier.' Johan duwt Jan de zak kiezels in handen. Eindelijk is hij er van af. Hij trekt zijn hemd uit, wrijft over zijn schouder en krabt in zijn kruis. De grafstenen om hem heen zijn als tegelkachels, ze geven warmte af. 'Godsammekrake! Wat is het heet!' Hij weet nooit of zoiets er heel hard uitkomt, in ieder geval komt het zonder haperen.

'Schreeuw niet zo,' zegt Jan.

'Hou je kop toch.' Johan loopt door. Hij heeft geen idee hoe laat het is. Op zijn mobiele telefoon, die aan zijn riem vastzit met een clip, kan hij dat zien, als hij wil. Op het pad bij het graf van Hanne staat een emmer. Een emmer die hem doet denken aan de auto die hem een uurtje geleden voorbij gestoven is. Of twee uurtjes. De emmer is leeg. Hij gaat zitten op een steen en trekt zijn schoenen en sokken uit. Hij stopt de sokken niet in de schoenen, laat ze vallen waar zijn voeten hangen. Zijn broer komt ook aan, met de zak kiezels. 'Mooi,' zegt Johan. 'He-el mooi. Keurig gedaan. En bijna klaar.' Hij wuift naar de grafsteen. Hij ziet iets raars boven op de steen liggen. 'Wat is dat?'

'Een envelop.'

'Ja-a, dat zie ik ook wel.'

Zijn broer pakt de envelop op. 'Van de bakker gekregen.'

Daar begrijpt Johan zo weinig van, dat hij het verder laat rusten.

'Hoe ben jij hier eigenlijk gekomen?' vraagt Jan. Hij steekt de envelop onder de rand van zijn broek, aan de achterkant.

'Lopend.'

'Lopend? Met die zak?'

'Ja-a.'

'Uit Schagen?'

'Ja-ha. Waar anders?' Hij gaat liggen, heel voorzichtig, om elk stuk huid even te laten wennen aan de hitte. Dan veegt hij zijn lange haar uit zijn gezicht en trappelt met zijn voeten in de lucht.

'Zeer?' vraagt Jan.

'En he-et.'

'Moet ik even de emmer vullen?'

'Ja.'

Jan loopt weg.

Johan staart de wittige lucht in. Wanneer is de zon verdwenen? Voor hij dat heeft kunnen verzinnen, is Jan alweer terug. Hij zet de emmer voor hem op het pad. Johan komt overeind en gaat voorover hangen, met zijn handen op de rand van de emmer. Hij drinkt. Als hij klaar is met drinken steekt hij zijn hoofd in het water. En als hij zich langzaam weer achterover laat zakken op de steen, steekt hij zijn voeten in de emmer. Het past niet, hij kan zijn voeten niet plat zetten. Dan maar zo losjes mogelijk laten hangen, tenen op de bodem.

'Waarom heb je je niet laten ophalen?'

'We-et ik niet.'

'Of heb je dat helemaal niet geprobeerd?'

'Verge-ten.'

'Jezus. Die zak weegt minstens tien kilo.'

'Nee, geen tien. Me-er.' Hij gaat rechtop zitten en wrikt het pakje sigaretten uit zijn kontzak. Dat had hij dus beter liggend kunnen doen. Jan staat tegenover hem, die rookt niet. Klaas rookt wel, en de vrouw van Klaas rookt ook. Hij steekt een sigaret op en kijkt zijn broer aan. Lijkt-ie nou op mij of niet? Nee, ik heb veel meer haar. Maar hij kan beter nadenken. Nu knippert hij met z'n ogen en hij wrijft over zijn buik. O ja, ik mag niet zo lang naar hem kijken. Dat heeft hij toch een keer gezegd? Of heeft iemand anders dat gezegd? Moet ik daarnaar luisteren trouwens?

'Is Moriaantje een hij of een zij?'

Johan blijft Jan aankijken. Hij trekt aan zijn sigaret. Hij laat de rook uit zijn neusgaten wolken. Er komt iets omhoog, iets van vroeger. Zo'n lap, die hing in de slaapkamer van Hanne. 'Moria-antje? Kookpot? Zonnetje?' Ja, een grote lap, waar stukjes stof opgenaaid zaten. Ook nog met van die palmbomen. Jan draait zich om en gaat op zijn kont voor de kleine steen zitten. Hij pakt een penseel van een klein potje verf. 'Ik wacht wel tot je klaar bent, dan kie-pen we die kiezels erin.' En negertjes, die waren ook op die grote lap genaaid. Er komt nog iets omhoog, wat raar is dat toch: er zit van alles in je hoofd, en pas als iemand anders iets zegt, komt dat naar boven. Als een hengel met een haakje waar een worm aan zit. 'Ik heb een ke-er een ring van die lap getrokken, die wilde ik aan Han-ne geven. En, maar, toen was die ring te groot, ve-el te groot.' Vanuit de slaapkamer, lang geleden, ziet Johan zichzelf in gedachten naar de keuken gaan. Naar de vensterbank, waar sprietige planten stonden. 'Toen stopte ik 'm in een pot, ik duwde net zo hard op die ring tot er een gat in de grond zat en da-arna maakte ik dat gat dicht.'

'Hoe kan je dat nou nog weten,' zegt Jan. 'Je was vier of vijf.'

'Toch we-et ik het.' Johan drukt zijn sigaret uit op de steen, naast een knie. 'Ik droom ook va-ak over vroeger.' Hij trekt het hemd, dat hij tussen zijn broekriem gestoken heeft, los en legt het dubbelgevouwen ter hoogte van waar zijn hoofd komt als hij weer languit gaat liggen. Dan gaat hij languit liggen. Hij draait zijn hoofd iets en krijgt een grote boom in het zicht, en als hij zijn hoofd nog iets verder draait, ziet hij een bankje onder die boom staan. Dat had hij net helemaal niet gezien. 'Toen alles nog go-ed was.'

‘Ja,’ zegt zijn broer. Het klinkt zwakjes, alsof hij niet op een paar meter, maar heel veel meer meters afstand zit.

Johan steekt nog een sigaret aan, nadat hij met zijn handen water uit de emmer heeft geschept en dat slurpend naar binnen heeft gezogen. Het filter scheurt hij eraf, de volgende keer eens sigaretten kopen zonder filter. Of shag, Klaas en de vrouw van Klaas roken ook shag. Wel moeilijk, zo’n klein dingetje in elkaar draaien. Nou ja. ‘Dan dro-om ik bijvoorbeeld dat ik Han-ne door de gang sleep, maar dan is ze een vrouw, en dus is ze heel zwa-ar, en ik weet niet waar ik heen moet met ha-ar. Dus sleep ik ha-ar aldoor maar heen en weer.’ Jan zit koppig met zijn rug naar hem toe en geeft geen antwoord. Maar dat komt natuurlijk doordat hij hem niet iets heeft gevraagd. ‘Heb jij je wel ingesme-erd?’

‘Ja,’ zegt Jan. Hij haalt zijn vrije hand langs zijn nek. ‘Waarom?’

‘Zomaar.’ Knalrood is de nek van zijn broer. Zoiets voel je toch? Wacht eens even, nu ziet hij ook drie blote kontjes voor zich, of liever: twee blote kontjes naast zich. Kijken wie er het bruinst was geworden na een dagje strand. Terwijl ze alle drie zó verbrand waren, dat lekker slapen er minstens een nacht niet in zat. Rood haar, sproeten, zonnebrand. Er is nog iets, van rond die tijd. Johan trekt verwoed aan zijn sigaret. In een vreemde taal. ‘One small step for man,’ zegt hij. Dat is Engels!

‘Wat?’

‘In de buurt van Han-ne. Iemand op de ma-an!’

‘Was dat in de zomer van 1969?’

‘We-et je dat niet meer? Ik zie het zo vo-or me!’

‘We hadden niet eens een tv.’

‘We had-den wél een tv.’

‘Volgens mij niet, ik kan me er niks van herinneren. En was dat niet midden in de nacht?’

'Ja-a.'

'Nou dan.'

'Toch heb ik het ge-zien.'

'Goed hoor. Je zegt het maar.'

Ja, denkt Johan Kaan. Ik zeg het. Ik zie het. Ik wéét het. Hij krabt in zijn kruis. Ik wéét het. Dat verbranden, rood, jeuk, niet alleen door de zon, ook nog door iets anders. Hij wil nog een flinke hijs aan zijn sigaret doen, hoe harder hij trekt, hoe meer hem te binnen schiet, in elk geval was dat net zo, maar de sigaret is bijna op, dus hij brandt zijn vinger. 'Au! God-domme!'

'Wat is er?' Jan heeft zich omgedraaid.

'Niks, god-domme.' Hij steekt zijn hand in de emmer met water.

'Waarom zit je zo te vloeken dan? Nou heb ik over de rand geschilderd.'

Johan staat op, loopt naar Jan toe en duwt hem ruw aan de kant. Er zit een veeg witte verf naast een cijfer. Hij kijkt om zich heen. Naast de opstaande randjes van het graf ligt van alles. Schroevendraaier, stukken afgesleten, stukken afgesleten... nou ja, spul, schuurpapier. En een lap. Hij draait een stevige punt in de lap en duwt voorzichtig maar zeker de verf terug in het rondje van de zes. 'Zo-o,' zegt hij. 'Niks aan de hand.' Hij gooit de lap op de grond en rekt zich ongegeneerd uit, met wijd opengesperde mond. Daarna peutert hij in zijn navel. 'Ik ga even op die bank da-ar zitten.' Hij loopt naar de bank. 'Godsammekrake, wat is het heet!' Als hij gaat zitten, voegt hij er nog iets aan toe, zacht, alsof hij niet wil dat Jan het hoort. 'Straks ga-at het regenen.' Hij vind het lekker, die harde schelpenrandjes aan zijn voeten, maar toch wrijft hij ze eraf. Daarna peutert hij achtergebleven stukjes schelp tussen zijn tenen uit. Als hij daarmee klaar is, veegt hij achteloos een dooie vogel van de bank af, die had hij wel zien liggen al, maar eerst moesten de voeten schoon. Hij kijkt omhoog, de boom in. Daar, op een lage tak, zit een tweede vogel. 'Gotte-gotte-got,' zegt hij zacht. 'Volhou-we, jij.' Hij kijkt nog eens naar de dooie vogel, die op het schelpenpad ligt, en dan gaat zijn telefoon. Hij trekt hem uit de clip aan zijn riem, kijkt op het scherm en drukt op het groene telefoontje. 'Ja-a?' zegt hij.

'...'

'Nee Toon, ik ben bij m'n zusje.'

'...'

'Heb ik ook niet. De-ze is dood, al bij-na veertig ja-ar.'

'...'

'Jan is hier ook.'

'...'

'Texel ja.'

'...'

'Het is zaterdag! Iedereen is weg! Waarom moet ik dan toestemming hebben!'

'...'

'Ja-a, ja-ha.'

'...'

'We-et ik niet. Ik zie wel.'

'...'

'Zes uur? Ha-al ik niet.'

'...'

'Zal ik doen.'

'...'

'Zak in de stront!' Hij drukt op het rode telefoontje, kijkt nog even hoe laat het is en drukt de telefoon terug in de clip. 'Je krijgt de gro-eten van Toon,' roept hij naar zijn broer.

Jan komt overeind en tikt met de schroevendraaier de deksel op het potje verf. 'Weet die dat ik op Texel woon?' roept hij.

'Ja-a.'

Jan graait alles wat om het graf heen ligt bij elkaar en

brengt dat naar het pad. Hij pakt de emmer, gooit die leeg en droogt hem af met de lap. Daarna doet hij alle schilderspullen erin en tenslotte trekt hij de envelop onder zijn broekrand vandaan en stopt ook die in de emmer. 'Hoe weet hij dat?'

'Ik pra-at wel eens met hem, ja-a. Hij heeft echt een he-el grote lul.'

'Dat weet ik al. Hoe weet jij dat eigenlijk?'

'Ik ben niet blind! Hoe va-ak moet ik dat nog zeggen!'

'Niet zo schreeuwen, joh.' Jan komt naar het bankje toe.

'Je moet een ke-er langskomen.'

'En hoe kom jij erbij dat ik van grote lullen hou?'

'Je bent toch een ho-mo? Die houden daarvan.'

'O.'

'Je moet een keer bij me langsko-men.'

'Hé, hoe kan dat nou?' Jan pakt de dooie vogel van het pad.

'Die mus is dood, die lag hi-er op de bank.'

'Dat is geen mus, het is een pimpelmees.'

'Toch is-ie do-od.'

Jan kijkt even naar het dode vogeltje, doet een paar passen in de richting van de hoge heg en gooit hem eroverheen. Er klinkt een plons. 'Klokhuizen, bananenschillen en dode vogel,' zegt hij dan.

'Wat?'

'Niks.'

Johan denkt weleens dat zijn broer niet helemaal goed bij zijn hoofd is. Bananenschillen? Waar dan? Jan komt naast hem zitten en hij kijkt hem aan. Jan kijkt niet terug. Hij kijkt eerst omhoog, naar het levende vogeltje en daarna naar een gat in de heg, tegenover de heg waaroverheen net die dooie vogel is verdwenen.

'Wat moest die Toon?'

'Hij zei dat ik hi-er niet mag zijn.'

'En nu?'

'Nu ni-ks.' Johan wurmt nog maar eens het pakje sigaretten uit zijn kontzak. 'Hij zegt dat-ie je kent. Toon.' Hij steekt een filterloze sigaret op.

'Nou, ik ken geen Toon.'

'Wa-arom heb jij eigenlijk geen man?'

'Weet ik niet.'

'Volgens mij ben jij wel vijfenveertig of zo.'

'Ja, of zo.'

'Het is mooi weer, jij moet met een fij-ne vent aan het na-aktstrand liggen. Ma-ar nee, meneer gaat op een bokhe-et kerkhof zitten.'

'Begraafplaats.'

'Wat?'

'Laat maar. Jij hebt toch ook geen vrouw?'

'Ne-e, maar dat...' Als Jan vijfenveertig of zo is, ben ik dus, ben ik dus... een paar jaar jonger, denkt Johan. Hij trekt aan de sigaret en blaast een grote wolk rook uit, die maar heel langzaam optrekt. Hij ziet zichzelf staan, naast zijn moeder, in een bloemenwinkel. Grootvader Kaan was dood en er moest een boeket bloemen komen van de kleinkinderen. Het bloemenmeisje moest slikken, dat had hij gezien. Zijn moeder had gevraagd wat er op het lint moest. Iets als 'Opa bedankt en tot ziens,' had hij gezegd, maar hij dacht niet na, keek niet naar bloemen. Hij keek naar het bloemenmeisje. Nog eens trekt hij stevig aan zijn sigaret. 'Mooi,' had zijn moeder gezegd, maar hij had aan zijn lul gekrabd, nu, hier, ziet hij het haarscherp voor zich, en het bloemenmeisje was rood geworden. Hij wilde het niet doen, maar het gebeurde, zijn hand deed iets, alsof die los zat van zijn lijf en hoofd. Wat een mooi meisje was dat. En dat zij moest slikken, en dat zij rood werd, dat had toch zeker met hem te maken? Dat kwam toch door hem? Maar de boodschap was klaar en zijn moeder liep de winkel uit, en hij liep achter haar aan. Jan hoest en schuift heen en weer op de bank. O ja, hij was iets aan het zeggen, iets over... 'Ma-ar het is toch zo? Jij gaat hier die grafste-en zitten schilderen, dat is nergens voor nodig hoor.'

Zijn grote broer staat op en trekt zijn T-shirt uit. Hij hangt het over de rugleuning van het bankje, en loopt naar de zak met kiezels.

'Jan?'

'Ja?'

'Ik ben toch niet le-lijk?'

Jan draait zich om. 'Nee, Johan. Jij bent niet lelijk. Verre van.'

'Ver-re van,' zegt Johan. Dat bloemenmeisje had, nee hijzelf had nog eens mee moeten gaan, bij het ophalen van het boeket, maar wanneer had zijn moeder dat dan gedaan? Hoe moest hij dat weten? Had ze hem niet kunnen bellen? Maar ik kan zelf, denkt hij, ik kan toch zelf teruggaan naar die bloemenwinkel? Maar het is wel al... 'Hoe lang is opa al do-od?' vraagt hij.

'Een jaar of tien.'

'Ti-en.' Dat is wel lang, denkt Johan. Is die winkel er nog wel? Hij gooit de peuk weg, staat op en beent naar de zak met kiezels. Hij duwt zijn broer aan de kant, rukt met één beweging de zak open, tilt hem op en loopt naar het graf toe.

'Rustig!' roept Jan. 'Die verf is nat, niet te veel stoffen.'

Nog iets wil hij zeggen, van voor dat bloemenmeisje ertussen kwam. Terugstappen moet hij: grootvader Kaan, bloemenmeisje, bananenschillen. 'Ik wist trouw-ens best dat dat een pim-pelmees was. Ik we-et heel veel van vogels!'

'Dat weet ik toch, Johan. Je maakte een geintje.'

'Ja, een gei-ntje.' Hij kiept de zak leeg, binnen de opstaande randjes. Als hij bezig is met een hand de kiezels glad te strijken voelt hij de mouw van Jans T-shirt tegen zijn blote arm. 'Vo-el je je beter?' vraagt hij. Nu voelt hij ook Jans hand, die bij het gladstrijken tegen zijn eigen hand stoot.

'Hoe dat zo?'

'Nu je dit vo-or haar gedaan hebt.'

'Iemand moet het toch doen? We hebben dit toch afgesproken op het feest?'

'O, die dierentu-in. Wanneer was dat ook we-er?'

'Twee weken geleden.' Jan pakt de lege zak van hem over en propt die in de emmer. 'Wat heb jij tegen moeder gezegd?'

'Wa-t?'

'Gisteren. Aan de telefoon.'

Gisteren, aan de telefoon. Johan gaat staan en denkt zichzelf naar de gang van het huis in Schagen, waar de telefoon staat. 'O, ja-a. Ik vroeg of jij er al was.'

'Hoe wist jij dat ik hier zou zijn?'

'Nou... dat had va-der me verteld.'

'En verder?'

'Verd-er niks.'

'Jawel. Ze zit op het stro. Je moet nog iets gezegd hebben?'

Heb ik nog iets gezegd? De gang, geluiden van de tv, die altijd en eeuwig aanstaat in de gezamenlijke woonkamer, de telefoon, de stem van zijn moeder. Johan kijkt om zich heen. Wat heb ik gezegd? Dan ziet hij de blauwe kiezels aan zijn voeten. 'Ja-a! Ik moest weten waar je het beste van die stenen kan ko-pen!'

'Wat zei ze?'

'Ze hi-ng op.'

Klaas gehoorzaamt zijn moeder wel, maar neemt de tijd. Als hij klaar is met het opsnuiven van de plasticgeur in het opblaaszwembad, gaat hij eruit en trekt zijn kleren over de natte onderbroek aan. Hij kijkt door het zijraam naar binnen. Er staan nog steeds cactussen, maar niet langer die wollige. Hij stuurt Dieke naar binnen. Ze wil niet. 'Je mag tv-kijken,' zegt hij.

'Mogen de gordijnen dan dicht?' vraagt ze.

'Ja natuurlijk, de gordijnen moeten dicht, anders zie je alleen maar de weerschijn van de ramen op het scherm.'

'Maar wat ga jij dan doen?'

'Ik ga oom Jan ophalen van het kerkhof. En als alles goed is, is oom Johan daar ook.'

'Oom Johan!'

'Ja.'

Dieke verdwijnt in huis. Normaal gesproken zou hij net als eerder op de dag de auto genomen hebben, maar die stond tot niet zo lang geleden in de volle zon, dus pakt hij de fiets. Op zijn allerdooiste gemak, alsof hij als een kind het bevel van zijn moeder tegenwerkt, peddelt hij het dorp in, onderweg mensen groetend.

Verdomd, Johan is er. Hoe kon ze dat nou weten? Z'n broers staan pal voor het graf. Jan met een emmer in zijn hand, in- en inwit is hij, Johan ook bloot van boven, maar die is mooi bruin, wat een hele prestatie is voor iemand met zulk rood haar. Waarom moet dat? vraagt Klaas zich af. Zijn haar is dik, lang en glanzend, zijn lichaam is groot en gespierd, zijn tanden zijn wit en zijn lippen zijn vol. Wie heeft bedacht dat zo iemand zo mooi moet zijn? Zijn jongste broer die, nadat hij met zijn KTM van een stapel boomstammen afgedonderd is, ongeremd en tegelijkertijd traag is geworden. Ze kijken op als ze hem aan horen komen en ineens ziet hij wat zijn moeder gisteravond tegen hem zei. 'Jullie spannen samen. Jij en je vader en Jan. En Johan ook.' Hij begrijpt niet precies wat ze ermee bedoelt, maar hij ziet het wel, aan die twee naar hem toegedraaide koppen.

'Heb je in je broek gepi-st?' roept Johan.

Voor Klaas naar zijn kruis kijkt, ziet hij links van zich bekende namen op een oude steen.

Zeeger Kaan 1858 – 1917
Griet Kaan-van Zandwijk 1862 – 1957

Waarom schildert Jan die steen niet een keer? Zou hij wel weten dat zijn overgrootouders hier liggen? Hij loopt verder en kijkt omlaag. De vorm van zijn onderbroek ligt als een natte afdruk op zijn spijkerbroek. 'Ja Johan, ik heb in mijn broek gepist.'

'Ha-ha-ha,' doet Johan.

'Ben je er alweer?' vraagt Jan.

'Ik kom je hier weghalen. Orders van je moeder. En Johan moet hier ook weg.'

'Ben je weer het bra-afste zoontje?' vraagt Johan.

Klaas kijkt Johan rustig aan en trekt een verfrommeld pakje shag uit een kontzak.

Zijn jongste broer kijkt minstens even onbewogen terug en pakt zijn pakje Marlboro erbij. 'Eerst rok-en,' zegt hij.

'Tuurlijk,' zegt Klaas. 'Altijd eerst roken.'

'Jij moet ook je overhe-md uit.'

'Dat kan.' Hij knoopt zijn overhemd los en hangt het over een grafsteen. Dan draait hij een sjekkie.

Johan heeft zijn aansteker nog niet weggestopt en geeft hem vuur.

'Waarom heb jij geen schoenen aan?'

'He-et. En ik heb blaren, god-domme!'

'Heb jij die kiezels meegenomen?'
'Ja-a.'
'Helemaal af.'
'Ja-a.'
'Dus we gaan nog niet?' vraagt Jan, die zich vast buitengesloten voelt omdat hij niet rookt.
'Welnee,' zegt Klaas. 'Rustig aan, we hebben alle tijd. Ik in elk geval.'
Zo staan ze een tijdje met z'n drieën. Klaas en Johan rokend, Jan nog steeds met de groene emmer aan zijn arm. Klaas kijkt nog eens goed naar het grafje dat de reden is dat ze hier zo staan. De vierde Kaan, zijn zusje, de tante van Dieke, het kind van zijn vader en moeder, ligt onder een laagje zeeblauwe kiezels en aan haar grafsteen zou eigenlijk zo'n bordje moeten hangen, een bordje met *NAT* erop.

Onze kleine lieveling Hanne 1967 - 1969

'Ik o-ok,' zegt Johan dan.
'En jij?' vraagt Klaas aan Jan.
'Verveel je je?'
'Nogal.' Laat maar gaan, niet iets anders zeggen omdat zulke vragen me ergeren, denkt hij. En het is waar.
'Je ga-at toch niet de boerderij verkopen, hè?' vraagt Johan.
'Waarom niet?'
'Lul! Wij zijn daar geboren!'
'Schreeuw niet zo. En als ik daar allemaal rekening mee moet houden.'
'Natuurlijk doet hij dat niet,' zegt Jan tegen Johan. 'Dat kan helemaal niet.'
'O?' zegt Johan.
'Nee, want dan zou hij ons eerst moeten uitkopen.'
'Huh?'

'O, ja?' zegt Klaas.

'Ja,' zegt Jan. 'Wij hebben zeggenschap,' zegt hij daarna tegen Johan.

'Hoe bedo-el je?'

'Klaas heeft schuld bij vader, die heeft hem alles niet zomaar gegeven. En vast ook nog wel bij de bank?' Jan kijkt hem aan.

Klaas knikt kortaf. Had hij nou maar niet gezegd dat hij met zijn ziel onder de arm rondloopt. En nu is Jan Johan ook nog aan het opstoken. Maar, denkt hij, het is waar.

'O ja-a?' zegt Johan. 'Mocht je dan wel de koei-en wegdoen?'

'Ja,' zegt Klaas.

'Van mij mag het hoor,' zegt Jan. 'Ik hou je niet tegen.'

Nu is het genoeg. 'Nee, jij zit op Texel. Jij bent hier niet. Bemoei jij je nou maar met je eigen zaken. Is het daar nu niet hartstikke druk? Heb jij wel tijd om hier te zijn?'

'Ik heb...'

'Al dat land!' roept Johan er dwars doorheen. Er schittert ineens iets in zijn lodderblik. Hij schiet het filter van zijn sigaret met een vingerbeweging weg.

'Want ik heb eigenlijk geen flauw idee wat jij doet daar, op Texel.'

Zijn broer kijkt hem aan, heft zijn kin een beetje, wil waarschijnlijk iets zeggen wat niet waar is.

'Dat la-nd!' roept Johan weer.

'Ik doe daar helemaal niks meer,' zegt Jan dan.

'Hoe dat zo?'

'Ze hebben me ontslagen.'

'Wanneer?'

'O, een tijdje terug al.'

'Hé!' roept Johan. 'Luisteren jullie wel na-ar mij!'

'Wat is er?' vraagt Klaas.

'Dat lan-d zei ik!'

'Wat is daarmee?'
'Da-ar kan je ook andere dingen mee doen!'
'Wat dan?'
'Een boomkwekerij,' zegt Jan, opgelucht.
'Ja-a!'
'Een Centerparcspark,' zegt Jan. 'Met een subtropisch zwemparadijs.'
'Ja-a!'
'Jullie zijn gek,' zegt Klaas. 'Jullie hebben veel te lang in de zon gezeten.'
'Iets met bloem-en!' schreeuwt Johan. 'Dat we die dan ook gaan verkopen!'
'Iets met bloemen? En wie moet dat gaan doen dan?'
'Wij! En een bloemenverko-opster!'
'Of teruggeven aan de natuur,' zegt Jan.
'Liev-er bloemen, maar natuur is ook goed. Met vlierstruiken en van die koeien, die runderen, met die grote hoorns.' Johan krabt in zijn kruis van opwinding. 'En pa-adjes!'
'Schotse hooglanders,' zegt Jan. 'Dat stuk land aan de overkant van de weg grenst al aan het bos dat die man daar geplant heeft, hoe heet-ie, en als je daarop ook bomen en struiken plant, krijg je een ecologische groenzone.'
'Ja-a!' schreeuwt Johan. 'Altijd maar die koeien! Het barst van de koei-en!'
Klaas kijkt zijn broers aan. Paadjes? Schotse hooglanders? Ecologische groenzone? Ze begrijpen er niets van. Ze houden hem voor de gek. Hij drukt zijn sjekkie uit op de bovenkant van de steen van Hanne.
'Hé!' Jan zet eindelijk zijn emmer op de grond. Hij veegt de as van de steen, maar krijgt de zwarte vlek niet weg.
'Een buitje en het is weg.'
'Waarom doe je dat nou?'

'Omdat jullie zo staan te zeiken.'

Johan doet een stap naar voren en drukt ook zijn sigaret uit op de steen.

'We zeik-en niet, we hebben plannen!'

'Met iets waar jullie niks over te zeggen hebben.'

'Ik moet iets do-en van Toon. Werken.'

Jan pakt de emmer op. 'Ik ga.'

'Ik ook,' zegt Johan. 'Moed-er van het stro halen!'

'Dat moet jij doen,' zegt Jan tegen Klaas.

'Waarom ik?'

'Jij bent de oudste.'

'Rot op.'

'Dan moet jij het doen,' zegt Jan tegen Johan.

'Wa-arom?'

'Het is jouw schuld dat ze er zit.' Jan loopt weg.

Johan volgt. Hij haalt zijn hemd dat nog op de steen ligt die Dieke eerder op de dag zo grondig schoongemaakt heeft. 'Wachten!' schreeuwt hij. 'Ik mo-et m'n schoenen nog aan!'

Jan blijft staan bij het bankje onder de lindeboom. Hij pakt zijn T-shirt van de rugleuning en stopt het in de emmer.

Klaas pakt zijn overhemd erbij, maar trekt het nog niet aan. Het idee dat hij het geruite flanel om zijn lijf moet doen, staat hem tegen. Hij kijkt omhoog. De zon is echt weg nu, er hangt een gore lucht, die niet verraadt wat er gaat gebeuren. Onweer? Regen? Het lijkt er niet op, hoewel het benauwd en stil is. Hij wacht tot Johan zijn sokken en schoenen aanheeft en bij Jan is. Jan een beetje krom in de schouders al, Johan rechtop, breed, onstuimig lopend. Hij knielt snel nog even neer bij het graf en haalt een hand over de blauwe kiezels, hoewel er weinig meer te egaliseren valt. Hij vindt het wel mooi, die felgekleurde steentjes. In de loop van de tijd is het grind dat hier ooit lag verrommeld en verdwenen. Dan staat hij op en gaat achter zijn broers aan. Als hij ter hoogte van het bankje is, kijkt hij omhoog, de lindeboom in. Op een tak zit eenzaam een pimpelmees. Het vogeltje zit puffend in z'n eentje de hete dag uit. Vreemd, denkt Klaas, pimpelmezen zie je meestal niet alleen.

Stront

Nu gaat hij betrapt worden. Hij kan niet meer terug. Ja, het kán wel, maar dan nog zullen ze hem zien. Hij had geschreeuw gehoord, in de verte, maar gedacht dat dat ergens anders in het dorp was. Hier is nooit iemand, zeker niet als het zo warm is vandaag. Wachten, had iemand geroepen. Gewoon staan blijven dan nu maar, er zit niets anders op. Wat te doen met de emmer? Vasthouden, stevig vasthouden, het is zijn emmer. Hou ik dat vol? vraagt hij zich af. Het moet. Neerzetten is gezichtsverlies.

Hij is zes jaar. Zwart haar, een tamelijk scherpe neus met lichte sproeten en stuurse, grijze ogen, die hel lijken in het donkere gezicht. Achter hem ligt zijn fiets op de grond, tegen de stam van de boom het dichtst bij de poort, stonden al twee fietsen. Hij draagt een lichtblauw hemd, een korte broek en laarzen. Op allebei de knieën zitten pleisters.

Ze staan een tijdje tegenover elkaar, hij en de drie halfnaakte mannen.

'Hallo,' zegt een van de mannen dan.

'Ja,' zegt hij.

'Wat heb je daar?'

'Stront.' Hij hoeft niet te liegen, het is duidelijk te zien. Hij had ook 'Niks' kunnen zeggen, of 'Dat gaat je niks aan,' maar daar schiet hij in deze situatie niet veel mee op, denkt hij.

'Hoe heet je?' De tweede man vraagt dit. Ze zijn nogal moeilijk uit elkaar te houden, alleen die ene, de grootste, met het langste haar, die is wel anders.

'Leslie.'

'Le-slie? Wat is dat voor een na-am? Kom jij uit Afrika?'

'Afrika?' zegt hij. 'Waarom zou ik uit Afrika komen?' Wat praat die kerel raar. Hij kijkt de man aan die hallo tegen hem gezegd heeft en maakt een duimgebaar naar die met het lange haar. 'Wat heeft hij?'

'Wat zou er met hem moeten zijn?'

'Hij kijkt zo sloom, en hij praat raar.'

'Nooit iets van gemerkt,' zegt de eerste tegen de tweede man.

'Ik ook niet,' zegt de tweede tegen de eerste.

De derde doet een stap naar voren. 'Zal ik jou eens grij-pen?!'

'Nee.'

'Go-ed.'

Best bedreigend, drie van die grote, rooie mannen tegenover hem. Maar hij gaat geen krimp geven. Het kan hem allemaal niets schelen. Alleen, hij was toch maar liever in het zwembad geweest nu. Wat kunnen ze hem maken?

'Volgens mij is Leslie een vriendje van Dieke,' zegt de eerste.

'Hoe weet jij dat?' vraagt hij.

'En Dieke dacht dat Leslie in het zwembad was. Maar dat is hij dus niet.'

'Nee.' Hij blijft de drie mannen om en om aankijken. Eigenlijk vind hij dat ze er maar raar uitzien, zo zonder bovenkleren aan. Van die ouwe mannen. En één ervan is blijkbaar de vader van Dieke. Maar welke? 'In het zwembad is het saai,' zegt hij dan maar.

'Wat ga je doen?' vraagt de tweede.

'Dingen vies maken,' zegt hij.

'Waarom?'

'Ik verveel me dood hier.' Dat is waar, maar het is niet de hele waarheid. Hij is ermee begonnen omdat hij wilde zien wat er ging gebeuren. Wat dan ook. Er kwam iets in de krant. Over hem. Zonder naam natuurlijk, want niemand weet dat hij dit doet. Maar toch. De krant. Zijn vader heeft het hardop voorgelezen. Hij heette 'onbekende dader of daders' in de krant. Niemand van zijn klasgenoten heet zo.

'Hoe kom je aan die koeienstront?'

'Van het land.'

'Met je handen?'

'Ja.'

'Hoe komt het dan dat je geen smerige handen hebt?'

'Schoongewassen in een sloot.' Die emmer begint een probleem te worden. Hij voelt een pees in zijn arm trillen. Maar hij wil de emmer niet op de grond zetten, als hij dat doet, kan hij zich net zo goed meteen omdraaien en weglopen. 'Zijn jullie broers?'

'Ja,' zegt de eerste. 'Ik heet Jan.'

'Ik ben Klaas,' zegt de tweede.

'Jo-han,' zegt de derde.

'Woon jij in het dorp?' vraagt de man die Jan heet.

'Ja.'

'Ken jij hem?' vraagt Jan aan de man die Klaas heet.

'Ik heb z'n naam weleens horen vallen.'

'Ik woon hier nog niet zo lang,' zegt hij.

'Ben je niet bang dat iemand je betrapt?' vraagt de man die Klaas heet.

'Nee. Waarom? Er is hier nooit iemand.'

'Nou,' zegt de man die Johan heet, 'het is hi-er vanda-ag anders heel druk. Heet jij echt Les-lie?'

'Ja. Is dat zo'n rare naam dan?' Nu moet deze ondervraging echt niet veel langer duren, er beginnen meerdere pezen te trillen. Hij pakt de emmer over in zijn andere hand, dat hij daar niet eerder op gekomen is. 'Heb jij iets met je hoofd of zo?'

'Ja-a, ik heb iets met mijn ho-ofd.'

Klaas en Jan kijken elkaar aan. Precies zo konden zijn vader en moeder elkaar aankijken voor ze met iets kwamen waarover zij het gloeiend eens waren en waarvan hij de dupe was. Laten ze hem gaan?

'Zie je die steen daar?' zegt Jan.

Hij kijkt in de richting die hem gewezen wordt. Dit schiet niet op, het barst van de stenen. 'Nee,' zegt hij.

'Loop even een stukje mee,' zegt Klaas.

Ze gaan hem voor. De man die Johan heet blijft staan waar hij staat. Een stukje verderop wijzen ze nog eens.

'Die hoge, zie je hem? Met die treurwilg erbovenop,' zegt Jan.

'Is dat het graf van haar man?' vraagt Klaas.

'Ja,' zegt Jan. 'Zie je hem nou?'

'Ik zie hem best wel, hoor,' zegt hij.

'Toe dan,' zegt Klaas. 'En als we erachter komen dat je ook andere stenen vies gaat maken, weten we dat je Leslie heet, en dan is het niet moeilijk je te vinden.'

Nu gaan ze nog dreigen ook. Hij aarzelt.

'Toe dan.'

Hij kijkt de mannen strak aan. 'Jullie hoeven heus niet te denken dat ik doe wat jullie willen.'

'Natuurlijk denken wij dat niet,' zegt Klaas.

'Nee, dan is het goed.' Wegwezen nu. Ze hebben hem laten gaan. Hij pakt de emmer nog eens over en loopt naar de steen toe die de mannen hem gewezen hebben. Daar aangekomen zet hij de emmer met koeienstront op de grond. Hij kijkt naar de letters, er staat niet veel, en hij kan het lezen, zij het langzaam. *K-e-e-s G-r-i-n. J-e b-e-n-t w-e-e-r t-h-u-i-s,* staat er. Wat heeft dat nou weer te betekenen? Thuis? Onder de grond? Als ze maar niet denken dat hij gaat beginnen als zij er nog zijn. Misschien gaat hij wel weg, of kiest hij alsnog een andere steen. Nee, even wachten tot ze weg zijn, en dan zelf ook pleite hier, via de poort aan de achterkant. Daar ergens de emmer kwijt zien te raken, via de weg teruglopen, fiets oppikken en naar huis. Of ergens anders heen. Hij ziet de drie mannen hun bovenkleren aantrekken. Hij hoort ze lachen. Lachen ze hem uit? 'Wat een grap-pig mannetje,' roept de man die Johan heet. 'Een Moria-antje!' schreeuwt hij daarna. 'En nou hou je eens op met schreeuwen,' zegt Klaas. Grappig mannetje? Dat zullen we nog wel eens zien. Moriaantje, is dat een scheldwoord? Als ze hem hun rug toedraaien, en door de poort verdwijnen, steekt hij zijn handen diep in de emmer.

Schuur

Dieke staat de trappelen op de grote zwerfkei die naast de groene postbus ligt. Ze heeft haar gele laarzen weer aan. 'Hé, oom Johan!' roept ze.

Oom Johan springt van de bagagedrager af. Hij zat bij oom Jan achterop. Hij wrijft over zijn kont en tilt haar op. Hij zoent haar, vol op de mond, met slobbergeluiden.

'Getverdemme!' zegt ze. Maar ze vindt het niet erg. 'Moet je zien wat opa heeft gedaan!'

'Ben je niet aan het zwemmen?' vraagt oom Jan.

Daar heeft ze even geen tijd voor, zulke overbodige vragen, er zijn nu dingen gaande die véél belangrijker zijn. Oom Johan heeft haar nog niet teruggezet op de grond. 'Hij heeft alle bomen omgezaagd! En oma zit op het stro!' blèrt ze hem in het oor.

Haar vader tilt de deksel van de brievenbus op, maar haalt er niets uit. Als hij de deksel laat vallen, kraakt het paaltje waarop de bus bevestigd is, en het geheel zakt opzij. Hij schopt tegen het paaltje, waardoor het helemaal afbreekt en de brievenbus plat op het gras valt.

'Hé Do-es!' roept oom Johan.

Does komt aanrennen en oom Johan zet haar op de grond. Zelf gaat hij languit op het erf liggen en de hond springt boven op hem. Hij laat zich likken zonder met zijn handen zijn gezicht te beschermen.

'Dat is vies,' zegt ze.

'Welne-e, dat is lekker.'

'Is oom Jan klaar met schilderen, papa?'

'Ja, Dieke,' zegt haar vader.

'Is het weer mooi nu?'

'Prachtig.'

'En mijn steen? Is die ook nog mooi?'

'Ook.'

'En de vogeltjes?'

'Vogeltjes?'

'Ja, die zaten in de boom, bij die bank.'

'Ik heb maar één vogel gezien.'

'Maar het waren er twee, en ze moesten heel hard hijgen, omdat het zo warm is.'

'Nou, dan was de ander even weggevlogen, om eten te halen.'

'Ja,' zegt oom Jan. 'Vogels hebben ook wel eens honger.'

Ja, dát weet ze zelf ook wel. Haar vader en oom Jan lopen het erf op, allebei met hun fiets aan de hand. De emmer aan het stuur van oom Jan tikt tegen het frame. Oom Johan ligt nog steeds plat op de grond. Does wordt steeds wilder. Niemand heeft iets gezegd over de bomen, of over oma. Vinden ze dat allemaal normaal? Zijzelf vindt dat in elk geval niet. Het is een enorme bende in de voortuin van opa, een grote puinhoop van takken en bladeren, en één van die bomen ligt boven op de moestuin van oma. Die zal wel kwaad zijn, straks. Oom Johan is opgestaan. Hij heeft Does opgetild en loopt met hem naar de slootkant. 'Wat ga je nou doen?' vraagt ze.

'Do-es heeft het warm. Hij moet e-ven zwemmen.' Oom Johan loopt met de hond in zijn armen bij de slootkant naar beneden.

'Ga je hem in het water gooien?'

'Ja-a.' Oom Johan laat Does los. De hond valt met een grote plons in de sloot en verdwijnt helemaal onder water. Als hij weer bovenkomt, proest hij wild. Hij zwemt naar de overkant en klimt daar aan wal. Hij kruipt als een enorme, natte rat onder een kastanjetak door en loopt naar achteren, waar hij onder de achterste knotboom gaat liggen, zonder nog een keer achterom te kijken.

'Nu is hij kwaad op je,' zegt ze.

'Welne-e! Hij houdt erg van me. Ik ben zijn fav-oriete mens!'

Iedereen lijkt wel gek geworden vandaag. Haar moeder is mopperig, ze snapt niet precies waarom. Alleen maar om die plantenpot? Dat is toch niet zo erg? Oom Johan die zomaar Does in de sloot gooit, maar ja, oom Johan doet wel vaker vreemde dingen, dat komt natuurlijk omdat hij dat ongeluk heeft gehad. Opa die drie bomen omzaagt, en ze gewoon laat liggen in de tuin. Oma die op het stro zit en niets terugzegt als ze iets aan haar vraagt. En haar vader maakt alles stuk.

Oom Johan komt uit de slootkant omhoog en loopt haar vader en oom Jan achterna, die de schuur zijn binnengegaan. Nu is ze weer alleen op het erf. Wat een rare dag. Als ze nou gewoon vanochtend naar het zwembad was gegaan, was dit dan allemaal niet gebeurd? Ja, of het was ook gebeurd, maar ze was er niet bij geweest! Ze kijkt door het keukenraam naar binnen. Haar moeder staat met een theedoek in haar handen voor het aanrecht. Ze kijkt niet naar buiten. Dieke kijkt de andere kant op, naar opa's huis. Opa komt juist door de zijdeur naar buiten. Hij trekt zijn klompen aan en komt over de brug. Hij lijkt haar niet te zien, en ook hij verdwijnt in de schuur. Vlug rent ze erheen, de bovenkanten van de gele laarzen flappen tegen haar scheenbenen.

Stro

Hoe kom ik naar beneden, denkt ze. Hoe kom ik in godsnaam naar beneden? De warmte is in haar gaan zitten. Het water is op, een pak bokkenpootjes weggegeten, een fles advocaat leeggedronken, en nu – het is toch al wel een uur of zes? – is de warmte, die tot voor kort alleen om haar heen was, op de een of andere manier ín haar geslopen. Ze ligt op haar rug en wrijft met twee vingers over haar borstbeen, om een weeë onpasselijkheid eronder te houden. Een lichte hoofdpijn zeurt. De handen, trouwens, voelen nog steeds koud aan. Als ze beide handen over elkaar wrijft, merkt ze dat alle vingers aanvoelen als wintervingers. Wat grijp ik aan? Waarom lig ik mezelf hier belachelijk te maken? Het stukje lucht dat ze door het gat in het dak kan zien, is niet nog meer van kleur verschoten. Die druppel kan ze wel vergeten.

De jongens staan beneden. En Zeeger. Dieke tettert er ook doorheen. 'Rotjongens,' mompelt Anna, maar zelfs dat gaat niet van harte. Niets gaat van harte hier. Horen ze beneden het kraken niet? Het klinkt nu trouwens meer als kermen, het is of de vierkantbalken, de daksparren, zelfs de panlatten afgeleefd en verslagen zijn, alsof een leger houtwormen en boktorren aan het afdruipen is. Natuurlijk praten ze hard, het is de bedoeling dat zij hoort dat ze over haar praten.

'Die ligt daar, naast de hooiwagen.'

'Zou ze dat nou zelf niet weten?'

'Volgens mij wel.'

'Of ni-et.'

'Ze is niet gek, hoor.'

'Oma!'

'Laat maar, Diek. Ze geeft toch geen antwoord.'

'Waarom niet?'

'Geef jij altijd antwoord als ik je wat vraag?'

Het blijft even stil. 'Nee.'

'Nou dan.'

'Ik do-e het wel.'

'Wacht, dat ding is zwaarder dan je denkt. Klaas, help hem even.'

'Ik begin wel honger te krijgen zo langzamerhand.'

Het is zo moeilijk gewoon te blijven liggen. Ze wil eigenlijk zo graag zien wat daar beneden gebeurt. Ik ben tipsy, denkt ze. Een beetje beschonken. Natuurlijk weet ik dat dat gammele ding dat hier naast me ligt niet de enige ladder is. Natuurlijk heeft Jan honger, die heeft de hele dag op de begraafplaats gezeten, maar dat is helemaal zijn eigen schuld en ik heb absoluut geen medelijden met hem, en reken maar niet dat Zeeger hem iets meegegeven heeft, of hem gezegd heeft eraan te denken brood te smeren. Misschien heeft de vrouw van Klaas Dieke iets te eten meegegeven. Ze graait naar de lege anderhalveliterfles en gooit hem over de rand van het stro.

'Kijk!'

'Ja, Diek, oma heeft een fles naar beneden gegooid. Gelukkig is-ie leeg. En gelukkig is-ie van plastic.'

'Waar is Does?'

'Buiten. Die durft hier niet te komen.'

'Ze heeft het defilézwaard daar ook.'

'Hè? Waarom?'

'Jongen, als ik dát wist.'

'Als ze da-ar maar niet mee gaat smijten.'

'Natuurlijk niet, Johan. En nu voorzichtig omhooglopen die ladder, pas als hij staat uitschuiven. Denk erom dat je hem niet vastloopt in het dak.'

Anna Kaan komt traag overeind. Ze trekt haar stramme benen bij de enkels naar zich toe en komt tot een soort kleermakerszit. Ze trekt haar jurk recht bij de schouders en legt haar handen op de knieën. Het stro knispert als de aluminiumladder ertegenaan wordt gezet, even overstemt dat de hordes boktorren en houtwormen. In haar buik rommelt het, op haar rug kriebelt het, het is of die kruipbeesten in en op haar zitten. Daar verschijnt de bovenkant van de ladder, en dan zakt hij ietsje naar beneden. Elke stap die gedaan wordt, trilt door in de balen stro, in gedachten telt ze mee, en ongeveer op het moment dat ze een hoofd verwacht, verschijnt de rode bos met haar van Johan. Even kijken ze elkaar aan.

'Moe-der?' zegt Johan.

'Johan,' zegt ze, zo zacht mogelijk. 'Doe je voorzichtig?'

'Ja-a.'

'Niet schreeuwen.'

'Ne-e.'

Waarom Johan? Ze dwingt zichzelf naar hem te kijken. Haar Johan, haar grote, brede, mooie jongste jongen. Langzaam en woest in één lichaam, trage blik en glanzend haar. Een jongen om voor te zorgen, maar toch ook weer niet.

'Kom je?' fluistert hij.

'Nee.'

'Wa-arom niet?'

'Ga maar naar beneden. Voorzichtig.'

'Ne-e.'

'Toe nou, Johan.'

'Jan heeft het he-el mooi gemaakt.'

'Dat zal vast, Johan.'

'Hij is maar één ke-er uitgeschoten met de verf.'

'Het is goed, Johan.'

'En ik heb ste-entjes heengebracht.'

Is Johan de druppel? Hij heeft haar gistermiddag opgebeld. Met de onzinnige vraag waar je het beste steentjes kon kopen. Eerst begreep ze de vraag niet, daarna begon haar iets te dagen. Ze hebben niet naar haar geluisterd, ze hebben de klus waar ze op het feest over spraken uitgevoerd. Jan is gekomen, Klaas en Zeeger zijn natuurlijk uitgebreid op de begraafplaats geweest, terwijl zij er niets van wilde weten, 'Geen sprake van' gezegd heeft. Hoe is Johan trouwens vanuit Schagen op de begraafplaats gekomen? Toch zeker niet te voet? Zeeger moet hem verteld hebben dat Jan kwam, maar dat is haar ontgaan. Toch nog maar even hier blijven zitten, ze laten voelen dat ze het er niet mee eens is. Al die kerels, dat doet maar, dat regelt maar. Wie is hier eigenlijk de baas? Ik toch zeker? En ik heb ze verboden die grafsteen op te knappen.

'Johan?' Zeeger.

'Ja-a?' zegt Johan, zonder naar beneden te kijken.

'Wat doet ze?'

'Zit-ten.'

Anna Kaan brengt een vinger naar haar lippen.

'En verder?'

'Verder ni-ks.'

'Johan,' zegt ze, zacht. 'Ga maar naar beneden. Ik kom zo.'

'Ne-e, nu.'

'Ik kom zo, echt waar. Haal die ladder maar weg, kijk, ik heb hier mijn eigen ladder.'

Johan kijkt haar aan. 'Moe-der,' fluistert hij.

Ze zou hem over de rand van het stro willen trekken, tegen zich aan willen drukken, over zijn voorhoofd en rug strijken, zijn voeten masseren, zeker als hij inderdaad lopend uit Schagen gekomen is. Ze zou hem met terugwerkende kracht van die rotmotor willen sleuren, of zand en zout in de benzinetank strooien. Als ze kon, zou ze hem nog de borst geven. Maar vooral kan ze hem niet zien. Hij moet hier weg. 'Niet doen. Niets zeggen. Ga maar naar beneden.'

'Ne-e.' Hij stijgt nog een tree.

'Ik kom. Echt. Ik kom zo.'

'Anna!'

'Hou je erbuiten!' Nee, niet schreeuwen. Niet tegen Zeeger schreeuwen.

'Kom maar, Johan,' roept Zeeger. 'Kom maar naar beneden. Niet nog hoger klimmen.'

'Je moet me-e,' fluistert Johan.

'Oma!' roept Dieke. Waarom roept dat kind aldoor naar me? Zou ze echt willen dat ik naar beneden kom? Je zou toch verwachten dat ze een hekel aan me heeft.

Anna Kaan wil het defilézwaard pakken, maar het ligt buiten haar bereik. Ze laat zich opzij vallen, waardoor haar benen ontstrengeld raken. Dan maar op handen en knieën, het is Johan maar, als iemand anders op die ladder had gestaan, zou ze er misschien nog eens over gedacht hebben. Ze kreunt, alles valt haar zwaar. Eerst stuit ze op de lege advocaatfles. Die pakt ze op en zwiept hem zonder nadenken over haar schouder. Hij landt op de plek waar kortgeleden zo ongeveer de aluminiumladder lag.

'Papa! Glas!'

'Ja, Diek, nu gooit ze wel met echte flessen. Gelukkig stonden wij daar niet.'

'Ik ga naar binnen.' Jan. Die heeft hier geen zin in.

Hij mag weg, wat haar betreft, maar tegelijkertijd wil ze schreeuwen dat hij blijven moet. Iedereen moet blijven. Ze moeten hun uiterste best doen om haar van het stro te krijgen. Met z'n allen, niemand uitgezonderd. Waarom staat de vrouw van Klaas daar eigenlijk niet beneden? Ook moeten ze weg, het liefst onmiddellijk. En die stier? Wat doet die stier nu? Staat hij gezellig toe te kijken van achter zijn spijlen? Ze hoort hem niet. Waarom durft Does hier niet te komen? Waar is die norse Kaapse bergeend? Ze heeft inmiddels het zwaard in handen en schuifelt met moeite naar de rand van het stro. Naar haar jongste zoon. 'Johan,' fluistert ze. 'Hier.' De rand van het stro, maar ze waakt ervoor onzichtbaar te blijven voor de rest.

'Wat mo-et ik daarmee?' Hij kijkt haar aan. Ze ziet de spieren van zijn schouders en borst trillen. Het wit van zijn hemd steekt wel erg af tegen zijn huid. Gaan ze daar in dat huis elke dag naar het strand?

'Aan je vader geven. Ik wil dat je weggaat. Ik kom zo.'

'Goe-d,' zegt hij, en steekt een hand uit.

'Geef maar aan je vader, dan kan die het weer ophangen onder de boekenplank.' God, als die jongen maar niet naar beneden dondert. 'Hier, hang het om je schouders en duw het op je rug, anders raakt het misschien tussen de ladder en jou in.'

Johan doet wat ze zegt. Tergend lang is hij bezig, tergend lang houdt hij zich nu eens met de ene dan weer met de andere hand vast.

'Anna!' Zeeger weer.

Ze geeft geen antwoord, vloekt zacht. Straks schrikt die jongen van al dat geroep en laat hij beide handen tegelijk los. Johan kijkt haar niet langer aan, hij heeft al zijn aandacht bij het zwaard dat op zijn rug bungelt, en de tocht naar beneden. Weg is hij al. Net een kind, zo snel als zijn aandacht verslapt en zich op iets anders richt.

'Ja? Wat is de bedoeling?'

'Dit moest ik aan jou gev-en. Ophangen, aan de boekenpla-nk.'

'Komt ze naar beneden?'

'Ne-e.'

'Wat zei ze allemaal?'

'We-et ik niet meer.'

Zeeger zucht.

Dirk geeft antwoord door eindelijk van zich te laten horen.

'We gaan eten, Diek.'

'Maar oma dan?'

'Oma komt wel. Ze kan niet altijd daar blijven zitten.'

'Ik snap er niks meer van, hoor.'

'Pat-at!' schreeuwt Johan. 'Met biefst-uk!'

Dirk houdt niet op met snuiven, en zo te horen loopt hij af en toe met zijn kop tegen de ijzeren spijlen aan. Het stro beeft, het hout kermt. Er vliegen geen zwaluwen meer in en uit. Anna Kaan probeert niet na te denken. Ze kan niet altijd daar blijven zitten. Die stier, gaat dat zo door? Ze zijn weggelopen en niemand heeft eraan gedacht de ladder weg te halen.

Nog heel even. Biefstuk. Koud water. Niet denken aan het feest, of eerdere feesten, aan de kleindochter, niet denken aan kweeperen of notarisappels, grijze Volkswagenbusjes, de zaterdagavond die nog gaat volgen. Nee, even nog die dag waarop ze te laat was, ze weet niet eens meer waarom, en dat juist daarom de oude koningin haar leren handschoenen uittrok. Met haar koude handen wrijft ze over inmiddels koude knieën.

Vissen

Zeeger Kaan heeft de frituurpan aangezet en patat en kroketten gebakken. De biefstukken liggen in de vriezer, er was geen tijd om ze te ontdooien. Hij heeft nog even overwogen sperziebonen te koken, één blik op de gevelde kastanjes weerhield hem daarvan. Dit is de tijd van het jaar om buiten, aan de tafel die bij de zijdeur staat, te eten, maar Johan en Jan zijn aan de keukentafel gaan zitten. Behalve dingen als 'wa-ar is de ketchup' en 'laat je die bomen nou gewoon zo liggen?' (ja, had hij gedacht, ik geloof dat ik die wel een tijdje laat liggen) wordt er nauwelijks gesproken tijdens het eten. Jan drinkt twee pijpjes pils, Johan en hijzelf drinken water. Johan had ook om bier gevraagd, maar volgens hem mag hij dat niet hebben. Bij alle drie staat het zweet op de neus. Als alles op is, komt Dieke binnen. 'Vissen!' zegt ze. 'Papa staat al klaar!'

'Ja!' roept Johan. 'Hengelen!' Johan is zijn hele leven al dol op vissen, en daarom noemt hij het hengelen.

'Maar niet te lang,' zegt Jan. 'Die boot vaart niet de hele nacht.'

Ze bijten verbazend goed. Alle dobbers staan kaarsrecht in het water. Midden op de brug staat een grote emmer, waar iedereen zijn of haar vissen in laat glijden. De vissen die Dieke vangt, worden door Klaas van de haak gehaald. Uit de schuur komt zo nu en dan het geluid van een keiharde kop die tegen ijzeren spijlen botst.

'Wat is Dirk onrustig,' zegt Zeeger.

'Het was een beetje druk voor hem vandaag, denk ik,' zegt zijn oudste zoon. 'Twee!' roept hij daarna, en haalt op. Een klein witvisje spartelt aan de haak.

'Ik vind dat we ook naar de grootte moeten kijken,' zegt zijn tweede zoon.

'Welne-e!' schreeuwt zijn jongste zoon, die op vier staat. Vier kleintjes.

'Of naar de soort,' zegt Jan.

'En wat telt dan meer? Een witvis of een brasem?' vraagt Klaas.

'Does, kom dan!' roept Zeeger. De hond ligt onder de achterste knotwilg, hij is al eerder geroepen, maar hij blijft stug liggen waar hij ligt, met zijn kop de andere kant op.

'Do-es houdt niet van vissen.'

'Nee, hij is kwaad op je, omdat je hem in de sloot gegooid hebt,' zegt Dieke.

'Heb jij Does in de sloot gegooid?'

'Ja-a.'

'Ik ook.'

'Ik ook.'

'O,' zegt Zeeger Kaan. 'Vandaar.'

'Diek, hoeveel vissen zitten er al in de emmer?' zegt Klaas.

Dieke steekt haar hengel tussen de leuning van de brug en buigt zich over de emmer heen. 'Ik kan ze niet tellen, ze zwemmen allemaal door elkaar.'

Klaas kijkt ook in de emmer, en begint hardop te tellen.

Zeeger Kaan luistert niet mee. Hij kijkt naar de lucht. Daarvan kan hij nu veel meer zien, ten minste de helft van de horizon, naar het westen kijkend, een beetje in de richting van het dorp, is weer vrij. Een rare lucht. Het is of er zeemist hangt, wat vrijwel nooit voorkomt in juni. Dat is meer iets voor augustus en meestal koelt het dan meteen af, maar dat is nu niet het geval. Regen lijkt er niet te komen, rommelen doet het ook niet in de verte. Hij denkt aan Anna. Straks gaat iedereen weer weg, en hij heeft geen zin om alleen in huis te zijn, alleen naar bed te moeten. Vlak voor hij de patat in de frituurpan gooide, heeft hij het defilézwaard weer aan de twee oogschroeven onder de boekenplank gehangen. Een lelijk ding eigenlijk, maar ja, een erfstuk van een of andere oom die op wacht heeft gestaan bij een of ander belangrijk gebouw. Waarom Anna het had meegenomen is hem een raadsel.

'Dertien,' zegt Klaas. 'Ik heb er twee.'

'Ik vi-er,' zegt Johan.

Zelf heeft hij er één gevangen. 'Jij, Jan?'

'Eén. Maar wel een heel grote.'

'Dan heb jij er vijf, Diek,' zegt Klaas.
'Heb ik dan gewonnen?'
'Als we nu stoppen, ja.'
'Ne-e!' roept Johan.
'Waarom komt mama niet vissen?' vraagt Dieke.
'Je moeder vindt vissen vies,' zegt Klaas.
Zeeger kijkt naar de keukenramen van de boerderij. De vrouw van Klaas staat voor het raam, met een theedoek in haar hand. Heeft hij dat niet eerder gezien vandaag? Een stukje verderop komt de oude Kaapse bergeend door de zijdeuren uit de schuur. Als hij halverwege het erf is, vliegt hij op. Dat verbaast Zeeger, hij dacht dat het beest niet meer vliegen kon. De eend landt onbeholpen in de sloot, in de buurt van Does. De hond kijkt eindelijk op en blaft.
'Hé!' roept Johan. 'Jullie verja-gen de vissen!'
Jan haalt zijn hengel op. Hij wurmt de worm van het haakje en wikkelt het draad om een haspeltje.
'Heb je er genoeg van?' vraagt Zeeger.
'Ik wil naar huis.'
'Naar huis?' vraagt Klaas. 'Daar heb jij toch...'
'Hou je harses,' zegt Jan.
Does blaft nog eens. De Kaapse bergeend zwemt rondjes en blaast. Het betekent niks, Zeeger heeft ze een keer betrapt toen Does languit op het erf lag en de eend met hem aan het baltsen was. Waarschijnlijk denkt Does dat de eend een hond is en denkt de eend dat Does een eend is. Dirk stoot zo te horen nog eens met zijn kop tegen de spijlen van de stierenbox.
'Ik wil naar huis,' zegt zijn tweede zoon nog eens. Hij kijkt Klaas even aan en wrijft over zijn voorhoofd, over de muggenbult die Zeeger vanochtend vroeg heeft zien ontstaan. Hij loopt nog steeds rond in korte broek en T-shirt.
'Nu vind ik er o-ok niks meer aan,' zegt Johan.

'Dan heb ik gewonnen!' roept Dieke.

Jan loopt naar de schuur, gaat naar binnen en komt er even later weer uit met de groene emmer. Hij is langer binnen geweest dan noodzakelijk. Hij rommelt wat in de emmer terwijl hij terugloopt en haalt er iets uit. Is dat een envelop?

'Heb je post gekregen?' vraagt Zeeger.

'Ja-a,' zegt Johan. 'Van de bakker.'

'De bakker? Blom?'

'Ja,' zegt Jan. 'Ik ruim dit nog even op en dan ga ik me verkleden.' Hij loopt naar de zijdeur, Johan volgt hem.

'Gefeliciteerd, Dieke,' zegt Klaas. Hij vertrekt ook.

Dieke is haar overwinning al vergeten. Ze leunt met haar ellebogen op een tussenleuning van de brug en staart met grote ogen naar de gaswel.

'Is het boeiend?' vraagt hij aan zijn kleindochter.

'Ik zie de bullebak,' zegt ze. 'Hij haalt adem.'

Stro

Ze weet echt niet meer hoe het kwam dat ze te laat was. Het doet er ook niet toe. Jan en Johan waren vertrokken, naar school, om daarvandaan naar Het Polderhuis te gaan. Klaas was al weg. Ze was achtergebleven met Hanne. Zeeger was aan het werk. Had ze die dag haar handje in het lege blik appelmoes gestoken waar de vlijmscherpe deksel nog aan zat? Dat er gezocht moest worden naar pleisters en jodium, een schaartje? Dat er getroost moest worden? Nee, dat was al eerder. Waarom was ik te laat? Maar als ik op tijd was geweest, had de koningin Hanne niet aangeraakt, en niet tegen mij gesproken.

Nadenken wordt steeds moeilijker, het kraken en kreunen, het schuiven in de silo, het marcheren van de boktorren en houtwormen en het onrustige bonken van de overbodige homp vlees, maken dat bijna onmogelijk. En de kou. Ze snapt niet wat dat is, ze heeft niet het idee dat het weer plotseling is omgeslagen. Ze moest eens weten, denkt Anna Kaan. Ze moest eens weten dat het kind dat ze 's ochtends over de wang had geaaid 's middags dood was. Maar toen was ze al in Anna Paulowna, en de dag erop zat ze op Texel. Er komen geluiden van buiten, ze staan met z'n allen te hengelen. Ze ligt op haar rug, met haar armen naast haar lichaam, het stro is inmiddels helemaal ingelegen, geen enkele geknakte halm prikt in haar rug. Ik wil morgen naar het strand, denkt ze. Eindelijk weer eens naar het strand, en Zeeger gaat mee, of hij wil of niet. Misschien zijn Rie en Jenneke er ook wel. Zeeger in de oude blauwe zwembroek die bijna verkruimeld is van ouderdom. Dobberen in zee, op mijn rug, met mijn tenen boven water. Precies zoals ik nu lig, maar dan wapperend met mijn handen. Does in het water proberen te krijgen. Vreemd is dat, Does houdt niet van zout water. Ook wil ik, denkt ze, de wc-pot in de ligboxenstal schoonmaken en tegelijk de oude kalenderblaadjes eraf scheuren, zodat het ook daar nu is. Does, kom dan! hoort ze Zeeger roepen. Nee, Does zal niet komen, die houdt niet alleen niet van zout water, hij heeft ook een hekel aan vissen.

Alleen de lege verpakking van de bokkenpootjes ligt nog naast haar. En de ladder natuurlijk. Ik kan nu naar beneden, denk ze. Zonder iets te zeggen – of misschien alleen 'Zie je wel?' tegen Johan, en Jan even vuil aankijken – over de brug lopen en koffie gaan zetten. Kruidkoek snijden. Koffie en koek om het vissen mee af te sluiten. Daarna iedereen naar huis. De tv aanzetten, Does te eten geven, hopen dat Zeeger niet al te veel zegt of vraagt.

Als ze overeind probeert te komen, lukt dat niet. De kou is vanuit haar armen en benen omhoog getrokken, verdooft haar ledematen. Ze heeft ook geen trek meer in biefstuk, koud water of knapperig verse sperziebonen. 'Nee,' hoort ze Johan roepen. Nee? Wat nee? Daarna is het of ze een tijdje helemaal niets hoort of ziet, tot Does plotseling begint te blaffen. Ik was te laat, mijn fiets gleed weg. Toen ik thuiskwam, liep ik met een volle wasmand door de deur van het melklokaal het erf op. Kleren en lakens, gewassen in de Miele. Aan de overkant was het stil, de knecht, zijn vrouw en twee kinderen waren op vakantie. Ik stak wasknijpers om de boorden van onderbroeken van Zeeger en dacht: hij koopt wel een nieuwe radio en een nieuw fototoestel, hij laat een melktank plaatsen en een melkleiding aanleggen, maar aan nieuwe onderbroeken denkt hij niet. Hij was boven aan het timmeren. Jan en Johan waren in het zwembad, Klaas was misschien thuis. Hanne speelde in de kamer. Ik riep haar toen ik de keuken binnenkwam. 'Aa,' klonk het vanuit de woonkamer. Toch nog maar even kijken. Ze zat op haar knieën bij het tafeltje met de glazen plaat, met twee viltstiften tegelijk kraste ze op de achterkant van een stuk behangpapier. Ze was de koningin al vergeten, wist niet eens wie de koningin was. Tinus lag naast haar, alle vier de poten uitgestrekt. Ik had 'Niet te hard leunen' willen zeggen, want die glazen plaat was al vier keer vervangen. Een enorme miskoop, wisten die kinderen veel hoe kwetsbaar zo'n stuk glas is. Ik liep terug naar de keuken, pakte een kom uit een kastje. Daarin schudde ik een pak bloem uit, voegde melk toe, sloeg er een paar eieren in stuk en wreef er een paar vingertoppen zout bij. Zaterdageten. Omdat ik het idee had dat het zaterdag was.

Het pakje boter op het aanrecht, op het fornuis de koekenpan, veel te vroeg allemaal, maar ik moest iets omhanden hebben. De koningin heeft met mij gepraat, dacht ik, en ik leg hier een doek over het pannenkoekenbeslag. Ik wilde het voor mezelf houden. Voor mezelf en Hanne. Ik meende de bakker daar ook rond te hebben zien scharrelen. Met een fototoestel? Hij moest nodig komen, het brood was bijna op, een uur later, of twee, kwam hij ook. En hij ging weer en hoe zijn in godsnaam toch Hanne en Tinus naar buiten geraakt? Ik hoorde het, ik hoorde een auto, een bons en daarna het remmen. Ik moest naar buiten. Zeeger zat maar te timmeren en te zagen, die hoorde niets. De bakker. Overal, de hele dag de bakker. Later had ik over de koningin willen vertellen, misschien 's avonds tijdens het eten van de pannenkoeken. Maar toen was het al te laat.

Het kraken en kreunen is doffer geworden, het spinrag wolliger, het bonken van Dirk gedempt. Het zit toch in me, denk ze. Dat kraken en kreunen. Ik zal... Zal ik roepen? Ze wil haar mond openen, maar het is of de lippen verstijfd zijn. Ze wil wrijven, ze wil haar vingers langs haar mond halen. Het lukt om een arm op te tillen, de elleboog kromt, de hand valt op haar buik. De vingers kunnen lichtjes strijken, krabben gaat niet, laat staan nog eens optillen. Het rechthoekje, het gat pal boven haar hoofd, met zo- en zoveel dakpannen rechts ervan, en iets meer dakpannen links ervan, die heeft ze kortgeleden immers geteld, is geen doorkijkje naar buiten meer. Geel, denkt ze. Toch regen? Toch een echte druppel?

Er komt iemand de schuur in, dat hoort ze, ondanks de verdoffing in haar oren. 'Moeder?' hoort ze, al moet ze al haar krachten bij elkaar schrapen om het te kunnen verstaan. Jan. Nee wacht, denk ze, terwijl de kou aankomt bij haar schouders en bekken, ik wil iets tegen hem zeggen nog. Ik wil hem niet zo laten gaan. Ze spitst haar oren, negeert alle andere geluiden. 'Ik ga.' Hij gaat. Dan komen alle dode mensen langs. Griet Kaan als eerste, in haar twijfelaar, de kachel koud, het olielampje leeg, het

Friese klokje dat maar doortikte, Zeeger die geen aandacht voor haar had; haar ouders, haar schoonouders, ze ziet hun ogen, ziet ze lopen en fietsen, taartjes eten op verjaardagen, ziekenhuisbedden, bloemen, tijd ziet ze ook, razendsnel, de ondraaglijke lengte van een mensenleven, maar ook de kleine dingen, schijnbaar onbeduidende dingen, en steeds de ogen van iedereen; dan zet iemand blijkbaar een radio aan, want ze hoort 'Oh Happy Day' en in plaats van Hanne, die toch ook langs zou moeten komen, ziet Anna Kaan die lap, de enorme knutsellap die haar schoonmoeder gemaakt heeft, hij hing in de kinderslaapkamer, jarenlang, met palmen daarop van groene viltachtige stof, kookpotten, Moriaantjes van zwarte lapjes en echte ringen in hun oren, en hoewel de kou nu doorgedrongen is tot haar middenrif, gaan haar trage hersens aan de loop met de vraag waar die lap in godsnaam gebleven is; de lege werkkamer van de oude koningin, haar plotseling slappe knieën toen de rondleidster zei 'Juliana is hier opgebaard geweest'; en nu voegt ze iets toe aan wat ze eerder voor zich zag – die beelden van meiden die aan het wecken waren, de zoons van buurboeren: allemaal dood, grootouders, ouders, meiden, knechten, nu voelt ze dat het hier in deze schuur ooit naar vers hout geroken heeft, naar hars, dat hier ontelbare mensen gelopen hebben die allang niet meer lopen kunnen, dat ze een deel is van die ontelbaarheid; en toch weer de boktorren en houtwormen, woelend en krioelend zonder geluid, stil wordt het, heel stil, geen hond, geen Kaapse bergeend, geen man of kinderen, de dode mensen voorbij, het licht dat binnenvalt door de drie ronde ramen aan de voorzijde van de schuur, heel vaag gedachtes als: heb ik als laatste werkelijk een hele fles advocaat naar binnen gewerkt, en: kiezels? Die koop je in een tuincentrum, waar anders; het rechthoekje in het pannendak – ze kan haar hoofd niet meer bewegen – verkleurt van geel naar wit, de kou die vanuit haar tenen en vingertoppen naar het midden is getrokken, lijkt een uitweg te zoeken via haar neus, traag, steeds trager, en verandert van kou in geur, alsof dat uiteindelijk het belangrijkste is, alle andere dingen overstijgt, en nu wordt het zoet.

Zoet als in de herfst.

Stoofperen.

Is dat het?

De geur van stoofperen, in juni?

Proosten

'Dinie,' zegt hij simpelweg.

'Harm,' zegt de begraafplaatsbewaarster. 'Kom erin.'

Hij gaat het halletje in, zet zijn stok in de paraplubak en loopt door naar de woonkamer. De hond kijkt niet op, maar slaat één keer met zijn bossige staart op het vloerkleed. Het beest hijgt en kwijlt. Zoals gewoonlijk is het er om door een ringetje te halen. Hij kijkt even naar het portretje van de overleden man van Dinie, alsof hij hem permissie vraagt hier binnen te mogen komen, aan de eettafel van zijn vrouw te gaan zitten, misschien – dat is altijd onzeker – haar te zoenen en naast haar in bed te mogen liggen. Dinie komt achter hem aan de woonkamer binnen en trekt de vitrage dicht. Dat doet ze altijd en de bakker heeft er nog nooit iets van gezegd, al vraagt hij zich wel af waarom ze het niet doet voor hij binnenkomt. De tafel is al gedekt, dat doet ze altijd keurig, met een loper, zilveren bestek, kristallen wijnglazen. Wijn. Hij denkt aan de drie glazen citroenbrandewijn die hij al achterovergeslagen heeft. Het zal wel witte wijn zijn, licht mousserend, daar houdt hij van, en Dinie ook. Hij heeft een schoon overhemd aangetrokken, maar nu al voelen de oksels vochtig. Het raam achter de vitrage is één grote ruit, er kan hier geen tochtraampje open. Niet dat het veel uitmaakt, binnen of buiten, misschien is het binnen nog wel iets koeler.

'Ik ga meteen het eten opdoen,' zegt Dinie. 'Alles is klaar.'

Het eten opdoen, denkt hij. Wie zegt er nog zoiets? Hij gaat op de stoel zitten vanwaar hij door de vitrage heen toch nog wat uitzicht heeft op de straat.

'Doe je jasje toch uit, man. Het is om te stikken.' Ze zet een schaal met aardappelen op tafel en loopt terug naar de keuken.

Hij gaat half staan en wurmt zich uit zijn jasje, dat hij over de rugleuning van de stoel hangt. Inderdaad, nu het overhemd vreemd kreukelt omdat hij raar staat, verschijnt er ter hoogte van zijn borstbeen een natte vlek.

Dinie brengt een schaaltje met snijbonen binnen, en twee borden, met op elk bord twee blinde vinken. 'God, ik vergeet de wijn.' En weg is ze weer. De hond lijkt niet geïnteresseerd in de etenslucht. De bakker snuift de geur van de blinde vinken gretig op. Hij heeft een dag achter de rug waarop hij vergeten is te eten. Behalve dan het ontbijt, dat een eeuwigheid geleden lijkt. Dinie komt binnen met de fles wijn, wit, want hij zit in een koeler.

'Lekker,' zegt hij.

'Dat moet je nog maar afwachten.'

'Jou kennende.'

'Eet smakelijk.' Ze schenkt de glazen vol.

Voor hij begint te eten heft hij zijn glas en kijkt haar aan. 'Op?'

'Zeg het maar.'

'Op de afgelopen dag.'

'Was die geslaagd dan?'

'Dat weet ik niet precies. Ik geloof het wel.' Het schelpengruis deed zeer, maar dat was oppervlakkig. Nu zit de pijn dieper, in zijn knieschijven, die dof en hard aanvoelen. Het stukje lopen van zijn huis naar Dinie's huis heeft de kniegewrichten iets losser gemaakt, en hij had er weer zijn wandelstok bij nodig.

Ze vraagt hem niet hoe het zit. Wat er is gebeurd. Ze drinkt bijna verbeten van haar wijn. 'Ik ben blij dat-ie voorbij is.'

'Ho, ho, zo ver is het nog lang niet.'

Eten

Straks vraagt hij waarom, zo is hij wel. Harm Blom. Bakker in ruste. Bakker met een verleden. Ze kijkt hem aan over de rand van haar wijnglas. Oude man met een droge nek. Droog van het dag in dag uit scheren. Zoals ze Albert Waiboer zag, bijna veertig jaar en een paar uur geleden, zo heeft ze Harm Blom nooit gezien. Die was altijd brood aan het rondbrengen en als hij het niet rondbracht, bakte hij het. Nooit hem in zijn zwembroek in het zwembad gezien, met een jong en stevig lijf. Soms ligt hij naast haar, in het tweepersoonsbed, dan is het donker, en kan ze – als haar hoofd ernaar staat –haar handen sturen met de gedachte aan iemand anders. Ze kucht, klokt de laatste slok wijn naar binnen en vult hun glazen opnieuw, hoewel dat van Harm nog maar voor de helft leeg is. 'Niet lekker?' vraagt ze.

'Wat, de wijn? Die is prima. Fris.'

De snijbonen zijn ook fris, de aardappelen licht kruimig. Toch smaakt het eten haar niet, haar bezoekjes aan de begraafplaats hebben een bittere smaak achtergelaten in haar mond, die zelfs door de sappige blinde vinken nauwelijks wordt verzacht. En vanochtend had ze natuurlijk ook al die bittere smaak, nadat de neger... Ze snijdt met een wild gebaar een stuk van de blinde vink af, stopt het in haar mond en kauwt onstuimig. Ze wil straks, na het eten, de bakker voorstellen nog even een rondje te lopen, een rondje dat over de begraafplaats zal voeren. Ze wil zien wat daar gebeurd is, ze vertrouwt die roodkoppen niet. En ze wil hoe dan ook de laatste zijn die vandaag de begraafplaats betreedt.

'Wat is er gebeurd?'

'Hè?'

'Dat je de dag al voorbij wenst?'

'Ach, gewoon. Er zijn van die dagen.'

'Ja.'

Ze eten in stilte hun bord leeg. Als ze de tafel heeft afgeruimd, de borden en het bestek heeft gespoeld, gaat ze de woonkamer binnen met twee appels en twee sinaasappels. Terwijl ze de eerste appel schilt, drinkt Harm zijn glas leeg. Ze snijdt de appel in vieren, verwijdert het klokhuis en geeft hem een kwart. Hij moest vannacht maar blijven, denkt ze.

'Ik denk erover een hond te nemen,' zegt hij.

'Een hond? Jij? Ik heb je nog nooit een hand zien uitsteken naar Benno.'

'Benno is niet het soort hond waaraan ik zit te denken.'

'O nee?'

'Nee.'

Bespottelijk, Harm met een hond. Het beest zal zijn dood worden. Eerst een gebroken heup en dan verder aftakelen. Ze steekt het laatste appelkwart in haar mond en begint de tweede appel te schillen.

'Die zoon van jou,' zegt hij.

De schilkrul aan één stuk van de appel breekt. 'Ja?' vraagt ze, behoedzaam.

'Waar woont die?'

'Hoe kom je nou ineens op m'n zoon?'

'Ik heb vanmiddag foto's zitten bekijken die ik gemaakt heb op de dag dat de koningin op bezoek kwam.'

'Ach, ja. Wanneer was dat ook maar weer?'

'Zeventien juni 1969.'

'Bijna veertig jaar geleden.'

'Je zoon stond er ook op. Teun, toch?'

'Ja. Ik heb daar helemaal geen foto's van. Ik weet dat ze hier geweest is, maar ik moest werken. Het zwembad ging niet dicht omdat de koningin kwam, er waren mensen die weleens lekker rustig wilden zwemmen. Misschien was mijn man mee met Teun.'

Mijn man, altijd zegt ze dat, nooit eens 'Kees'. 'Maar, waar woont hij nu?'

'Schagen.'

'Getrouwd?'

'Gescheiden.'

'Kinderen?'

'Twee dochters.'

'Ziet hij ze nog?'

'Ik geloof het wel. Ik zie ze regelmatig, ze wonen in Den Helder. Ik zie dus mijn schoondochter ook nog wel.'

'Je gelooft het wel?'

'Harm. Ik heb niet heel veel contact met hem. Ik mag hem niet eens meer...'

'Wat?'

Ze reikt hem een laatste stuk appel aan en begint dan omstandig een sinaasappel te schillen en van witte vliesjes te ontdoen. Ze wil niet over Teun praten, ze wil niet weer huilen. 'Niets,' zegt ze.

'Wat doet hij voor werk?'

Nu is het uit met dit verhoor. 'Hij zit in de zorg,' zegt ze kortaf en steekt een sinaasappelpartje in haar mond. Ze duwt de bakker de rest van de sinaasappel in een hand. 'Zo. Een kopje koffie en dan nog een ommetje?'

'Goed. Ik kan wel een loopje gebruiken, ik ben een beetje stijf in de knieën.'

'Mooi.' Ze ruimt de schillen op en zet koffie. Benno is haar gevolgd naar de keuken. Hij geeuwt luid. 'Ja,' zegt ze zacht. 'Jij mag ook mee.' Het koffiezetapparaat pruttelt. Ze zet haar handen op het aanrechtblad en kijkt door het keukenraam naar het gat in de coniferenhaag. 'Mee met het bazinnetje.' Eigenlijk is het veel te warm voor koffie.

Stront

'Zie je wel, tot zonsondergang.' Dinie wijst naar een groen bord met witte letters dat op het hek geschroefd is.

'Weer wat geleerd,' zegt hij. Hij had gerekend op een wandeling langs de Molenlaan, misschien nog even opsteken bij Het Wapen, voor een tweede kop koffie of een borreltje. Hij had beter kunnen weten, als Dinie de vitrage dichtschuift als hij in haar huis is, hoeft hij er natuurlijk ook niet op te rekenen dat ze samen op een caféterras gaan zitten. De hond leek blij uitgelaten te worden, maar vanaf het moment dat ze de straat op gingen, loopt hij erbij alsof hem iets vreselijks te wachten staat. Dinie stelde voor over de begraafplaats te lopen, en hij had gezegd dat die natuurlijk dicht was. 'Welnee,' zei ze.

Ze lopen over het nog lege deel, met dor gras aan weerszijden van het pad. Ze heeft toen ze door de poort gingen een arm door de zijne gestoken, waardoor zijn wandelstok overbodig is geworden.

'En de zon gaat nog lang niet onder,' zegt ze.

'Niet dat we het te zien krijgen.' Hij kijkt haar aan, van opzij, en probeert zich voor te stellen hoe ze eruit zou zien als ze zou stoppen haar haar te verven. De hond loopt traag voor hen uit, zijn staart sleept over het schelpengruis. Dinie is groot en struis, hij ligt graag naast haar in bed. Verder hoeft er wat hem betreft niet veel te gebeuren. Alleen liggen, tegen elkaar aan. Hij is vastbesloten vanavond niet naar huis te gaan. Ook zal hij kijken naar de grafsteen die Jan Kaan vanmiddag aan het schilderen was. Dinie heeft hem stevig vast.

In de verte klinkt een vaag gerommel. Gaat het dan toch onweren? 'Hoorde je dat?' vraagt hij.

'Wat moet ik horen?'

'Onweer?'

Ze kijkt de lucht in. 'Nee,' zegt ze dan.

Ze komen tussen de twee lage heggen door op het bevolkte deel.

'Kijk,' zegt ze, als ze de steen zo ongeveer bereikt hebben. 'Vers geschilderd.' Het is verdomd net of ze hem er regelrecht naartoe geleid heeft.

'Hé,' zegt hij, niet eens gespeeld verrast, omdat hij kiezels ziet liggen. Blauwe kiezels die hij zich van afgelopen middag niet herinnert.

'We hebben het daar nooit over gehad.'

'Nee.' Wat hem betreft is dat ook niet nodig. Nu niet meer. Gisteren misschien nog wel.

Het is of Dinie dat aanvoelt. 'Misschien moet dat helemaal niet.'

'Nee.' Hij voelt ineens de wijn. Niet meer dan één glas had hij willen drinken, maar ze schonk door tot de fles leeg was.

Verder leidt ze hem, in de richting van het bankje onder de lindeboom. Er ligt een dood vogeltje voor de bank. Hij kijkt omhoog. De tak is leeg. Dat kan meerdere dingen betekenen. Vreemd is het wel. Vanmiddag nog twee vogels en nu één dooie. Hij kan zich niet voorstellen dat de andere weggevlogen is. Maar dan had hij toch ook hier moeten liggen? Dinie krijgt de pimpelmees in het oog en schuift hem zonder verder commentaar met de punt van haar schoen onder het bankje. Nu voelt hij ook de citroenbrandewijn. Hij gaat plompverloren zitten. De hond volgt zijn voorbeeld en laat zich door zijn poten zakken, met een diepe zucht.

'Zijn jullie moe?' vraagt ze, terwijl ze zich omdraait en gaat zitten.

'Ja,' zegt hij.

De hond reageert niet.

Dinie grijpt hem bij de arm. Eerst denkt hij dat ze hem, zelfs zittend, wil ondersteunen, maar als ze stevig doorknijpt, begrijpt hij dat er iets anders aan de hand is. Ze gaat staan, en omdat ze zijn arm niet loslaat, wordt hij gedwongen ook omhoog te komen. Ze begint te lopen en trekt hem mee, hij moet zijn wandelstok goed plaatsen. Zwaaien en plaatsen, zwaaien en plaatsen. Dan blijft ze abrupt staan en slaat een hand voor haar mond. De hond is ze zonder een aansporing gevolgd, haalt ze in en begint vol overgave aan de smalle, hoge, maar vooral smerige grafsteen te likken.

Slapen

Dieke kijkt door een raam in de woonkamer naar buiten. Het raam met de barst. Het gras staat nog steeds doodstil rechtop in het gazon, maar de kleur is heel anders dan vanochtend. Het is ongeveer acht uur in de avond, ze had allang in bed moeten liggen. Achter haar staat haar moeder. Haar vader zit in de keuken, aan de tafel die nog niet afgeruimd is. Hij ritselt met de krant.

Iedereen is weg. Oom Jan en oom Johan zijn bij opa in de auto gestapt en daarna zijn ze weggereden. Opa is nog niet terug. Dieke staat te wachten tot ze de auto het erf van het buurhuis op ziet draaien, en dat zal alleen lukken als ze met haar neus tegen de ruit gedrukt staat. Ze verwacht dat er nog meer gaat gebeuren en slapen is wel het laatste waar ze aan denkt. Na alle dingen die gisteravond en de afgelopen dag stukgegaan zijn, heb je kans dat de hele schuur gaat instorten, en stel je voor dat ze dan in bed ligt! 'Wie heeft het raam eigenlijk stukgemaakt?' vraagt ze.

'Ik weet het niet, Diek.'

'Jij niet?'

'Nee hoor, ik niet.'

'Kan het er niet uitvallen?'

'Ben je gek.'

Dieke zucht diep.

'Je moet maar aan opa vragen wie het gedaan heeft, dat weet hij vast wel.'

'Straks? Als hij thuiskomt?'

'Nee, laat hem maar even met rust. Morgen. Nu ga je naar bed.'

'Ik wil niet.'

'Het is al na achten.'

'Maar het is vakantie!'

'Je bent vijf.'

'Waarom zit oma op het stro?'

'Dat weet ik niet.'

'Jij weet ook niet veel, hè?'

'Meer dan jij. Misschien is voor oma op het stro zitten net zoiets als tekenen voor jou.'

'Hè?'

'Dat je gaat tekenen als iets je dwarszit.'

'Ik doe altijd tekenen.'

'Ja, maar als je kwaad bent, teken je met andere kleuren en met je tong uit je mond.'

'Oma is niet lief.'

'Waarom niet?'

'Ze heeft me geknepen, toen we naar de dierentuin waren geweest.'

'Daar zal je het wel naar gemaakt hebben.'

'Nee, hoor. Was dat een echt zwaard?'

'Ja. Met scherpe randjes.'

'Is daarmee gevochten?'

'Dat denk ik niet. Tandenpoetsen.'

Dieke ziet de auto van haar grootvader langsrijden en afremmen. Ze haalt haar neus van de ruit en draait zich om. Ze loopt naar de keuken, schuift het plastic krukje voor de gootsteen. Ze kleedt zich uit tot op haar onderbroek en laat haar kleren vallen waar ze staat. Een flinke klodder tandpasta op haar Jip-en-Janneketandenborstel. 'Brnwg jw mwe nr bwed, ppa?' vraagt ze.

Haar vader legt de krant op tafel. 'Best,' zegt hij.

'Ik ruim je kleren wel op,' zegt haar moeder. Ze klinkt veel minder lief dan haar vader.

Graven

Dieke huppelt voor hem de trap op, alsof het 's ochtends vroeg is. Het zal wel even duren voor ze in slaap valt. Als ze boven is, loopt ze niet meteen haar slaapkamer in. Ze kijkt omhoog, naar de deur. 'Iemand heeft aan mijn letters gezeten!' blèrt ze.

'Verrek,' zegt hij. 'Hoe kan dat nou?'

'Ja! Wie heeft dat gedaan?'

'Ik.'

'Jij? Wanneer dan?'

'Vanmiddag. Er stond Dekie. Ik wist niet wie dat was.'

'Ik! Dat ben ik!'

'Weet ik toch. Nu staat er weer keurig Dieke.'

'Hm,' zegt ze. Ze gaat de slaapkamer binnen en kijkt

aandachtig om zich heen. 'Het raam is stuk!' krijst ze.
'Ja,' zegt hij.
'Hoe kan dat?'
'Door de warmte, denk ik.'
'Dat vind ik eng!'
'Waarom?'
'Kan het er niet uitvallen?'
'Nee. Het is het buitenste raam.' Klaas schuift de gordijnen dicht. 'Zo. Nu zie je het niet meer.'
'Ik vind het niet leuk.' Voor ze in bed stapt, gaat ze er op haar knieën voor zitten en steekt haar hoofd eronder. 'Heb je aan m'n zak gezeten?'
'Natuurlijk niet. Dat is jouw zak.'
'Nee, dan is het goed.' Ze kruipt onder het bed en komt er met de zak weer onder vandaan.
'Pyjama?'
'Veel te warm.' Voor ze gaat liggen, doet ze de schatzak open en haalt er na wat rommelen de ring uit die ze vanmorgen gevonden heeft. Dan schuift ze haar benen onder het dekbed. 'Leuk, hè, dat oom Johan er was. Ik vind oom Johan lief.'
'Ja, dat is hij. En Jan dan?'
'Mja, die ook wel. Maar oom Johan is liever. Mag ik morgen naar Leslie?'
'Leslie?' Hij grinnikt.
'Wat is daarmee? Waarom moet je lachen?'
'Ben je weleens bij Leslie geweest?'
'Nee. Maar wel in het zwembad.'
'Dan moeten we zijn vader opbellen.'
'Nou, dan doen we dat toch?'
'Ik vind het best. Morgenochtend nog even aan je moeder vragen.'
Ondanks de warmte trekt Dieke het Sesamstraatdekbed tot aan haar kin op. 'Welterusten,' zegt ze.
'Welterusten, Diek.' Hij recht zijn rug en loopt de

slaapkamer uit. 'Open of dicht?' vraagt hij in de deuropening.

'Kiertje.' Ze is hem al bijna vergeten, de gouden ring houdt ze tussen duim en wijsvinger voor haar gezicht, kijkt er met één oog dicht doorheen.

Hij laat de deur op een kier staan. En kijkt nog maar eens naar de door zijn vader gefiguurzaagde letters. NAHNE leest hij. ENNAH, HANEN, en uiteindelijk HANNE. Voor hij de trap af gaat, bestudeert hij het schilderij dat daar hangt, aan de wand tegenover het trapgat. Een schilderij dat zijn vader en moeder hebben laten hangen toen ze van de boerderij naar hiernaast verkasten. Lang geleden dachten Jan en Johan dat overgrootmoeder Kaan op dat schilderij afgebeeld was, hoewel ze die natuurlijk helemaal niet gekend hebben. Hij heeft ze daar om uitgelachen, maar als hij goed kijkt, ziet hij toch wel enige gelijkenis tussen deze vrouw en zijn vader. Griet Kaan als jong, frivool meisje. Als hij halverwege de trap is, weet hij ineens waar hij de gouden ring van kende. De Moriaantjes op de doek in de slaapkamer. Hoe is zo'n ring in godsnaam in een plantenpot terechtgekomen?

'Het is hier gewoon een gekkenhuis,' zegt zijn vrouw als hij de keuken binnenkomt.

'Ja,' zegt hij, met zijn hoofd nog bij de doek en de vraag waar die gebleven is.

Diekes kleren liggen nog op de grond, het plastic krukje is niet weggeschoven. Zijn vrouw rookt een sigaret. Voor haar op tafel staat een mok koffie, tussen de borden en het bestek. Op het fornuis staan pannen.

'Dieke vertelt me net dat je moeder haar geknepen heeft.'

'O ja? Wanneer dan?'

'Op het feest.'

'Waarom?'

'Weet ik veel.' Ze trekt driftig aan haar sigaret. 'Maar eigenlijk is je vader nog erger dan je moeder.' Ze gebaart naar buiten, over de opzij gezakte lidcactus heen. Zeeger Kaan klimt met veel moeite tussen de takken van een kastanjeboom door, het is net of hij bonen aan het plukken is.

'Ja,' zegt hij. Hij schuift een stoel naar achteren en gaat zitten. Heel rustig draait hij een sjekkie. Hij steekt hem op en staart een paar minuten naar de drinkbak met verdord gras. 'Wat vind jij van Schotse hooglanders?' vraagt hij dan.

'Hoe bedoel je? In de koelcel?'

'Nee, op het land. Tussen vlierbosjes en op paden.'

Ze kijkt hem strak aan. 'Ik wil hier weg, Klaas.'

Hij laat rook uit zijn neusgaten wolken. 'Misschien,' zegt hij. 'Misschien.'

Als Klaas in de schuur komt, overvalt hem de stilte daarin. Dirk is niet langer onrustig, kijkt niet op als hij voor de stierenbox gaat staan. Hij breekt een plak hooi af van een baal die tegen de muur ligt en gooit die in de voederbak. Op het hooi komen een paar lijnzaadkoeken. In de grote zwarte bak zit nog genoeg water. De stier steekt zijn kop door het hek en begint te vreten. Er vliegen geen zwaluwen in en uit. Klaas begint de aluminium ladder te beklimmen, terwijl hij niet precies weet wat hij gaat doen. Ongeveer halverwege houdt hij stil, duwt het uitschuifdeel iets omhoog en begint af te dalen. Het bovenste deel van de ladder knispert langs de strobalen met hem mee omlaag. Als hij de haken van het bovendeel achter de onderste sport heeft geklemd, laat hij de ladder kantelen en legt hem in het lege vierkant plat op de grond. Daarna pakt hij een oude bezem en veegt de scherven van de advocaatfles bij elkaar en schuift ze in een kartonnen doos die er rondslingert. 'Moeder?' vraagt hij. Er komt geen reactie. Nog eens roept hij, iets harder nu. Stilte, er kraakt geen strootje. Ze zal in slaap gevallen zijn. Wat wil je ook, na een hele fles advocaat, terwijl ze zich op verjaardagen tot één glas beperkt. Als hij door de grote deuren de schuur verlaat, ziet hij dat ze de lamp aangeknipt heeft. Hij glimlacht.

Hij heeft het idee dat het licht al begint te minderen als hij met ontbloot bovenlijf een gat graaft, iets opzij van het hek waar hij, Dieke en Jan gisteravond stonden. Het is zwaar werk, de grond is droog en hard. Hij haalt een paar keer een hand langs zijn voorhoofd. Wanneer het gat diep genoeg is, haalt hij de kruiwagen met het dode schaap op en rijdt hem naar de rand van het gat. Does, die blijkbaar niet langer verontwaardigd is, en een rondje maakte over het erf, komt kijken wat hij doet. De hond blijft bij het openstaande hek zitten, hij heeft geleerd niet op de weg en in het land te komen. Zijn kop staat scheef, het kost hem moeite niet op het dode dier af te gaan. Klaas kiept het schaap in het gat en schept de aarde er bovenop. De grafheuvel die ontstaat, zal in de loop van de tijd inklinken. Als hij klaar is, kijkt hij leunend op de steel van de spade uit over het land. Het is leeg land. Hij ziet gras en grijze lucht. Dat het heel stil is, merkt hij pas als vanuit de brede sloot, een stuk verder naar rechts, gekwaak klinkt. Does kuiert op z'n gemak naar de sloot, hij blaft niet, dat heeft hij eerder op de avond al gedaan. Hij kent de Kaapse bergeend, weet dat hij oud is.

Leeg land, en hij ziet van alles.

Bellen

Johan kijkt de auto na. Jan zit achterin, hij staart naar de hoofdsteun van de stoel waarop hij, Johan, net nog zat. Achter hem gaat een deur open. Tv-geluiden komen de ruime gang binnen. 'Ja-a, Toon,' zegt hij. 'Ne-e, Toon. Goed, Toon.'

'Ik zeg helemaal niks,' zegt Toon. 'Laat die deur maar even openstaan. Waarom loop je zo vreemd?'

'Ik heb tien kilome-ter gelopen met een zak grind in m'n nek. Ik heb bla-ren!'

'Zal ik er even naar kijken? Doorprikken? Jodium?'

'Nee, la-at maar. Want dan moet ik mijn sokken uittrekken. Ik heb geen zin mijn sok-ken uit te trekken. Het komt wel goe-d.' Hij gaat de gemeenschappelijke woonkamer binnen. Er zitten drie jongens, onderuitgezakt op een oude, bruine bank. Ze staren naar een of ander spelprogramma en kijken niet op als hij binnenkomt. Twee van de jongens hebben hun bovenkleren uitgetrokken. Als Toon binnenkomt, roept er één: 'Deur dicht!' Toon doet de deur niet dicht. Ze gaan aan de eettafel zitten, in de korte kant van de L-vormige kamer. Er hangt een grote rieten lamp boven de tafel. Johan laat zijn onderarmen op het tafelblad rusten en slaat zijn vingers in elkaar. 'Ik heb net vi-er vissen gevangen,' zegt hij.

'Heb je je handen gewassen?'

'Ja-a.'

Toon kijkt op de wandklok. 'Je bent meer dan twee uur te laat thuis.'

Thuis, denkt Johan. Is dit mijn thuis? 'Ik heb een he-el drukke dag gehad.'

'Je was bij je kleine zus.'

'Ja-a. Zal ik erover vertell-en?'

'Hoeft niet. Ik weet ervan.'

'O, ja-a?'

'Ja.'
'Sssssttt!' roept één van de jongens vanaf de bank.
'En Jan was er ook.'
'Ja-a. Hij wordt een beetje ka-al.'
'Dat geeft toch niet?'
'Jij zou hem wel leu-k vinden, Toon.'
'Ik weet dat ik hem leuk vind.'
'O, ja-a?' Johan kijkt zijn begeleider aan. Toon kan dat hebben. Iemand als Jan, hij had het wel gemerkt vanmiddag, kan daar niet tegen. Mensen worden zenuwachtig van hem. Zelfs zijn bloedeigen broer.
'Ja,' zegt Toon, en blijft stug terugkijken.
'Hij zat net in de auto. Mijn va-der heeft me hier afgezet, ma-ar jij hebt de auto niet gezien.'
'Jammer.'
'Kop dicht!' roept een andere jongen vanaf de bank.
'Jij bent best een lie-ve man,' zegt Johan. Hij kijkt naar hoe zijn vingers wriemelen. 'En ik gelo-of dat Jan ook best een lieve jong-en is, maar dat we-et ik niet zeker.'
'Volgens mij wel.'
'Hij denkt aan Hanne, en omdat hij dat do-et, vergeet hij om hier uit de auto te stappen en eens te kij-ken wie jij bent.' Johan knijpt zijn ogen samen, een diepe frons springt in zijn voorhoofd. 'Ik zei nog: kom e-ven binnen, kom nou eens kij-ken wie Toon is.'
'En?'
'En nu zit-ie in de trein en nu pas denkt hij, verdomme.'
Toon glimlacht en kijkt naar de bank waarop de drie jongens onderuitgezakt, met hun voeten op het lage tafeltje, naar de tv zitten te kijken.
Johan haalt het pakje Marlboro uit zijn kontzak en steekt er een op. 'Hij komt zeker een ke-er. Hij moet mij toch een ke-er komen opzoeken?'
'Daar wachten we dan maar op.'

'Ga nou effe ergens anders zitten zeiken!' roept de derde jongen.

Zeiken? Johan zuigt een diepe teug rook naar binnen en dan schiet hem iets te binnen, iets van afgelopen middag. 'Een bo-omkwekerij,' fluistert hij, en buigt zich over de tafel heen. 'Is dat ve-el werk?'

'Welnee,' fluistert Toon. Hij kijkt of hij er verstand van heeft. 'Je plant bomen, laat ze groeien, wiedt af en toe een beetje en verkoopt ze met winst.'

'Zo simp-el?'

'Welja. Wil je bomenkweker worden? Er moet weer eens wat gebeuren, Johan. Je kan niet de hele tijd in je onderbroek op de binnenplaats zitten.'

'Vind jij niet erg to-ch?' fluistert hij.

'Natuurlijk niet. Biertje? Je hebt wel een biertje verdiend.' Toon staat op en pakt twee koude biertjes uit de koelkast. Hij wipt de kroonkurken eraf en gaat weer zitten.

Johan houdt het flesje even tegen zijn wang voor hij de eerste slok neemt. 'Toon,' fluistert hij dan, 'Toon, ik ben toch niet le-lijk?'

'Telefoon!' roept een van de jongens. 'Toon! Telefoon!'

Toon kijkt op van papieren die hij aan het lezen was, met een pen in zijn hand. 'Johan, neem jij even op?'

Hij staat op en zet zijn lege flesje bier op tafel. De eerste stappen doet hij met een hand op het tafelblad. De deur naar de gang is nog open, en de buitendeur ook. Op een langwerpig tafeltje staat de ouderwetse telefoon. Hij neemt op.

'Ja-a?'

'...'

'Jo-han.'

'...'

'Wie?'

'...'

'O, Toon. Ja-a, ik roep hem. Toon!'

Toon stond al in de deuropening. 'Je moet zeggen "Goedenavond, met De Schakel",' zegt hij als hij de hoorn van Johan overneemt.

Johans benen zijn erg zwaar. Hoewel de deuren tegen elkaar openstaan, is er geen zuchtje beweging in de lucht. Hij gaat zitten op een stoel die naast het tafeltje staat, de telefoneerstoel, en wrijft zijn neus droog. 'Doe het dan ze-lf,' zegt hij zacht. Tegenover hem hangt een poster van een eiland in de zon. Met een strand, een groene zee en palmbomen. Naast de poster staat een grote plant. Op de tv is zo te horen nu een politieserie.

'Ja?' zegt Toon. 'Met Toon.'

'...'

'Rustig. Haal even diep adem.'

'...'

'Zeg nou gewoon eens Toon. Zo moeilijk is dat toch niet?'

'...'

'Nou, wat is er gebeurd?'

'...'

'Koeienstront?'

'Wie is dat?' vraagt Johan.

Toon wuift hem stil.

'Ja-a, ma-ar...'

'Johan, nu even niet. Moeder... doe eens kalm... met wie praat je?'

'...'

'De bakker? Welke bakker?'

'...'

'Schoonmaken.'

'...'

'Nee, je hoeft toch niet meteen naar de politie? Praat eerst met iemand van de gemeente.'

'...'

'Ik weet dat het zaterdagavond is. Maar...'

'...'

'De jongens van Kaan. Welke dan?'

Johan kijkt allang niet meer naar de zee, het strand en de palmbomen. Hij kijkt naar Toon, die een beetje ongeduldig praat en rondjes draait met een hand. Dat betekent opschieten, meent Johan. Hijzelf is een jongen van Kaan en de vrouw die hij net sprak wilde met Teun spreken, maar er woont hier helemaal geen Teun. Nu kijkt Toon naar hem, hij kijkt opgelucht, en zijn hand draait niet langer rondjes, maar schudt heen en weer. Zo van 'dat scheelde niets', of 'het is maar net goed gekomen'. Of iets anders, hij kan niet goed nadenken. Naast zware benen heeft het koude bier hem een licht hoofd bezorgd.

'Moeder. Wacht. Heb je ze het zien doen?'

'...'

'Hoe weet je dan...'

'...'

'Wat zegt de bakker?'

'...'

'Daar heeft hij gelijk in. Morgen.'

Johan kan niet langer op de telefoneerstoel blijven zitten. Zijn benen jeuken, zijn hoofd loopt vast op het zich afvragen welke vrouwen hij naast zijn moeder en de vrouw van Klaas de afgelopen dag gezien heeft, en het Moriaantje met de emmer vol koeienstront, en hoewel hem bijstaat dat hij op een ladder is geklommen en daarna met zijn moeder heeft gepraat, denk hij voor de eerste keer deze dag écht aan zijn moeder, die dus op het stro zat, en de emmer met de spartelende vissen, heeft iemand er wel aan gedacht die leeg te gooien in de sloot? Hij staat op en loopt naar buiten, waar het nog maar steeds niet wil regenen. Maar het lijkt er wel koeler dan in de gang. 'Godsammekrake!' schreeuwt hij door de stille straat.

'Wat is het heet!' Hij loopt trekkebenend naar de overkant en gaat op de stoeprand zitten. Hij kijkt naar het gebouw waarin hij woont. *De Schakel* staat er op het bord boven de deur, de tl-buis erboven is al aangesprongen. Hij trekt zijn hemd uit. Moe is hij, heel moe.

Even later komt Toon naar buiten. Hij steekt zonder rechts of links te kijken de straat over en gaat naast hem zitten.

'Denk je dat Jan mij ee-ns komt opzoeken?' vraagt Johan.

'Ach, Johan.' Toon slaat een arm om zijn schouder.

'Zullen we naar het stati-on gaan?'

'Straks. Misschien.'

Er komt een vrouw langs, met een hondje. Ze kijkt afkeurend, denkt Johan. 'Kijk voor je,' zegt hij. 'Rotwijf.'

Zitten

Raar misschien, maar de gedachte aan de sperziebonen liet hem niet los. Als hij thuiskomt en de auto voor de garage heeft stilgezet, loopt hij naar de keuken om een glas water te drinken, en meteen daarna kruipt hij tussen de takken van de eerste kastanje die hij velde. Het valt niet mee, zo nu en dan hangt hij bijna ondersteboven om een paar bonen te kunnen plukken. Erg stevig is het niet, kastanjehout, een paar keer knapt een tak onder zijn gewicht. Als hij vindt dat hij een aardig maaltje bij elkaar heeft geplukt, ruim voldoende voor twee personen, houdt hij op. Hij veegt het zweet van zijn gezicht en zet het vergiet met sperziebonen in de bijkeuken. Does zit overdreven luid te geeuwen op de tegels voor de zijdeur en doet tegelijkertijd zijn best zijn baas niet aan te kijken. 'Eten!' zegt Zeeger. 'Helemaal vergeten.' Hij schept twee kroezen brokken in de bak van de hond en gaat de keuken in om de hond in alle rust te laten eten.

Hij zet de tv aan en gaat voor de schuifpui staan. 'Waarom gaat het nou niet regenen?' vraagt hij zich hardop af. Hij zet de tv weer uit. Als hij door de bijkeuken naar buiten gaat, gromt de hond zachtjes. In de garage wordt hij begroet door dezelfde kerel die vanmiddag op het strand was. Hij zegt precies dezelfde dingen. Als er overgeschakeld wordt naar Jan Visser, de weerman, begrijpt hij dat het een herhaling is. *Morgen hebben we te maken met een geheel ander weerbeeld, luisteraars.* Mooi zo, denkt Zeeger. Hij pakt een paar kerstbomen uit de stapel in de hoek en inspecteert ze. Ze zijn nog niet geverfd. Hij zet ze op de werkbank en pakt er de pot groene verf bij. Als hij de deksel eraf wil wippen, bedenkt hij zich en hangt de schroevendraaier terug aan de gereedschappenwand. Beter morgen, als Anna er weer is, en hem rond tienen zal roepen voor de koffie. Misschien heeft ze wel zin om volgende week mee te gaan naar de kofferbakmarkt in Sint Maartenszee, kan ze zelf ook nog wat verkopen. In een andere hoek staan alle hengels, die heeft hij opgeruimd, nadat iedereen ze op en rond de brug had laten liggen. Ook heeft hij de emmer leeggegooid, er dreven al twee vissen met hun buik omhoog. Does komt langzaam en met zijn kop omlaag de garage binnen. 'Kom,' zegt Zeeger. 'We gaan nog even bij de sloot zitten.'

De hond zit keurig naast de tuinstoel die hij tussen twee knotwilgen heeft neergezet. Zeeger denkt aan het graf en neemt zich voor morgen, nee maandag, een zak grind te kopen, om het echt af te maken. Lichtgekleurd grind. En mogelijk opnieuw een struikje? Er heeft een conifeer gestaan, ooit, een conifeer die klein zou blijven, maar na vier jaar al de buurgraven in de schaduw zette. Die heeft hij net op tijd verwijderd, nog voor de wortels te diep zaten. Nee, geen struikje. Maar wel vers grind. Ik moet Klaas vragen of hij de kastanjes wil strippen, denkt hij. Ik kan dat niet meer. Niet drie van die grote bomen tegelijk. 'Kom nou toch naar beneden, mens!' roept hij. 'Het is licht! Je keuken is niet donker meer!' De hond schrikt van hem, staat op en loopt over de brug naar de overkant, waar hij op de grens van licht en donker, in de deuropening van de schuur, even weifelt. Achter het tuimelraam in het voorhuis van de boerderij beweegt iets. Het gordijn wordt verschoven en het gezicht van Dieke komt tevoorschijn. Ze wuift naar hem. Zeeger zwaait terug. Natuurlijk kan zijn kleindochter niet slapen, na een dag als vandaag. Hij vraagt zich af of hijzelf kan slapen straks, nog een nacht alleen. Misschien komt ze wel van het stro af. Iedereen is weg, de klus is geklaard. En ze zal toch weleens honger en dorst krijgen? Dieke schuift de gordijnen weer dicht. Als hij naar de schuur kijkt, is Does verdwenen. Heeft het ook te maken met Soestdijk? vraagt hij zich af.

Kort na het feest wilde Anna naar Soestdijk. Ze was humeurig. 'Nu kan het nog,' zei ze. 'Straks is het een hotel.' Ze waren op een ochtend, anderhalve week geleden, in de auto gestapt, hoewel hij autorijden steeds lastiger vindt worden, en eigenlijk niet meer zo ver wil. De rit ging vlot, maar bij het toegangsgebouw leek het mis te gaan. De vrouw achter het loket wilde hun kaarten zien. 'Kaarten?' zei Anna. 'Die willen we hier kopen.' Dat kon niet, de kaarten moesten via internet besteld en betaald worden. 'Internet?' zei Anna. 'Weet u wel hoe oud wij zijn?' Ze moesten wachten en mochten vlak voor de eerste rondleiding begon toch naar binnen, omdat een aantal mensen niet op was komen dagen. Het was een flink stuk lopen van het toegangsgebouw naar het paleis, en Anna had hem een arm gegeven. Hij merkte dat de rondleidster haar ergerde, ze sprak met een Duits accent, alsof ze zich iets te veel had ingeleefd in haar rol. De oude kamers boeiden Anna niet, en toen ze op weg waren naar de werkkamer van Bernhard, werd ze een beetje zenuwachtig. Er stond niets, de kamer was leeg. 'Hoe kan dat?' had ze aan de rondleidster gevraagd. Nou, was het antwoord, net als bij een sterfgeval in 'gewone families' worden de spullen onder de nabestaanden verdeeld. 'Vreselijk,' had Anna gezegd, zacht, alleen hoorbaar voor hem. Ze kreeg natte ogen toen ze zag hoe verlopen het er was, hoe verveloos en afgeleefd, ook in de eetkamer, waar wel nog meubilair stond, origineel en eenvoudig. 'Hier zaten ze,' zei Anna en streek met haar hand over een beschadigde buffetkast. 'Niet aanraken!' riep de rondleidster. 'Zeeger, hier zaten ze,' zei Anna nog een keer. 'Toen ook.' Ten slotte de werkkamer van Juliana, die was ook leeg. Er lag nieuwe vloerbedekking. Het was maar goed dat Anna vlak bij hem stond toen de rondleidster zei dat de oude koningin er opgebaard had gelegen, want ze leek door de knieën te gaan en had zwaar op hem geleund. 'Vreselijk,' zei ze nog eens. 'Heeft dat arme, oude mens haar laatste jaren in deze uitgeleefde kamers gewoond?' Daarna hadden ze nog een rondje gelopen door de tuin. 'Er is niets van over,' zei Anna, toen ze uitkwamen bij de kassen. 'Helemaal leeg.' Voor de kassen stond lathyrus. Het was fris die dag, het motregende. De dag erna werd het warm en dat is het gebleven.

Does komt de schuur uit. Hij jankt, en als hij languit naast de tuinstoel gaat liggen gaat het janken over in piepen. 'Waar heb jij last van?' vraagt Zeeger. 'Heeft ze je weggestuurd?' In het doodstille water van de sloot komt een lichte rimpeling, in de top van de oeroude perenboom ritselt het. Zeeger kijkt opzij. Hij kan niet zien of zich al minuscule peertjes hebben gevormd, maar over een maand of vier, vijf, zijn ze rijp, al is dat bij stoofperen altijd moeilijk te merken, zo hard zijn ze. En groen. Pas na urenlang op de laagste stand koken verkleuren ze. Het is een Gieser Wildeman, de lekkerste stoofpeer die er is. Was het maar vast oktober.

Uitdagen

De jongen met het lichtblauwe T-shirt stapt als laatste in de trein van 20:38 naar Den Helder. Het is een dubbeldekker, zo een die zingt, iets wat je vooral op het balkon hoort. Het is niet erg druk, maar overal zitten minstens twee mensen in een vierzit. Hij legt zijn tas in het bagagerek en kiest de plaats naast een jonge vrouw die een tijdschrift leest. Tegenover haar zit een man met rood haar. Zijn tas staat naast hem op de bank en hij staart naar buiten. Zijn voorhoofd is verbrand. De jongen voelt dat het T-shirt, dat hij vlak voor hij naar het station vertrok schoon aangetrokken heeft, nu al weer nat is. De airconditioning in de trein lijkt niet erg goed te werken. Hij is jaloers op de vrouw die naast hem zit, geen zweem van zweet op haar neus. De roodharige man heeft het zo te zien ook erg warm. Hij haalt een hand langs zijn nek en kijkt hem even aan. Iets te lang. Dan beweegt hij zijn lippen, het is net of hij 'verdomme' zegt, maar op precies dat moment roept de conductrice vanuit haar hok 'Anna Paulowna' om. Als de deuren opengaan, trekt er heel even een tochtvlaag door de coupé. Er stapt niemand in. De jongen laat zich onderuitzakken, en zorgt ervoor dat hij iets wijdbeens komt te zitten. Hij schuift zijn lange, blonde haar achter een oor. Hij ruikt zichzelf, vers zweet en deodorant. Lekker. Misschien ruikt de man hem ook wel.

'Kaartje?' Hij doet zijn ogen open. De conductrice kijkt

hem ongeduldig aan. Hij haalt zijn portemonnee uit een kontzak, haalt er zijn kaartje uit en geeft het aan de conductrice. De vrouw naast hem laat de conductrice een maandkaart zien. De man zoekt in zijn portemonnee. Hij loopt een beetje rood aan en kijkt verontschuldigend op naar de conductrice. 'Ik heb geen kaartje,' zegt hij. 'Helemaal vergeten.'

'Geeft niet,' zegt de conductrice. 'Voordeelurenkaart?'

De man houdt haar zijn kaart voor.

Ze schrijft een papier uit en laat de man twee euro veertig betalen. Ze is blijkbaar in een goede bui vanavond. Dan bekijkt ze de voordeelurenkaart nog eens goed. 'Hij is bijna verlopen,' zegt ze.

'Ik weet het,' zegt de man. 'Bedankt.'

Als de conductrice wegloopt, kijkt de jongen de man samenzweerderig aan. De man draait zijn hoofd af en stopt zijn portemonnee terug in een voorvakje van zijn rugtas. Kennelijk was hij echt vergeten een kaartje te kopen. In Den Helder-Zuid moet de vrouw eruit. Hij laat zijn benen opzij vallen om haar erlangs te laten. Daarna schuift hij door naar het raam, zit nu recht tegenover de man. Weer gaat hij wijdbeens zitten, schuift een beetje heen en weer tot de bolling van zijn kruis hem bevalt. Hij kijkt naar buiten, kleine paarden lopen in de duinen, de lucht boven het stugge gras en de bunkers is grijs. Hij voelt dat de man naar hem kijkt, wacht nog even en draait dan zijn hoofd recht. En kijkt net zo lang tot de man gedwongen wordt weg te kijken

Den Helder, eindpunt van deze trein. Denkt u bij het verlaten van de trein aan uw eigendommen.

Hij staat op en stoot met zijn knie tegen de knie van de man. 'Sorry,' zegt hij.

'Geeft niet,' zegt de man.

Hij rekt zich uit om zijn tas uit het bagagerek te pakken en voelt dat zijn T-shirt omhoog schuift. Ook is hij zich bewust van de zweetplekken. De man kan niet weg voor hij zijn tas te pakken heeft. De jongen stapt voor de man uit en loopt langzaam over het perron. Een beetje spelen, dat kan geen kwaad. Hij weet dat de man vlak achter hem loopt, hij voelt hem kijken naar het blonde haar in zijn nek, naar zijn kont, zijn benen.

Als hij door het stationsgebouw loopt, ziet hij haar al staan. Ze komt op hem af. Hij zet zijn tas op de grond, legt een hand in haar nek en trekt haar gezicht naar zich toe. Ze sluit haar ogen en opent haar mond. Hij zoent haar lang en diep, zonder zijn ogen dicht te doen. Langs haar oor ziet hij de man schuin de Middenweg oversteken en het uitgestorven Julianaplein op lopen, in de richting van de Spoorstraat. Veel haast lijkt hij niet te hebben. Hij draait zich nog één keer om. De jongen glimlacht en drukt zich tegen het meisje aan. 'Ik heb zin in je,' fluistert hij, maar hij ziet zichzelf, zijn platte buik, zijn vochtige nek, zijn handen over haar buik en borsten.

Vloeken

'Wel verdomme nog aan toe.' De medewerker van het Marinemuseum staat met zijn handen in zijn zij en zijn hoofd in zijn nek naar de flank van de Tonijn te kijken. Iemand die iets raars had gezien, had opgebeld en omdat dat na sluitingstijd was, kwam de boodschap op het antwoordapparaat terecht. De medewerker heeft de gewoonte op zaterdagavonden het antwoordapparaat af te luisteren, het komt vaker voor dat mensen vragen hebben over openingstijden op zondag, of inlichtingen willen. Bovendien vindt hij het niet erg om iets te doen te hebben op zaterdagavond. Uit eigen beweging loopt hij in de zomermaanden graag 's avonds een rondje over het terrein, dat sinds de opening van Cape Holland voor iedereen toegankelijk is. Vaak loopt zijn vrouw met hem mee. Dit is iets nieuws, dit is nooit eerder gebeurd. Hoe hebben ze die tekst erop gekregen? Het moet vanaf de bovenkant gebeurd zijn, de afstand van de grond tot de onderkant van de zwarte onderzeeër is minstens zes meter. Er moeten touwen aan te pas gekomen zijn, en de letters zijn zo keurig dat hij zich niet voor kan stellen dat iemand ze ondersteboven hangend neergekalkt heeft. Het moet een complete klimoperatie geweest zijn, uitgevoerd na sluitingstijd, 17:00 uur.

O JA? JA! Geen obsceniteiten gelukkig, maar de letters zijn levensgroot. Er komt iemand aan, achter hem, uit de richting van de stad. Hij kijkt over zijn schouder. Een man met een kleine rugzak, opvallend rood haar. Hij kijkt een beetje triest. Triest en misnoegd. De man blijft staan en kijkt omhoog.

'"O ja? Ja!"?' vraagt de man.

'Weer eens wat anders dan fuck you of neuken is gezond,' zegt de medewerker van het Marinemuseum.

'Hoe hebben ze dat voor elkaar gekregen?'

'Geen flauw idee. Misschien heeft de brandweer het wel gedaan, met de uitschuifladder, omdat ze zich verveelden.'

'Nee.'

'Nee, natuurlijk niet.'

'Het is een aansporing,' zegt de man.

'Maar voor wie? Voor ons? Het museum?'

'Roze, dat is een rare kleur.'

'Valt wel op, zo tegen de zwarte ondergrond.' Hij kijkt opzij. De man kijkt niet langer naar de tekst, maar staart nogal serieus onder de Tonijn door in de verte. 'Onderweg naar de boot?'

'Ja.'

De medewerker kijkt op zijn horloge. 'Dan mag je wel

doorlopen, de laatste vaart zo uit.'

'Ja.' De man kijkt nog eens naar de zwarte flank van de onderzeeër, draait zich om en loopt terug naar de stad.

'Hé,' roept hij. 'Je gaat de verkeerde kant uit.'

De man reageert niet.

Hij vraagt zich af of hij nu iemand moet bellen. 'Wel verdomme nog aan toe,' zegt hij nog eens, maar niet hartgrondig. Zo erg is het niet. De mensen die morgen het museum bezoeken, hebben er een gratis attractie bij. En misschien verandert het hun kijk op de dingen net zo als bij die kerel van net.

Springen

De man die twee flesjes cola uit de automaat heeft gehaald, wrijft voorzichtig over zijn bovenbenen en haalt een van de flesjes langs zijn nek. Zou ik ook doen, denkt ze, als mijn nek zo was verbrand. Ze kijkt op haar horloge. Bijna tien uur. De trein vertrekt om 22:04 en staat al een tijdje langs het perron, maar bijna niemand stapt in. Het is veel te warm om in een stilstaande trein te gaan zitten. De man klokt een van de flesjes cola in één keer naar binnen. Goh, die heeft dorst. Zou hij van Texel komen? De tl-balken op het perron zijn aangesprongen. Het is nog niet donker, maar de betrokken lucht maakt het schemerig onder de overkapping. De zon gaat vandaag precies gelijk met de vertrektijd van de trein onder. Dat weet ze omdat ze fan is van Jan Visser, de weerman van Radio Noord-Holland. Ze houdt alles nauwkeurig bij, windsnelheid, regen, zon, elke dag weer, en controleert Jans voorspellingen. Als hij ernaast zit, wat niet vaak gebeurt, stuurt ze hem een e-mail. Ze krijgt er weleens een terug ook. De zon zal vandaag, al dan niet zichtbaar, precies zestien uur en eenenveertig minuten schijnen. In haar achtertuin staat zelfs een hobby-windmeter. Ze gaat naar haar zuster in Schagen, die is morgen jarig, en ze heeft beloofd haar de hele dag te helpen.

Als er mensen beginnen in te stappen, gaat ook zij de trein in. Ze gaat zitten met haar gezicht in de rijrichting. De man met het flesje cola is na haar ingestapt en komt tegenover haar zitten. Hij zet zijn rugzak naast zich neer en slaat zijn armen over elkaar. Hij wipt onrustig met zijn voeten. Ze haalt een boek uit haar kleine weekendtas en legt het op haar schoot. Eerst het station uit, dan openslaan. Als de trein afremt voor Den Helder-Zuid, kijkt ze naar de lucht. Nog voor het donker zou zijn lichte regen, heeft ze Jan Visser vanmiddag horen zeggen. De man tegenover haar zit nog steeds met zijn armen over elkaar en staart strak naar buiten. Misschien heeft hij geen boek bij zich. Het is zó warm in de trein dat ze zich niet voor kan stellen dat ze zelf zo lang met over elkaar geslagen armen kan zitten. Hij heeft rossig haar, ze vindt hem wel aantrekkelijk. Aan de overkant van het gangpad zit een groepje luidruchtige jongens, een aantal ervan drinkt bier uit blikjes. Zaterdagavond. Ze probeert zich te concentreren op haar boek.

In Anna Paulowna kijkt ze op haar horloge. Veertien minuten over tien, precies op tijd. De man met het rode haar drinkt het tweede flesje cola leeg en propt het in de prullenbak onder het raamtafeltje. De trein trekt hortend op, het fluiten schiet omhoog en omlaag, omhoog en omlaag. Het begint een beetje te schemeren, maar de ruit is nog droog. Het schokken wordt naarmate de trein snelheid maakt niet minder, eerder erger. Na een minuut of wat komt de trein tot stilstand. 'Nee hè!' roept een van de jongens. 'Karren met die handel!' roept een ander.

Als de trein ongeveer vijf minuten stil heeft gestaan, houden de jongens op met praten. Er is niets omgeroepen. Ze leest en kijkt zo nu en dan op haar horloge. Een beetje vertraging is niet erg, ze wordt niet afgehaald in Schagen, haar zuster woont in de buurt van het station. Ineens komt de man tegenover haar in actie. Hij pakt zijn rugzak en zet die op zijn schoot, trekt de rits open en na wat rommelen haalt hij er een witte envelop uit. Ze doet of ze doorleest, maar kijkt van onder haar wimpers toe hoe hij de envelop openrist. Er komt een stukje karton uit, dat de man op het raamtafeltje legt. Hij zit met een foto in zijn hand, de afbeelding schemert heel vaag door de achterkant heen. De luidruchtige jongens staan op en lopen naar het balkon. Er klinkt gestommel en geschreeuw, zo te horen zijn ze bezig de deuren te forceren. Dan het geluid van voeten die landen op spoorsintels. Ze kijkt uit het raam, ziet niets. De jongens lopen dus in de richting van Schagen. De man zit naar de foto te staren, hij snuift er een beetje bij. Dan legt hij hem boven op het stukje karton, staat op en loopt ook naar het balkon. Twee meisjes volgen hem, ze blijven in de deuropening staan.

'Zijn er mensen uit de trein gesprongen?' vraagt een van de meisjes.

'Ja,' zegt de man, die ze vanaf de plek waar ze zit niet kan zien.

'Mag dat?'

Daar komt geen antwoord op. Even daarna lopen de meisjes langs het raam, richting Anna Paulowna. Ze heeft ze niet uit de trein horen springen. Nu mag iemand toch wel eens iets omroepen, denkt ze. Waar is de conducteur? Dit heeft ze nog nooit meegemaakt, er borrelt iets van opstandigheid in haar op. Ze kijkt nog maar eens op haar horloge. Halfelf al, terwijl de aankomsttijd in Schagen twintig over tien hoort te zijn. Aan haar kant van de trein is het nog volop licht, daar ligt de zee, in het oosten wordt het al aardig schemerig. De man komt terug. Op dat moment wordt eindelijk iets omgeroepen. *HC, deur-*

vergrendeling treinstel dertienacht. Dat is alles, niets over de reden waarom de trein stilstaat, niets over een eventueel vervolg van de reis. De man weifelt even, pakt dan zijn rugzak van de bank.

'Wacht,' zegt ze.

Hij luistert niet naar haar. Tot haar verbazing ziet ze hem even later over het slootje springen dat de spoorbaan van het weiland ernaast scheidt. Hij landt op voeten en handen, de rugzak schiet omhoog, bedekt even zijn achterhoofd. De foto, hij vergeet zijn foto. Eindelijk komt er een conducteur langs, zonder pet, de stropdas losgetrokken. Hij gaat het balkon op. Het is vreemd stil in de trein, een echtpaar met grote koffers is als enige overgebleven in de coupé, ze praten niet, de vrouw wuift zich met een tijdschrift warme lucht toe. De conducteur keert terug en vraagt aan het echtpaar of er mensen de trein hebben verlaten. Als de man bevestigend antwoordt, loopt de conducteur zachtjes vloekend naar voren. Ze legt haar boek aan de kant en pakt de foto op, ze kan het niet laten. Er staan drie mensen op, waarvan ze er één onmiddellijk herkent. De oude koningin. Verder een tamelijk jonge vrouw en een kind, een meisje, dat haar hoofd tegen de schouder van de jonge vrouw heeft gedrukt, ze moet overduidelijk niets van de koningin hebben. De hand van de koningin reikt naar de wang van het meisje, alsof ze die heeft aangeraakt, of nog gaat aanraken. Op de achtergrond, zo te zien aan de overkant van een vaart, staat zo'n ouderwetse bestelbus, grijs. Ze moet de foto een stukje verder bij haar gezicht vandaan houden om de belettering te kunnen lezen. *Blom Broodzaken* staat er op de zijkant van de bus. De koningin heeft een hoedje op, een rond hoedje van stof, met een patroon van zigzaglijnen, dat eigenlijk niet helemaal bij de jurk past. Ze herinnert zich dat ze dat bijna veertig jaar geleden ook dacht. Waar is dit? Ze kent geen Blom Broodzaken, herkent de huizen achter de bestelbus niet. Ze kijkt op. De man is een stukje het weiland opgelopen. Ze staat op en loopt naar het balkon.

'U vergeet uw foto!' roept ze.

'Nee,' roept hij terug.

'Jawel,' roept ze, en zwaait ermee.

'Ik kom terug,' zegt hij. 'Er lopen mensen op het spoor, die trein vertrekt nog niet.'

'Wat gaat u doen?'

'Niks,' zegt de man.

Ze steekt een arm naar buiten. Het is beginnen te regenen, heel licht. Visser had weer eens gelijk. Ze gaat terug naar haar plaats en haalt haar mobiele telefoon uit de weekendtas. Als ze haar zuster op de hoogte heeft gesteld van de vertraging, kijkt ze nog eens naar de foto. Ik heb zin in regen, denkt ze dan. Ze staat op en zwaait de tas over haar schouder. Even later laat ze zich voorzichtig via de treeplank uit de trein zakken. Maar haal ik dat? vraagt ze zich af als ze naar het slootje kijkt. Nee, denkt ze, als ze zich opmaakt voor de sprong. Nee, wel eerlijk blijven, Brecht. Je brándt gewoon van nieuwsgierigheid, en het kan je niks schelen dat je daarmee verraadt dat je die foto hebt zitten bekijken. Ze gooit haar tas naar de andere kant van de sloot.

Ze verbaast zich. Over zichzelf. Ze rekent uit hoe lang het geleden is dat ze over een sloot is gesprongen. Toch zeker vijfenveertig jaar. Het viel alles mee, gelukkig heeft ze haar gemakkelijke schoenen aan. Ze heeft niet eens haar handen hoeven te gebruiken en dat was maar goed ook, want in haar rechterhand heeft ze de foto van de man. En de envelop en het stukje karton. Als ze bij hem is, draait ze zich om. Het licht in de trein is aan, de deur staat nog steeds open. Het doet haar denken aan tv-beelden van de treinkapingen uit de jaren zeventig, alleen waren toen de ramen afgeplakt met kranten. Het is mooi, zo'n gele trein midden in het land, op een spoordijk. 'Hier,' zegt ze dan.

'Dank u wel,' zegt de man. Hij pakt de foto aan, kijkt er nog eens naar.

'Juni 1969.'

'17 juni. Hoe weet u dat?'

'Ik zat die avond met haar te eten, in hotel Bellevue. Het gemeentebestuur van Den Helder had een dwarsdoorsnede van de beroepsbevolking uitgenodigd. Dat verzin ik niet zelf, hoor. Zo werd het omschreven. Ik was doorsnee genoeg, wijkverpleegster.'

'Heeft u met haar gepraat?'

'Ik heb haar een hand gegeven en zat de rest van de avond heel ver bij haar vandaan. Het eten viel een beetje tegen.'

'Ik wist hier niets van,' zegt de man. Hij staat naast haar, ook met het gezicht naar de trein gekeerd. De foto hangt langs zijn been.

'De dag erop ging ze naar Texel. Het was een tweedaags werkbezoek.'

'Mijn moeder heeft hier nooit iets van gezegd. Ze moet met de koningin gepraat hebben.'

'Dat zou je wel denken, ja. Ze zal in ieder geval aan haar gevraagd hebben hoe het kind heette. Bent u dat? Dat kind?'

'Nee. Dat is mijn zusje.'

'En die heeft er ook nooit iets over gezegd?'

'Dood.'

'Ach.'

'Diezelfde dag.'

'Nee.'

'En dat was de schuld van degene die deze foto gemaakt heeft.'

'Wat?' Ze was nieuwsgierig, daarom is ze uit de trein

gestapt en over de sloot gesprongen. Ze haalt een hand door haar haar. De regen die valt, is nog steeds heel licht. Er staan twee meisjes bij de deur van de trein, ze steken hun hoofd naar buiten. Het ene meisje kijkt in de richting van Anna Paulowna, het andere in de richting van Schagen.

'Kort daarvoor was mijn opa bij ons. Hij kwam kijken naar de nieuwe melktank. Daar zal hij vast ook naar gekeken hebben, maar hij stond vooral heel lang naar het bordje te kijken dat die melktankmensen aan de buitenmuur geschroefd hadden. Een geel bordje. *Ook hier koelt een Mueller melkkoeltank. Gebroeders Beentjes NV Assen.* Dat stond erop. Het was net of hij dat bordje mooier of belangrijker vond dan de tank zelf. En daarna duwde mijn vader hem een nieuw fototoestel in handen en wij moesten met z'n allen voor het huis gaan staan. Staan of zitten, op het stoepje voor de blinde deur. Mijn vader en moeder, mijn broers, ik, mijn zusje en Tinus, de hond. Dat was een Ierse setter. Die wilde niet stilzitten. Op de twee foto's die mijn opa maakte, is hij meer een bruine vlek dan een Ierse setter. Mijn vader had hem gekocht voor de jacht, maar nadat hij zijn geweer voor de eerste keer afvuurde, was dat snel voorbij. Hij heeft nooit voorgestaan en is altijd doodsbenauwd gebleven voor harde geluiden. We keken niet vrolijk genoeg, denk ik, want opa riep op een gegeven moment "Het is hier geen begrafenis, hoor!". Het was mooi weer, de zon scheen en de foto's zijn goed gelukt, ze zitten in het album van mijn ouders.'

'Maar hoe oud was u toen?'

'Zeven.'

'En dat weet u allemaal nog?'

'Ach, weten. Wat is dat? Je maakt er iets van.'

Dat kan Brecht Koomen wel begrijpen. Ze maakt de mailtjes die ze van Jan Visser krijgt ook weleens net iets interessanter als ze haar vrienden en kennissen erover vertelt.

De meisjes zijn verdwenen. Het is of de trein elk moment kan vertrekken, naar links of naar rechts. Het licht in de trein wordt heller, omdat de lucht achter de trein nu toch echt donkergrijs is geworden. Het begint iets harder te regenen. De man trekt de rugzak van zijn schouders en ritst hem open. Ze geeft hem de envelop, die al tamelijk vochtig is, en het stukje karton. Hij steekt de foto en het karton in de envelop en stopt die in de rugzak. 'Ik word nu een beetje zenuwachtig, hoor,' zegt ze, en haalt nog eens een hand door haar haar. 'Straks rijdt de trein zomaar weg.'

'De trein kan pas gaan rijden als er niemand meer langs het spoor loopt.'

'Maar hoe lang duurt dat? Dat weten we niet. Waar gaat u heen?'

'Naar Schagen, daar woont mijn jongste broer.'

'Ik ga naar mijn oudere zuster, die woont daar ook. Ze is morgen jarig.'

'Hoe heet u?'

'Brecht Koomen.'

'Ik ben Jan Kaan.'

Ze schudden elkaar de hand.

'Als u bij uw broer bent, moet u uw nek insmeren.'

'Waarom?'

'Die is erg verbrand. Voelt u dat niet?' Ze krijgt jeuk in haar benen, zo graag wil ze terug naar de trein. Je zal zien dat die wegrijdt en dan staat ze hier midden in het weiland, met die man. In het donker, in de regen. Maar haar nieuwsgierigheid is groter dan haar onrust. Nu ze hier toch is, blijft ze staan, samen met hem.

Juni

Dinsdag, 17 juni, en toch geen school. Jan en Johan stonden met hun Schots geruite zwemtassen op de rug klaar om te vertrekken. Verzamelen op school, gezamenlijk naar Het Polderhuis, eten op school (ook al iets wat ze allebei nooit eerder meegemaakt hadden) en 's middags schoolzwemmen. Vanaf het moment dat de nieuwe radio op de brede vensterbank stond, was het bijna nooit meer stil in de keuken. Alleen 's nachts eigenlijk. *O heppie dee,* hoorden ze uit de radio komen. Hanne zat met haar rug tegen de koude oliekachel. Om twee vingers van haar rechterhand zat een pleister. Een paar dagen eerder had ze haar hand in een leeg appelmoesblik gestoken. Erin ging goed, terug lukte minder, want de deksel met de scherpe rand die eerst meegaf, kwam vast te zitten tussen haar vingers en de wand van het blik. Tinus lag te slapen in zijn mand, onder de radio. Klaas was eerder op de ochtend al vertrokken.

'Weg,' zei Anna Kaan.

Van boven kwamen zaaggeluiden.

'Let jij een beetje op Johan,' zei Anna tegen Jan.

'Ja, moeder.' Hij deed erg zijn best op de laatste letter, maar het viel niemand op.

Jan was zeven en hij had een fiets. Johan was vijf en kon wel fietsen, maar moest het nog doen met een blauwe step.

'Niet zo hard!' riep Johan almaar. 'Wachten!'

Jan luisterde niet naar zijn broertje, hij zei allerlei woorden op met een r. Daar had hij moeite mee en omdat Zeeger hem een Dinky Toy beloofd had als hij de r kon zeggen, maakte hij zich er ook nogal druk om. Een dag eerder had hij de letter ineens te pakken gekregen en nu kon hij bijna niet ophouden.

Voor het huis van de notaris stond de grijze bestelbus

van de bakker. Hij zwenkte eromheen en moest plotseling nog verder uitwijken, omdat de bakker het portier opende. 'Hé!' riep hij. De bakker trok snel het portier weer dicht. Toen Jan even bozig achterom keek, zag hij dat de bakker een hand omhoogstak en zijn hoofd een beetje schuin hield. Daaruit dacht hij te begrijpen dat het de man speet. De bakker had een vreemd schraal gezicht; een gezicht dat helemaal niet paste bij puddingbroodjes en gevulde koeken. Johan kwam zo snel hij kon om de bus heen steppen, hij zag de bakker niet eens. 'Wachten!' riep hij nog maar eens. Jan wachtte niet. Hij zei nog wat woorden met een r en dacht aan de koningin. Hij nam zich voor zo stuurs mogelijk de andere kant op te kijken. Het was bijna niet te verkroppen dat niet hij maar het zoontje van de slager en het dochtertje van de bakker uitgekozen waren om de bloemen aan te bieden.

Een halfuur later stonden de schoolkinderen keurig in gelid langs de oprit van Het Polderhuis. Klas bij klas. Johan stond helemaal vooraan, bij de poort, die zat op de kleuterschool, Klaas had in de buurt van de deur moeten staan, maar die was er niet. Iedereen was stikzenuwachtig. Eén keer had de juf van de vierde klas gepiept dat de vlaggetjes de lucht in moesten, verder reikten de aanwijzingen niet. De mensen van de Westfriese dansgroep draaiden een proefrondje, zonder muziek. Een stokoude man stond met een viool ter hoogte van zijn knieën toe te kijken. Hij droeg nieuwe klompen. De burgemeester keek strak en hij was een beetje bleek. Een paar kinderen uit de zesde klas moesten lachen toen een boer in een overall met de vouwen er nog in kwam aanlopen met twee dwerggeitjes achter zich aan. Overal stonden of liepen fotografen. Jan stond op de eerste rij. Peter Breebaart was zijn beste vriend, en die stond naast hem, stootte hem een paar keer aan, zonder iets te zeggen. Ze moesten hand in hand staan, maar dat kon natuurlijk niet als je tegelijkertijd een vlaggetje de lucht in moest steken. Hij deed zijn best naar de grond te kijken, hij was steeds bozer geworden, steeds verongelijkter, zeker nadat hij de twee bloemengevers in hun keurige pakjes had zien staan, niet in de kinderhaag, maar in de poort. Hij had er buikpijn van gekregen. Het Noorse vestje, door grootmoeder Kaan speciaal voor deze gelegenheid gebreid, vond hij stom.

En toen was daar ineens Teun Grin. Terwijl de hele zesde klas een stuk verderop stond, onder de leilindes langs de voorgevel. Net op dat moment kwam de wagen met daarin de koningin aanrijden. Teun wurmde zich de haag binnen en greep Jan bij de hand. Die keek kort opzij. De koningin stapte uit, kwam aanlopen. Er schoot Jan te binnen dat hij bozig was, hij boog zijn hoofd en keek naar zijn voeten. Zijn moeder had zijn sandalen gepoetst. Hij wilde niets meemaken van het overhandigen van de bloemen. Die hand in zijn hand. Het was heel stil. Niemand juichte, niemand sprak. Pas toen de stokoude man op zijn viool begon te spelen, begonnen de mensen geluid te maken, en ook hoorde hij het geruis van klederdrachtrokken. Jan wilde ineens toch de koningin zien, trok zijn hand uit die van Teun en ontdekte dat de complete kinderhaag was opgelost en alle moeders, meesters en juffen in de weg stonden. Hij kreeg haar niet te zien. Even later liepen ze, weer keurig klas bij klas, terug naar het schoolgebouw.

Na het eten, aan lange tafels in de gymzaal, fietsten, liepen of stepten ze ordeloos naar het zwembad. Er was geen enkele juf of meester die 'Niet zwemmen na het eten' riep. Johan was op zoek gegaan naar Jan, riep een paar keer 'Wachten!' en was blij dat zijn grote broer hem inderdaad stond op te wachten bij de ingang, samen met

Peter Breebaart. Jan had nog steeds een gezicht als een oorwurm, het lukte hem maar niet zijn boosheid weg te slikken. Zwijgend staken ze bij het loket hun seizoenskaart omhoog . 'Ha, daar zijn de Kaantjes,' zei de loketmevrouw met het zwarte haar. Ze rookte een sigaret. Dat maakte Jan nog bozer. Dat ze met drie broers en één zusje waren, die alle vier Kaan als achternaam hadden, daar kon hij toch niets aan doen? Hij keek de vrouw vuil aan. 'Nou, nou,' zei ze, en drukte haar sigaret uit. 'De Kaantjes zijn humeurig.'

Johan wilde samen met Jan in een hokje. Jan duwde hem aan de kant en ging met Peter het hokje in. Snel draaiden ze het slot erop.

'Klotebibbers,' zei Johan even later, twee hokjes verder.

Ze kleedden zich om en kwamen precies tegelijk uit hun hokje. Ze hingen hun zwemtassen, kleren en sandalen in het grote hok met de haken. Daarna staken Jan en Peter de denkbeeldige lijn over die het zwembad in tweeën deelde, aangegeven door een wit bord met daarop de tekst: *Geen toegang voor ongeoefende zwemmers.* Nu waren ze van Johan af, die mocht de lijn niet over en had zwemles in het tweede. Uit de trechtervormige luidsprekers op het lokethok kwam muziek. De loketmevrouw had de radio aangezet.

Op het temperatuurbord bij het snoeploket stonden niet eens meer cijfers, slechts een zonnetje en speciaal voor deze dag een vlag met een wimpel. De zwemleraar had de lange witte stok met de haak erbij gepakt. Rugzwemmen. Jan zwom liever op zijn rug dan op zijn buik. Dan voelde hij tenminste niet al dat water – in het derde wel een meter of twee diep – tegen zijn borst drukken. Diep water dat, zo wist hij sinds kort, zich ook nog eens binnenstebuiten kon keren. En sinds Johan de badmeester gevraagd had of er in het zwembad een bullebak zat, en hij daar om had gelachen, dacht hij soms toch aan het beest.

'Duiken!' riep de zwemleraar.

Ze klommen op de kant en gingen in een rij staan. Jan draaide zijn hoofd een beetje opzij. De loketmevrouw had de radio een tikje harder gedraaid en uit de luidsprekers kwam het lied dat hij eerder die ochtend ook al gehoord had. Hij zong zachtjes mee. Johan schreeuwde hem iets toe vanuit het tweede. Hij keek op en zag hem zwaaien, zwaaide natuurlijk niet terug. Peter stootte hem aan. 'Wie het verst komt?'

Onder water merkte Jan dat hij niet genoeg gegeten had tussen de middag. Hij vroeg zich af of hij als hij thuiskwam pannenkoeken of wentelteefjes zou krijgen. Hij dacht dat het zaterdag was, normaal gesproken hadden ze op zaterdagmorgen zwemles. Klaas is hier ook al niet, schoot hem door het hoofd. Nee, dacht hij daarna, het is dinsdag vandaag. En niet ochtend maar middag. Omdat hij helemaal niet bezig was met de wedstrijd, kwam hij minstens een meter verder dan Peter boven water.

Hij zwom nog een stukje door en trok zichzelf met zijn handen op aan de vlonder die het derde van het vierde scheidde, tot hij zijn ellebogen op het hout kon laten rusten. Hij legde zijn kin op een arm en keek naar de duikplank. Teun, de jongen uit de zesde met de gele zwembroek sprong hoger dan hijzelf was de lucht in. Hij wist niet waar hij eerder op de dag die hand aan verdiend had. Het was alsof Teun hem had willen beschermen. Maar tegen wie? Fotografen? De koningin zelf? Het leek erop dat hij zijn best deed op de maat van de muziek te springen, totdat hij zijn knieën optrok, zijn handen eromheen sloeg, een salto maakte en bijna perfect gestrekt in het water terechtkwam. Met armen die niet tegen zijn lichaam geplakt zaten, maar wijduit, iets gebogen bij de ellebogen. Had hij z'n C al? Jan bleef nog even hangen, hoewel dat nogal wat kracht kostte omdat de vlonder hoog was. Hij staarde naar Teun, die uit het water klom en wachtte tot een paar onbeholpen springers, de meeste ouder dan hij, klaar waren. Nog eens sprong hij enorm hoog, en zelfs vanaf deze afstand zag Jan zijn achillespezen tevoorschijn komen en weer verdwijnen, en die ene knie, opgetrokken voor de andere, en dan toch weer de voeten samen op de punt van de duikplank. Deze sprong was minder mooi. Teun kwam een beetje scheef in het water terecht en duizenden oranje watervlooien vlogen de lucht in. Jan schudde het water uit zijn haar en liet zich omlaag zakken. Hij wilde ook een gele zwembroek.

'Op één been kunnen we niet staan,' riep de zwemleraar.

Jan zwom rustig naar de kant. Peter stond al op het droge. Hij keek naar de grote klok. Het schoot al aardig op. Straks een dropsliert kopen, of een spek. De loketmevrouw zwaaide met haar hoofd op de maat van de muziek. Zij was de moeder van de jongen met de gele zwembroek. Ze gingen weer in een rij staan en wachtten op het teken van de zwemleraar. Achter de windsingel die tussen het zwembad en het land erachter lag, begonnen een paar lammeren te blèren.

Jan had Johan achtergelaten in een van de kleedhokjes. Iets later liet hij Peter achter, halverwege het dorp, waar hij woonde. Tegen die tijd hadden ze allebei de dropsliert op, gekocht met het dubbeltje dat in het voorvakje van zijn geruite badtas zat. 'Krijg je zwarte tanden van,' had de loketmevrouw gezegd. Hij had haar net zo vuil aangekeken als bij aankomst in het zwembad. Hij fietste door het dorp, verzon woorden met zo veel mogelijk r's erin. Hier en daar wapperden nog vlaggen en wimpels, bij de garage stond een man net op een trap om de vlag uit de vlaggenhouder te halen. Het deed hem weer denken aan dat boeket, en hij herinnerde zich dat hij boos en verongelijkt was.

'Jan!'

Wie riep hem, nu hij al bijna thuis was? Ongemerkt was hij al haast bij het grote, witte huis van buurman Brak aanbeland. Nu pas keek hij echt voor zich. Waarom stond daar de grijze bestelbus van de bakker?

'Jan!'

Hij remde en zette één been aan de grond. Hij keek om. Oom Aris, de vader van Peter Breebaart, kwam hem achterop fietsen. Ik zou toch niet bij tante Tinie gaan eten, vroeg hij zich af. Wacht, de bus van de bakker stond schuin op de weg, voor het werkmanshuis. Maar daar was niemand thuis. De bakker zelf zat achter het stuur. Niet recht erachter, zijn benen hingen aan de zijkant naar beneden, dat kon hij zien aan de voeten die net onder de deur, die wijd openstond, vandaan kwamen. Hij keek op, misschien had hij oom Aris ook horen roepen. Jan had het idee dat de bakker recht door hem heen keek. Tot hij heel traag een hand omhoogstak en zijn hoofd een beetje schuin hield. Net als eerder op de dag. Toen betekende dat: het spijt me. Alleen ging nu de hand anders omhoog en leek het gezicht, zeker van deze afstand, nog schraler dan anders. De wind zat aan de rechterkant van Jans gezicht, de iepen langs de weg ritselden. De zon stond schuin op de weg, maar nu even niet, want er kwam een wolk overdrijven. Jan bleef de bakker oplettend aankijken, vooral omdat hij geen idee had wat hij ging doen, of wat hij daar deed. Zelf had hij, omdat de bakker hem leek te groeten, ook een hand omhooggestoken. Ze hadden allebei een hand in de lucht en Jan voelde dat deze toestand best nog lang zou kunnen duren, zomaar de hele middag door zou kunnen gaan.

'Kom,' zei oom Aris.

'Waarheen?' vroeg Jan, zonder opzij te kijken.

'Naar tante Tinie.'

'Waarom?'

'Dat hoor je later wel.'

'Maar ik ben bijna thuis.'

'Ja.'

'Wat doet de bakker daar?'

'Kom.' Oom Aris pakte hem bij een schouder.

Hij draaide zijn fiets om. De geruite zwemtas zakte van zijn schouders af. Nog één keer keek hij achterom, het portier van de bestelbus was dicht. Oom Aris zei niets.

'Ik kan de r,' zei Jan.

'Dat is knap. Doe eens.'

'Ik heb het net gedaan.'

'Doe nog maar een keer.'

'Rrrr,' zei Jan.

'Prima,' zei oom Aris, recht vooruit kijkend. 'Dat is een echte r.'

Jan vond er weinig meer aan. Hij had het gevoel dat zijn r helemaal niets meer te betekenen had. Ze sloegen linksaf, het dorp in. Tegenwind.

'Hé,' zei hij tegen tante Tinie en Peter. Maar vooral tegen Johan. 'Wat doe jij nou hier?' vroeg hij.

'Weet ik niet,' zei Johan. 'Eten.' Hij leunde met een arm op de ronde keukentafel, had een veel te grote lepel in zijn rechterhand. De andere arm hing langs zijn lijf naar beneden. Hij zat scheef en staarde met grote ogen naar oom Aris. Jan keek weg, hij schaamde zich dat hij Johan had achtergelaten in het zwembad en zag nu, door dat scheve zitten en die grote lepel, dat zijn broer nog klein was. Ook schaamde hij zich voor zijn verongelijktheid, voor zijn r. Tante Tinie pakte hem vast en zoende hem alsof het de laatste kans was hem ooit nog te zoenen. Ze haalde ruw een hand door zijn zwembadhaar. Nadat ze een bord Bambix voor hem op tafel had gezet, streek ze afwezig zijn haar weer glad. Ze ging niet zitten.

Oom Aris ging wel zitten, maar at niet.

Peter at wel. Zijn mondhoeken waren nog zwart van de dropsliert en hij staarde naar de broers Kaan. 'Waarom gaat u niet zitten?' vroeg hij aan zijn moeder.

'Stil,' zei tante Tinie. 'Hou je mond.'

Jan keek naar het bord pap dat voor hem stond. Als hij bij tante Tinie at, kreeg hij altijd lekkere dingen. Bambix, daar was hij gek op. Hij wist best dat het kleinekinderenpap was, dat gaf niet, het was veel lekkerder dan de Brinta thuis. De nasi van tante Tinie was ook veel lekkerder dan die van zijn moeder, met veel tomatenpuree en vlees uit zo'n blikje dat met een draaistaafje opengemaakt werd. Nu had hij geen zin in Bambix. Het was ook helemaal geen etenstijd. Oom Aris en tante Tinie keken elkaar aan, Johan zat nog steeds scheef. Peter had zijn bord leeg en wilde iets zeggen. Hij deed zijn mond open, maar bedacht zich en leunde achterover in zijn stoel. Jan staarde naar zijn lauwe pap. Het was stil in de keuken, de oranje klok tikte.

Toen kwam er geluid. Tante Tinie draaide zich om naar het raam, beide handen tegen haar borst gedrukt. Er kwam een ziekenwagen langsrijden. Oom Aris streek met een grote hand over het plastic tafelkleed. Het geluid vervloog.

Peter kon zich niet inhouden. 'Wat is er nou?'

Johan begon keihard te huilen. 'Ik wil naar huis!' krijste hij.

Jan stak een vinger in de pap. Bijna koud, en daardoor veel te dik geworden.

Peter, Jan en Johan zaten die avond in een gloednieuw bad, dat in een pas gebouwde badkamer stond. Er was iets niet in orde met de kuip, hij leek niet goed afgewerkt te zijn. Het email was ruw, héél fijn ruw, maar ze hadden tot ze eruit kwamen niets in de gaten. Tante Tinie zeepte ze in alsof ze aardappelen aan het schoonschrappen was en waste hun haren twee keer. Jan en Johan zeiden niets, ze vonden tante Tinie lief. Peter zeurde en jengelde, en riep steeds 'Au'. Daarna begon het schroeien, branden en jeuken.

Ze moesten blijven slapen. Ze wilden weten waarom, kregen geen antwoord. Niemand zei iets over de koningin, het was alsof zij die dag helemaal niet op bezoek was geweest. Ze gingen naar bed. Jan en Peter samen in het ene en Johan in het andere bed dat haaks op het voeteneind stond. Al snel viel Peter in slaap en duwde Jan hem op de grond. Dat deed hij vaker, vooral wanneer Peter bij hem logeerde. Het ergerde hem, zo'n slapend iemand tegen zich aan, tevreden snurkend of smakkend, terwijl hijzelf, juist doordat er iemand tegen hem aan lag, niet kon slapen. Peter werd niet eens wakker. Jan ging rechtop zitten en krabde aan zijn benen en armen. Het bleef maar schroeien. Hij rukte de deken los en gooide die boven op Peter. Het laken trok hij op tot aan zijn kin, het was dun en licht.

'Jan?'

'Ja?'

'Wat is er?'

'Ik heb jeuk.'

'Ik ook.'

Het was bijna helemaal donker in de slaapkamer. Buiten was het nog licht, er floten zelfs nog vogels. De gordijnen waren zwaar en dik. Johan begon zachtjes te huilen. Jan kreeg nu ook jeuk op zijn hoofd, zijn haar was veel te schoon, de hoofdhuid schraal gewreven door de stevige vingers van tante Tinie. De telefoon rinkelde, vier keer.

'Johan?'

Het bleef stil in het andere bed.

'Kom hier.' Jan hoorde Johan uit bed komen, en omdat zijn ogen gewend waren aan het halfduister, zag hij hem voorzichtig over Peter heen stappen. Hij hield het laken omhoog. Johan schoof naast hem en haalde een paar keer luidruchtig zijn neus op.

'Er is iets ergs gebeurd,' zei hij.

'Ja,' zei Jan. 'Misschien wel met Hanne.'

'Waar is Klaas?'

'Weet ik niet. Ik denk thuis.'

Johan krabde aan zijn nek.

'De bakker,' zei Jan.

'Wat is daar mee?'

'Die heeft er iets mee te maken.'

'Wat dan?'

'Hij keek heel raar.'

Toen ze de volgende ochtend wakker werden, lag Peter in het andere bed. Jan en Johan keken naar hem tot hij wakker werd. Hij wreef met de rug van zijn hand over zijn ogen en keek verbaasd om zich heen. 'Hoe kom ik hier?' vroeg hij. Een uur later moest hij naar school, terwijl Jan en Johan bij tante Tinie mochten blijven. Peter riep dat hij dat niet eerlijk vond. Zijn moeder gaf hem een klap.

Woensdagavond gingen ze naar huis. Klaas was er al. Of nog. Ze verzamelden zich in de gang, voor de deur van de slaapkamer van Hanne. Anna deed de deur open en een voor een gingen ze naar binnen. Er stond een kleine kist onder het raam met de barst, het was net of de kist er met opzet was geplaatst, om zo lang mogelijk licht te vangen. Tinus was ook door de openstaande deur naar binnen gekuierd. Hij snuffelde aan de kist en wilde ertegenop springen. 'Weg,' zei Zeeger en schoof de hond met een voet opzij.

Aan de wand tegenover de ramen hing een doek van ruwe stof, met ringen vastgemaakt aan twee bamboestokken, één aan de bovenkant en één aan de onderkant.

Grootmoeder Kaan had die doek gemaakt. Er stonden drie Moriaantjes Zo Zwart Als Roet op, een vuur met een pot, een paar palmbomen, een strohut. De Moriaantjes bestonden uit stukjes stof en twee ervan hadden ringen in hun oren. Het derde Moriaantje had maar één ring. Het vuur was gemaakt van stukjes langwerpige gele stof, de bomen waren van repen groen doek. Het dak van de strohut was van echt stro en de palen waaraan de kookpot hing waren satéprikkers. In een hoek, bovenaan, hing een grote oranjerode zon, eigenlijk precies zo'n zon als die waarvan het licht op dat moment door het slaapkamerraam viel. De wandversiering hing daar al heel lang. Klaas, Jan en Johan waren twee jaar oud geworden in een bed onder de Drie Moriaantjes Zo Zwart Als Roet. Wat er buiten ook gebeurde, of het stormde of hagelde, windstil of mistig was, niets in de slaapkamer, niets in het hele huis, was veiliger dan de knutseldoek van grootmoeder Kaan.

'Toe maar,' zei Anna. Ze duwde haar drie zoons in de richting van de kist. Jan keek vooral naar Klaas en Johan, omdat hij nogal schrok van een vreemd, geel jurkje dat Hanne aanhad. Gekocht door de wijkverpleegster die, eenmaal aangekomen in de kinderkledingwinkel in Schagen, niet precies wist wat Anna Kaan bedoeld had met 'iets nets'. Klaas en Johan hielden het ook niet lang vol. Klaas staarde naar buiten, Johan schraapte zijn keel en keek op naar Zeeger.

'Was het de bullebak?' vroeg hij.

'Nee, Johan,' zei Anna. 'Het was niet de bullebak.'

Tinus begon te janken. Zeeger pakte hem bij zijn nekvel en zette hem buiten de deur. Ze bleven nog even staan. Jan wilde niet, maar hij moest naar Hannes vingers kijken: geen pleisters, zelfs geen wondjes. De echte zon zakte. Achter hen stond de zon onveranderlijk op dezelfde plek en waaiden de palmboombladeren altijd dezelfde kant op.

Even later gingen Klaas, Jan en Johan naar de keuken. Daar zaten de vier grootouders. Het was er stil, iemand had eindelijk de radio uitgezet. Dat was vast oma Kaan geweest, die hield niet van radio, televisie of andere dingen die druk waren en lawaai maakten. Ze noemden elkaar bij de voornaam en dat klonk de jongens heel vreemd in de oren. Grootvader Kooijman die Neeltje zei tegen grootmoeder Kaan en grootvader Kaan die oma Kooijman Hannie noemde. Hannie en Neeltje. Hanne. Het eerste meisje en meteen alle grootmoedernamen opgebruikt. Nog veel vreemder was het bezoek van de bakker, later die avond, toen Jan en Johan net op weg naar boven waren. De bakker, op woensdagavond, zonder brood.

Pas de maandag daarop, twee dagen na de begrafenis, gingen ze weer naar school. Jan stak al snel een vinger omhoog.

'Moet je naar de wc?' vroeg de meester.

'Nee meester. Ik wil iets vertellen.'

'Zeg het maar.'

'Nee meester, alleen tegen u.'

'Kom maar naar voren.'

Jan stond op en liep naar het bord. Hij voelde zich gewichtig, iedereen staarde hem aan. Hij keek het zoontje van de slager en het dochtertje van de bakker goed aan, om er zeker van te zijn dat zij goed zagen dat hij hier liep, op weg was naar de meester om iets heel belangrijks te zeggen. Het dochtertje van de bakker sloeg haar ogen neer, iets wat Jan verkeerd begreep, want zelfs na zes dagen wist hij niet precies wat er gebeurd was. Hanne was aan het spelen geweest met Tinus, veel meer hadden ze niet te horen gekregen. Hij zou ze krijgen. Bloemen overhandigen aan de koningin, het mocht wat. Toen hij aankwam bij de meester, keek die hem vragend aan. Jan wenkte hem naar beneden. De meester bukte.

‘Mijn zusje is dood.’ Hij fluisterde samenzweerderig, trots bijna. Ook fluisterde hij luid, zodat de hele klas, en dan vooral die twee bloemenaanbieders, het konden horen. ‘Wist u dat?’

‘Ja Jan,’ zei de meester. ‘Dat wist ik.’ Hij legde een hand op Jans kruin. ‘En dat is heel erg. Ga maar weer zitten.’

Jan liep terug naar zijn plaats, achterin bij het raam. Naast een enorme vetplant die deels over zijn bankje hing. Nog steeds was het stil in de klas. Tijdens de terugtocht keek hij zijn klasgenoten aan en probeerde hij te peilen wat ze dachten. Zag hij iets glanzen in de ogen van het zoontje van de slager? Een glimlach zonder opgetrokken mondhoeken? Het dochtertje van de bakker staarde in elk geval nog steeds strak naar het schrift dat voor haar lag. De samenzweerderigheid van zo-even was helemaal verdwenen. Op het moment dat hij achter Peter langs in zijn bank schoof, dacht hij: hier klopt iets niet. Peter stootte hem aan, hij voelde het niet.

Op het schoolplein was de knikkertijd al voorbij. Bijna zomervakantie. Jan stond met Peter in de buurt van Klaas, die in een grotere groep sterke verhalen vertelde over aken in het kanaal, die golven maakten. Peter praatte tegen hem aan. Zei Klaas maar eens iets tegen hem, maar nee, die lulde door tegen zijn klasgenoten en keek demonstratief de andere kant op. Teun leunde tegen de muur van het schoolgebouw. Hij stond alleen. Hij staarde naar de stoeptegels onder zijn voeten. Even keek hij op, sloeg meteen zijn ogen weer neer, alsof er van alles te zien viel aan de grijze tegels. Het was droog, de druilregen van afgelopen weekend was weggetrokken. Peter praatte, Jan hoorde gegil en geren en geschreeuw van de schoolkinderen om hen heen, het klakken van een springtouw, de wind in de heg rondom het schoolplein, en het trilbonken van de duikplank.

Op de derde dag na de begrafenis, het was weer een dinsdag, maakten Jan en Johan hun zesde begrafenistekening. Jan was eerder klaar en bekeek de tekening waar Johan nog mee bezig was. 'De kist was niet zwart.'

'Jawel.'

'Oma Kaan stond daar helemaal niet.'

'Wel waar.'

'Waarom huilt Klaas niet? Klaas huilde wel!'

'Ik kan geen tranen.'

'Een zon is geel en niet rood. Waarom heb je een zon getekend? Het regende!'

'Hé, je kan een r!'

Jan zei niets.

'De zon is wél rood!'

'Waarom gebruik je geen groen? Hier ligt een groene viltstift, hoor.'

'Wat moet er groen?'

'Ben je nou echt zo stom?'

'Wat dan? Wat is er?'

'De bomen moeten groen. Vaders jas moet groen.'

'Doe jij de handen?'

'Goed.' Jan tekende handen aan de stakerige lijven die volgens Johan moesten doorgaan voor mensen. Hij schoof de tekening terug naar Johan, die met een gele stift vergeefs zijn rode zon begon bij te kleuren.

Op de tekening van Jan stonden druipende bomen. Grote bomen en dikke druppels. En oom Piet. Die stond niet gewoon op de grond, maar op de zwarte, uitstekende rand onderaan de muur van Het Polderhuis. Die rand was heel smal, en oom Piet had grote voeten. Toch had hij het gezien toen ze, achter de kist van Hanne, gedragen door vier mannen met lichtgrijze hoeden, de hoek om kwamen. Er school een verregend kluitje mensen bij elkaar en oom Piet had boven iedereen uitgestoken, want hij stond dus op die zwarte richel. Dat kon helemaal niet.

Daarom tekende hij het. De bruine schoenen staken overdreven ver uit, en om duidelijk te maken om wie het ging, had hij er in grote letters *OOM PIET* bij geschreven.

De beide grootmoeders hadden gesproken. Grootmoeder Kooijman zei uit het blote hoofd iets op wat uit de Bijbel kwam. Dat ging bij vrijwel iedereen het ene oor in en het andere oor uit. Grootmoeder Kaan las iets voor van een briefje dat, toen ze bijna klaar was met lezen, uit elkaar viel van nattigheid. Ze hield even op met praten, daarna deed ze het uit haar hoofd. Ze had een lichtgrijze jas aan en haar donkergrijze haar hing erbij als het briefje in haar hand. Ze zag eruit als een blauwe reiger die elk moment kon omvallen.

Het was een korte begrafenis. De begrafenisondernemer die de plechtigheid leidde, leek wat onzeker. Nadat grootmoeder Kaan haar toespraak had afgerond, heerste er even een kalme verwarring. De regen was zo licht, dat hij geen geluid maakte. De begrafenisondernemer vroeg of iemand nog iets wilde zeggen. Hij keek rond. 'Mag ik u dan ver...' zei hij en toen begon Aris Breebaart te huilen. Tinie Breebaart nam hem bij de arm en ze liepen weg over het schelpenpad. Grootouders volgden, oom Piet, de bakker. Ook Klaas, Jan en Johan liepen weg. Anna en Zeeger bleven staan.

's Avonds aten ze rijstepap met bruine suiker. Zaterdageten. Tijdens het eten vlogen een paar vliegen zich vast tegen de kleverige strip die boven de tafel hing, aan de tl-balk. Ze zoemden en zoemden en sloegen wild met hun vleugels, tot ook de vleugels aan de strip verkleefd raakten. Daarna zoemden ze alleen nog maar. Het was bij niemand opgekomen de radio weer aan te zetten.

Toen Johan ontdekte dat geel op rood niet goed komt, en dus ook zijn zesde begrafenistekening klaar was, gingen de jongens op zoek naar hun moeder. Ze konden haar nergens vinden. Onderweg pikten ze Tinus op, die gelaten zat te janken achter de keukendeur. Uiteindelijk kwamen ze terecht in de slaapkamer die nu geen slaapkamer meer was en gingen ze naast elkaar op de grond zitten, onder het raam met de barst. Tinus sprong op het bed van Hanne. Ze staarden naar de doek met de Drie Moriaantjes.

'De zon is wel rood,' zei Johan.

Jan zei niets.

Tinus draaide een paar rondjes en ging met een zucht op het kussen liggen.

's Avonds kwam oma Kooijman.

Anna Kaan kwam na anderhalve dag van het stro af. 'Zo,' zei ze toen ze haar moeder, die voor het fornuis stond, aan de kant duwde.

Hannie Kooijman keek haar dochter aan alsof ze Lazarus uit het graf zag stappen.

'Ik wou dat het ophield met waaien,' zei Anna. 'Ik hou van stil weer.'

Haar moeder gaf haar zwijgend de houten pollepel waarmee ze in een pan had staan roeren.

'Je kunt weer naar huis, hoor,' zei Anna.

De bakker bleef gewoon brood brengen, al floot hij er nooit meer bij, en het zwaaien met het hele bruin en halfje wit liet hij ook achterwege. Er werd gemolken en voor een tweede keer gehooid. Tinus groeide snel en de zwemlessen gingen gewoon verder. Jan had geen enkele moeite met het halen van zijn A, al duurde het watertrappelen wel wat lang en had hij kramp in zijn nek toen hij op de kant klom. Anna naaide op de hand het bewijs aan de voorkant van zijn zwembroek. 'Daar komt B,' zei ze, wijzend naar de andere lies.

'En C dan?' vroeg hij.

'Op je kont!' riep Johan.

Johan roept maar een eind weg, dacht Jan. Hij mocht alle denkbeeldige lijnen in het zwembad oversteken. Geen toegang voor ongeoefende zwemmers gold niet langer voor hem, maar nog wel voor Johan. Na lange middagen in het zwembad fietste hij mee met Peter Breebaart, en at hij bij tante Tinie beschuiten met kaas die hij thuis niet kreeg, lekkere kaas, voor hij naar huis fietste. Tante Tinie zei nooit iets over Hanne. Peter ook niet. Niemand zei iets.

De jongen met de gele zwembroek was de enige die hoger kon springen dan hijzelf. Oudere jongens probeerden het ook, lukken deed het ze niet. Jan, Peter en de anderen spreidden hun handdoek uit in de buurt van de duikplank, daar ging je immers liggen als je een geoefend zwemmer was. Een smalle strook gras, ingeklemd tussen het zwembad en een sloot die in een haarspeldvorm liep. Aan het uiteinde van de sloot was een pompinstallatie, die zoemde. Johan kwam daar niet, die was helemaal aan de andere kant van het bad, nu soms ook in het derde, aan het lessen.

Ze deden hun ogen dicht en luisterden naar de populieren die als een ruisende wand langs het zwembad stonden. Zo, met gesloten ogen, de zon rood door hun oogleden, de bomen, de stemmen van drukke kinderen en bezorgde moeders, het opspatten van water, het zoemen van de pomp, grote lammeren op het land achter de windsingel die toch nog kinderachtig mekkerden, was het of de zomer altijd zou kunnen duren.

Jan leerde goed luisteren, op de een of andere manier hoorde hij na verloop van tijd dat het Teun was die op de duikplank stond, hij hoefde niet eens zijn ogen meer open te doen. Hij raakte de plank minder vaak voor hij met een rechtstandige sprong, een salto of een zweefduik in het diepe water van het vierde verdween. Soms kwam Jan dan toch omhoog, was hij de enige in het groepje jongens dat zijn armen achter zich zette, en keek. De Edwin Hawkins Singers bleven hoog in de hitparade staan, de dagen van die zomer bleven happy days. Na een tijdje draaide de loketmevrouw de radio niet langer harder. De jongen met de gele zwembroek sprong, Jan keek en begon langzaamaan te denken dat Teun Grin het allemaal speciaal voor hem deed.

Bijna elke dag was er het moment dat Jan, hoe lekker de kaas, jam of zelfgebakken koek bij tante Tinie ook was, op de terugweg naar huis op het punt kwam waar de grijze bestelbus van de bakker stond, waar oom Aris hem achterop was komen fietsen. Buiten Johan was het niemand opgevallen dat hij een echte r kon zeggen. Zeeger vergat hem een Dinky Toy te geven. Jan vroeg er niet om.

Oom Aris, de bakker, het gele jurkje, de duikplank. Juni, juli, augustus. Een zomer in het zwembad, waarin geen bullebak, wel watervlooien. Johan, kleumend soms aan de rand van het tweede. 'Hé Jan!' riep hij, wanneer zijn broer op weg was naar de toko om dropslierten te kopen. Met trillippen, de voeten naar elkaar gedraaid. Klaas die alleen in het zwembad kwam om te lessen voor zijn C, maar verder in het kanaal zwom. Of met zijn vrienden van de brug sprong op het moment dat er een aak voorbij voer.

De zolder met die half voltooide slaapkamer, de deurpost zonder deur. Lange, lichte nachten. Het schilderij boven aan de trap, een grijs schilderij. Van een vrouw met getuite lippen en een uitgebloeide paardenbloem in haar hand. Jan en Johan dachten dat het overgrootmoeder Kaan was, als jong meisje. Zeeger had ze dat wijsgemaakt. In het huis van opa en oma Kaan hing een soortgelijk schilderij, iets verder in de tijd, de parasolstengeltjes van de paardenbloembol waaiden daar in het rond, en de jonge vrouw glimlachte geheimzinnig. Klaas lachte ze daar om uit. Klaas sliep alleen in de kleine slaapkamer, Jan en Johan hadden samen de grote slaapkamer, waarin de balkondeuren zaten.

Het bleef maar licht achter de groene gordijnen en Johan lag na korte tijd al te snurken.

'Johan,' fluisterde Jan.

Er gebeurde niets.

'Johan!'

'Wat is er?'

'Niets.' Zo, die was wakker.

Maar niet lang, al snel begin Johan weer diep te ademen.

Elke avond wachtte Jan op Klaas. Wanneer hij zijn grote broer de trap op hoorde komen en de deur van zijn slaapkamer achter zich dicht hoorde trekken, kon zijn nacht beginnen. Hij sloeg de dekens over zijn hoofd en dacht dat hij sliep. Ook stelde hij zich voor dat hij de volgende ochtend wakker werd, wanneer het toch even donker was geweest, en hij zag mensen door een soort oneindigheid tuimelen.

Tante Tinie, de bakker, de gele zwembroek, de hand in zijn hand, de onzichtbare koningin, het zwembad. Juni, juli, augustus, september. De slaapkamer beneden, met die vreemde barst in het raam, het bed van Hanne dat aan het einde van de zomer weggehaald werd. De slaapkamer die vanaf dat moment écht geen slaapkamer meer was, en waar de doek met de Moriaantjes gewoon aan de muur bleef hangen. Johan, die, als hij wakker was, geen groen in zijn begrafenistekeningen gebruikte. Hij belandde op een ochtend tijdens het hengelen voor het huis van opa en oma Kaan in de brede vaart. Grootvader Kaan viste hem uit het water, maar waarschijnlijk was hij er zelf ook wel in geslaagd op de kant te klimmen. Hij ging niet dood en hield zijn hengel stevig beet, waardoor die niet verloren ging. Hij klappertandde dingen over 'een bullebak', waar grootmoeder Kaan weinig van begreep. Jan die dacht dat hij nauwelijks sliep, en toch veel vaker droomde dan hij vermoedde. Zijn handen gleden op een middag van een sport van de ladder waarop hij naar de hooizolder klom en hij sloeg achterover tegen het beton. Het deed niet echt zeer, de striemend witte klap nam de meeste pijn weg, en een natte washand verzachtte de buil. Hij ging niet dood. Klaas, alleen in zijn kleine kamer, met zere voetzolen van te hoge sprongen vanaf de brugleuning. Op een avond gleed hij uit op de natgeregende planken van de brug. Hij schaafde een dijbeen tot bloedens toe en kwam bijna ondersteboven in het water terecht. Maar hij ging niet dood. Anna die anderhalve dag weggeweest was, waar met geen woord over werd gesproken. Zeeger die voornamelijk zwijgend molk, hooide, schapen schoor en slootkanten uithaalde. En bomen begon te planten. Dat was iets nieuws.

Vijf zomers later moest iedereen in het zwembad die dat wilde erg goed luisteren om te kunnen horen wat precies de tekst was van het nummer dat bijna twee maanden lang op nummer één van de hitparade stond. Het kon de loketmevrouw niet bekoren, ze zette na verloop van tijd de radio zachter en vanaf begin augustus draaide ze, als er even geen seizoenskaarten te controleren waren en er geen kinderen bij de snoeptoko stonden, de volumeknop helemaal naar links. *Sugar baby love, sugar baby love. I didn't mean to hurt you. People take my advice, if you love someone, don't think twice.*

Ze hadden allemaal minstens twee diploma's en hadden de smalle strook gras tussen de duikplankvlonder en de haarspeldsloot, zo leek het, voorgoed ingenomen. Jan had al een paar keer om een nieuwe zwembroek gezeurd, die A- en B-bewijzen waren kinderachtig. Bovendien sneed het rubber in zijn liezen, zeker als de zwembroek droog was. Johan had ook twee diploma's, hij zat een stuk verderop, met zijn eigen vrienden. Hij had afgeleerd 'Hé Jan' te zeggen. Vanaf het moment dat Klaas zijn C haalde, kwam die helemaal niet meer in het zwembad.

Hoe warm het ook was, het water trok niet erg. Liggen, praten en kijken, dat trok. Kijken naar meisjes, die om de hoek van het vierde lagen. Praten over piemels. Jan luisterde, maar zijn aandacht werd steeds afgeleid door de duikplank.

'Ik heb het zelf gehoord. Hij piste gewoon geil!'

'Dat kan je helemaal niet pissen.'

'O, jawel!'

'Van wie heb je dat gehoord dan?'

'Van hemzelf.'

'Wie is dat dan?'

'Bram.'

'Zijn broer, die ken je toch wel?'

'O, die. Hoe oud is die eigenlijk?'

'Achttien.'

'Dus jouw broer pist geil?'

'Ja.'

'Dat geloof ik niet.'

'Echt waar.'

'Hoe ziet dat eruit dan?'

'Nou, een beetje wittig. En dik.'

'Dik?'

'Als je een stijve hebt, dan werkt je, hoe heet dat, pisbuis niet meer.'

'Pis je dan altijd geil als je pist met een stijve?'

'Eh...'

Jan zag Teun alleen nog in de zomer. Hij bleef zijn gele zwembroek dragen, al werd die wel steeds valer. Zijn sprongen bleven hoog, het water slokte hem na een salto nog steeds op als een doorzichtige plastic zak. Nu klom hij het zwembad uit en ging zitten, pal achter de duikplank, zonder zich af te drogen. Alleen, hij zat altijd maar alleen. Met opgetrokken knieën en de handen achter zich op de grond. Zijn zwarte haar zat als een helm op zijn hoofd, een sliert hing over een oor. Jan keek naar het gras achter zijn rug, naar de handen die hem overeind hielden. De pomp begon harder te zoemen en sloeg aan, een dikke straal water stroomde in de sloot. Er kwam een meisje aanlopen.

'Hier,' zei ze en gaf Jan een briefje, dat zo klein mogelijk was opgevouwen.

Het duurde even voor hij het papier had gladgestreken. *Wil je met me? Yvonne*, stond erop. Hij keek schuin over het water heen naar de meisjesgroep en daarna naar de boodschapster, die hem vragend en een beetje ongeduldig aankeek.

'Ja hoor,' zei hij.

Het meisje liep terug. Zo makkelijk ging dat, de jongens zeiden er niet eens iets van. Omdat de boodschapster langs Teun liep, en Jan haar nakeek, zag hij dat Teun hem aanstaarde. Daarna stond Teun op. Hij duwde een paar jongens die op de springbeun op hun beurt stonden te wachten aan de kant en liep naar het uiteinde van de duikplank, trok een been op, sprong en dook.

'Ik ga,' zei Jan tegen Peter.

'Nu al?'

'Ja.'

'Naar de meiden?'

'Nee, naar huis.'

'Morgen weer?'

'Ik kom je wel langshalen.'

Teun kwam aan de overkant van het vierde boven. Hij trok zich omhoog aan de vlonder, liet zich er aan de andere kant weer afglijden en zwom rustig naar de kant. Jan liep langs de sloot naar het pierenbad. Johan lag op zijn buik op zijn badhanddoek en zag hem niet voorbijkomen. Tussen sussende moeders en krijsende kinderen door bereikte hij de kleedhokjes. Zo ontliep hij Yvonne. Morgen, dacht hij. Vanaf morgen heb ik écht verkering met haar. In het badhokje was het of het ruisen van de populieren veel harder klonk dan buiten. Hij deed er met opzet lang over zich aan te kleden. De moeder van Teun zat achter het loket een sigaret te roken. Volgens hem mocht dat helemaal niet. Haar gitzwarte haar stak af tegen de witgeschilderde planken. 'Dag Kaantje!' riep ze, toen hij naar de uitgang liep. Jan zei niets. Onuitstaanbaar mens. Buiten stond Teun.

Hij woonde in de buurt van de school. Achter het huis liep het land naar de noorddijk. Jan kwam nooit op de noorddijk, zijn dijk was de oosterdijk. Het was een klein huis, met grote meubelen voor een televisie en een smalle keuken. Saai is het, enig kind zijn, zei Teun. Ach, die LTS, dat gaat allemaal best, alleen het fietsen naar Schagen, dat is toch wel een heel eind, vooral als de wind verkeerd staat. Nog even, zei hij, en dan heb ik een brommer. Waar Jan eind augustus heen gaat (de Rijksscholengemeenschap) en of hij honger heeft (nee, Jan heeft geen honger). Het is benauwd in huis, of vindt Jan dat wel meevallen? Kom, we lopen naar de dijk, laat die tas hier maar liggen, die kan je straks wel weer oppikken, zei Teun.

Jan liet Teun voorgaan. Hij kende dit land niet, keek zo nu en dan achterom en zag dingen die hij nooit eerder zo gezien had. De huizen in het dorp vanaf de achterkant, met onverwachte schuurtjes, aanbouwsels en struiken.

Het sportveld achter het schoolgebouw, het gras geel en zomervakantieleeg. Het zwembad, door de windsingel heen (Yvonne achter de bomen, onzichtbaar hiervandaan), het geschreeuw was hier te horen. Voorbij het zwembad een stuk land met een lage wal eromheen, nu een schapenweitje met lantarenpalen, in de winter de ijsbaan. Rechts een strook tarwe, al verkleurend. De noorddijk zelf, aan de andere kant van een brede vaart, te bereiken via een smalle plank die flink doorboog. Toen ze op de kruin stonden, wees Teun naar het oosten. Daar, waar het kanaal een bocht maakte en drie polders aan elkaar grensden, lag een driehoek water, een meertje. De Pishoek. Ken je dat? Ja, Jan wist ervan, Klaas ging er weleens zwemmen, zelf was hij er nog nooit geweest. Rare naam. Ja, heel rare naam. Jan probeerde te lachen, maar dat kwam niet helemaal goed. Ik kan het je straks, thuis, op een kaart laten zien dat het water echt zo heet, zei Teun. Dat is goed, zei Jan. Handdoeken? Och, niet nodig, het was warm.

Jan klom over hekken, liep langs herkauwende schapen, die hun kop afwendden, maar niet bij de dijk naar beneden renden, volgde het spoor van Teun. Hemelsbreed was hij misschien drie kilometer van huis, en het voelde hier als buitenland. Na een tijdje lopen begon het water, toch bleef Teun op de kruin van de dijk lopen.

'Hoe komen we in het water?' vroeg Jan.

'Daar verderop is een stuk zonder riet.'

Jan was bang dat hij niet meer kon zwemmen, dat zijn diploma's hier niet geldig waren. In de Pishoek waren geen vlonders. En zijn zwembroek zat, opgerold in de vochtige handdoek, in zijn badtas, en de badtas lag op een grote stoel in Teuns huis.

Teun trok zijn kleren uit en gooide ze op een hoop. 'Kom,' zei hij.

Jan wachtte met het uittrekken van zijn kleren tot Teun in het water was.

Het was er niet diep en de bodem was er als in het derde van het zwembad; dunne prut kwam als dikke vla tussen zijn tenen door. Teun zwom naar een rode paal die langs de vaargeul van het kanaal uit het water stak.

'Kun je daar staan?'

'Nee. Maar je kan je vastgrijpen aan de paal.'

Samen hingen ze een tijdje aan de vaargeulpaal, zachtjes watertrappelend, waarbij hun knieën tegen elkaar en de paal stootten. Jan deed zijn best om zich heen te kijken. Het was er stil, er voer geen aak voorbij, er zwom geen vogel. Heel veel water, aan alle kanten, overal rietkragen. Diep water, zo stelde Jan zich voor, vooral in het kanaal waarvan de rand onzichtbaar was door het meertje dat eraan vastzat. Teun liet de hand waarmee hij zich aan de rode paal vasthield iets zakken, tot hij Jans hand raakte. 'Nu wil ik terug,' zei Jan.

'Oké,' zei Teun.

Een koppel eenden wilde landen in de buurt van de vaargeulstok, schrok van de zwemmende jongens en vloog weer op. Teun zwom sneller dan Jan. Zo nu en dan draaide hij zich even om, dreef op zijn rug. Hij spoog almaar straaltjes water uit. Jan deed het rustig aan, hij volgde. Hij liet Teun praten, had zelf niet veel te zeggen. Hij kende de stem van Teun nauwelijks. Het was allemaal tijdens het bezoek van de koningin begonnen, met de hand die zijn hand vastpakte. Jan voelde de druk ervan nog, nu hij het water van de Pishoek zijwaarts en achterwaarts wegduwde, en zo langzaam vooruitkwam. Hij wist hoe hij erbij gestaan had, die dag. Grootvader Kaan had foto's gemaakt, terwijl hij hem helemaal niet gezien had. Buik vooruit, verongelijkte kop. 'Het is maar te hopen dat de koningin niet net jouw kant uit keek,' had opa Kaan gezegd, later. 'Anders had ze er iets van gezegd. Zo is ze, hoor.' Verongelijkt en bozig, door het dochtertje van de bakker en het zoontje van de slager. En hij was nog steeds verongelijkt op het moment dat Hanne doodgereden werd.

Toen Jan door de opening in het riet de vaste wal beklom, lag Teun, met zijn handen in zijn nek gevouwen, tegen de helling van de dijk aan. 'Daar ben je,' zei hij.

Juni, juli, augustus. Geel jurkje, de bakker, deurpost zonder deur, duikplank. Bloemen voor de koningin. Buitenland, hier. Oom Aris, de kleefstrip boven de keukentafel, tante Tinie, grootmoeder Kaan als omvallende reiger, het raam met de barst in de slaapkamer die geen slaapkamer meer was. Teun in zijn gele zwembroek, de opgetrokken knie. Boos en verongelijkt, terwijl Hanne doodgereden werd.

Jan kwam aan bij Teun en begon te huilen.

Teun kwam overeind, greep hem bij een kuit. 'Jan,' zei hij.

Jan begon nog harder te huilen, hij begreep niet goed waar het vandaan kwam. Hij vond het niet erg. Jan, had Teun gezegd. Dat was hij. Hijzelf. Hij schaamde zich niet voor het huilen, hij schaamde zich niet toen hij de hand van Teun vastpakte. Een grote hand, met stevige vingers, korte nagels, waar zelfs na lange middagen in het zwembad niet al het vuil van het LTS-praktijkwerk vanonder losgeweekt was.

Na een halfuur landde het koppel eenden alsnog, of misschien waren het wel andere eenden. De vogels schrokken niet van de jongens, die liggend op de dijk blijkbaar minder beangstigend waren dan hangend aan een vaargeulstok.

'Waarom moest je nou huilen?' vroeg Teun.

'Zomaar,' zei Jan. Zijn huig jeukte, dat gevoel kende hij uit de tijd dat hij weleens languit naast een kalf ging liggen en het beest hem likte met zijn ruwe tong.

De dag erop lag Jan voor de eerste keer op een andere plek in het zwembad. Er lagen nog twee jongens uit de zesde klas. Peter was er niet bij, die had geen verkering. Hij keek zo weinig mogelijk naar de strook gras waar hij voorheen lag. Het was heel anders hier, tussen de meiden. Als Yvonne uit het water kwam, gewoon via het trappetje, gaf ze hem een zoentje. Hij gaf haar een zoentje terug, terwijl hij over haar schouder de duikplank goed in de gaten hield. Misschien later in de middag weer naar de dijk. Anders morgen, of volgende week. Hij ging languit op zijn rug liggen en deed zijn ogen dicht. Luisterde naar de geluiden om hem heen, die op deze plek net even anders klonken. Vreemd, die meisjeszoenen, zo luchtig, zo vanzelfsprekend. Zo meisjesachtig. De moeder van Teun was bezig, had even geen tijd de volumeknop naar links te draaien. *All lovers make, make the same mistakes, yes they do. Yes, all lovers make the same mistakes as me and you*. Een vreselijk zeiklied was het.

Er waren dagen dat Jan omfietste. Nooit 's ochtends, want dan stond hij altijd op de hoek van de Kruisweg te wachten op de grote groep die vanuit het dorp op weg was naar Schagen. Zoals vogels of koeien beschutting en veiligheid zochten bij elkaar, zo fietsten zij de tien kilometer naar Schagen in een lange colonne. 's Middags fietste hij soms om, dan was er geen grote groep omdat niet iedereen bij elkaar op school zat. Het scheelde minstens twee kilometer, de omweg door het dorp, dat maakte hem niets uit. Hij kwam dan langs het huis waar Teun woonde.

Daar, op de nauwe zolder van de garage, lag een stapel jutezakken. Het rook er flauw naar de grote schuur van een boer waar één keer per jaar de Wolfederatie de schapenwol inzamelde. Een gewoonlijk warme dag waarop alle boeren die schapen hielden, kwamen aanrijden met wagens vol wol, die vervolgens met een grote machine tot grote balen geperst werd. Nu was het niet warm. September, oktober. Op de garagezolder kon het helemaal niet naar schapenwol ruiken, dat wist Jan best, en toch hing die geur er. Als Teun naar vers hooi kon ruiken, en dat was soms zo, dan kon het er ook naar schapenwol ruiken. Ook rook het er weleens naar natte hond, als het vochtig was, door regen of mist, of zweet.

Ergens in de herfst verscheen het hoofd van de moeder van Teun in de luikopening. Er was niets wat hij kon doen. Rustig blijven liggen, doen alsof hij daar niet was, hopen dat niemand iets zou zeggen, terwijl hijzelf in gedachten hinderlijk ‘Ha, daar zijn de Kaantjes' hoorde. Ze had hem op de een of andere manier aangekeken alsof zij net zoiets dacht, en voor het eerst waren de loketmevrouw en de moeder van Teun werkelijk samengevallen. Ze kreeg een rood gezicht, in één klap, en zakte langzaam omlaag, tot hij weer min of meer onbelemmerd zicht had op het openstaande luik. Het leek minutenlang te duren, maar dat was niet zo. Hij had niet het idee dat Teun er ook maar iets van gemerkt had.

Het gebeurde in een weekend. Op een vrijdag in de winter kwam hij erlangs en deed alsof hij niet naar binnen keek, of hij het kleine raampje van de zolder boven de garage niet zag. Moeilijk was dat niet, hij wist wanneer Teun en hij elkaar weer zouden zien. De maandag erop kon hij dwars door het huis naar de schapen op het land erachter kijken, hij zag zelfs de noorddijk liggen, ondanks de motregen. Er hingen geen gordijnen voor de ramen, de vensterbank was kaal, de hanglampen waren verdwenen. In de voortuin grote gaten, ze hadden zelfs de vaste planten en struiken uitgegraven. De kanteldeur van de garage stond open, het was er heel erg leeg. Het raampje erboven leek schoongemaakt te zijn, maar dat verbeeldde hij zich vast.

‘Nu ga ik rennen, hoor,’ zegt Brecht Koomen. De trein staat er nog steeds als gekaapt bij, de deur is nog steeds open. Ze begint er haastig heen te lopen. ‘Komt u ook?’ vraagt ze, zonder achterom te kijken.

‘Ja,’ zegt de man.

Vlak voor ze over de sloot springt, ziet ze de vrouw die zich eerder koelte toewuifde met haar tijdschrift voor een raam staan, beide handen als lichtscherm tegen de zijkant van haar gezicht. ‘Ik kom,’ roept Brecht, alsof de vrouw haar gewenkt heeft, alsof ze in staat is de trein nog even tegen te houden als die op dit moment op zou trekken. Ze werpt haar tas over de sloot heen. The Rubettes, schiet haar te binnen. Of het een zeiklied was, daar wil ze vanaf zijn. Een plezierig nummer was het in elk geval niet. Ze springt, landt goed en loopt met gestrekte armen over de sintels naar de deur. Als ze haar handen op de vloer van het balkon zet, begint de omroepinstallatie te ruisen.

Wachten

‘Ik do-e mijn hemd uit,’ zegt Johan.

‘Dan doe ik het ook,’ zegt Toon.

Ze zitten op het laatste bankje op perron 1, ver weg van een groep treinreizigers die aan de overkant van het spoor uit de trein gekomen is. De trein staat al lange tijd stil, om de paar minuten wordt omgeroepen dat verderop een stremming is. Het regent al een tijdje. Niet hard, maar uit de kroon van de iep die achter het bankje staat beginnen nu dikke druppels te vallen. Op hun schouders. De lampen op de perrons zijn aan.

‘Lek-ker,’ zegt Johan.

‘Ja,’ zegt Toon.

‘Strem-ming?’

‘Ik weet ook niet wat er aan de hand is. Zoiets zeggen ze er nooit bij.’

‘Maar ook de-ze kant op?’

‘Het is enkelspoor tussen hier en Anna Paulowna.’

‘Toch ga-at-ie komen, hoor.’

‘Natuurlijk. En als hij nu niet komt, dan zeker een andere keer.’

Dames en heren, wegens een stremming op het baanvak tussen Schagen en Anna Paulowna is er momenteel geen treinverkeer mogelijk. Dit kan nog geruime tijd duren. Blijft u luisteren naar de omroepberichten, u wordt zo spoedig mogelijk verder geïnformeerd.

Aan de overkant wordt geschreeuwd en gescholden. ‘Zet dan een bus in!’ roept iemand. Er zijn meer mensen, de meeste jong, die erg weinig kleren dragen.

‘Jij weet het echt niet, hè?’ vraagt Toon. Hij kijkt naar Johan. Nat, lang haar, glimmende schouders, grote handen rustend op zijn bovenbenen.

‘Te-un?’

‘Ja. Die uit het zwembad.’

‘Maar waarom heet je dan nu Toon?’

‘Tja. Er was een tijd dat ik dacht dat je automatisch iemand anders werd door je naam te veranderen. Mijn moeder vindt namen heel belangrijk.’

‘Iem-and anders?’

‘Ik kende jullie Kanen vroeger heel goed. En toen zijn we verhuisd. Ik ken jou ook, hoor.’

‘O, ja? Ik ken jou niet. Ik ken-de jou niet.’

‘Dat komt door je ongeluk, denk ik.’

‘Maar kent Jan jo-u?’

‘Dat mag ik hopen. Alleen weet hij weer niet dat ik ik ben.’

‘Huh?’

‘Laat maar.’

Aan de overkant van het spoor heeft een groepje jonge mensen een spreekkoor ingezet. 'Bus. Bus. Bus,' roepen ze. 'Weg. Weg. Weg.'

'Herinner jij je het bezoek van de koningin?'

'Wa-ar?'

'Aan het dorp.'

'Ne-e.'

'De koningin kwam, in juni 1969...'

'Vlak voor de man-nen op de maan!'

'Ja. Dat je dat nog weet. Toen heb ik Jan geholpen. Ik heb hem bij zijn hand gepakt.'

'Wa-arom? Was-ie bang?'

'Nee. Hij was kwaad. Jullie moeder was er niet, hij stond daar zo alleen.'

'Zomaar?'

'Ja. Heb jij dat nooit? Dat je zomaar iemand vast wilt pakken?'

'Zo va-ak,' zegt Johan. 'Bloemenmei-sje.'

'Wat?'

'Ik wilde een ke-er een bloemenmeisje vast-pakken.'

'Maar dat deed je niet?'

'Neu.' Johan kijkt naar zijn handen.

Op perron 1 begint het steeds drukker te worden. De rode letters die aangeven hoe groot de vertraging is, verdwijnen van het bord. Daarna klepperen alle plaatsnamen en de vertrektijd weg en verschijnen precies dezelfde plaatsnamen met een nieuwe vertrektijd. 'Ze laten godverdomme zomaar een complete trein uitvallen!' scheldt een meisje.

Teun slaat zijn arm om de schouders van Johan Kaan en trekt hem tegen zich aan. 'En diezelfde dag ging jullie zusje dood.'

'Ja,' zegt Johan. 'Maar nu he-eft ze mooie kiezeltjes. Blauw. En Jan heeft de letters wit gema-akt.'

Teun likt regenwater van zijn bovenlip en denkt aan

zijn gele zwembroek, en daardoor aan zijn moeder, die maar niet begreep waarom hij geen nieuwe zwembroek wilde. Door zijn moeder denkt hij aan het graf van zijn vader, hij vraagt zich af of hij zelf morgenochtend vroeg erheen zal gaan om dat schoon te maken. De duikplank. Zijn duikplank. Johan staart naar de overkant van het spoor, een diepe groef boven zijn neus.

'Homo's!' roept iemand vanaf de overkant.

'Hou je bek!' schreeuwt Johan.

'Rustig,' zegt Teun.

'Ik ben ge-en homo,' zegt Johan.

'Maar ik wel.'

'Sme-erlap.'

'Zal ik je dan maar loslaten?'

'Ne-e.'

'Oké.'

Dames en heren, de stremming tussen Anna Paulowna en Schagen is opgeheven. De vertraagde trein naar Amsterdam en Arnhem zal over enkele minuten binnenkomen. De vertraagde trein richting Den Helder zal vertrekken als de eerdergenoemde trein binnengekomen is.

'Hè, hè,' zegt Johan. 'Ei-ndelijk.'

Krantenkoppen

'Als het aan mij ligt, Brouwer, stellen we het aanmeren nog even uit.'

De schipper haalt zijn schouders op en kijkt even achterom. 'Het ligt, misschien helaas, niet aan u.'

'Nee,' zegt de koningin. 'Daar heeft u helemaal gelijk in.'

Het is iets kouder dan gisteren. Tijdens de korte tocht over het Marsdiep is een bui overgetrokken, maar nu schijnt de zon weer. De Piet Hein zal ruim op tijd aankomen in 't Horntje, nu al waaien fanfaregeluiden over de golven. Geen moment rust. Roëll en Jezuolda Kwanten zitten in de kajuit, twee dekjongens staan al op de voorplecht. Roëll zat tien minuten geleden al te zuchten, met de paperassen voor vandaag op haar knieën. De rest is met de veerboot naar de overkant gegaan. Pappie is niet gekomen en Van der Hoeven heeft de nacht elders doorgebracht. Als alles goed is staat hij, samen met Beelaerts van Blokland, op de stoep van Rijkswaterstaat. Dierx is er ook bij vandaag. Ze heeft onrustig geslapen, iets wat haar wel vaker overkomt na het eten in een restaurant, ze heeft het idee dat het veroorzaakt wordt door de boter of olie waarin de gerechten worden gebakken. Erg veel trek had ze toch al niet, na het bezoek aan de visafslag. Tijdens het woelen en draaien dacht ze aan het plein dat haar naam draagt, waaraan de schouwburg ligt. Zelden zag ze zo'n lelijk, onpersoonlijk plein, en toen de slaap uitbleef, begon ze zich tegen haar wil op te winden. Het is toch bijna een affront om zo'n plein haar naam te geven?

De koningin heeft het vuurwerk dat na het diner in hotel Bellevue plaatsvond grotendeels aan zich voorbij laten gaan, Roëll en Kwanten hebben de honneurs waargenomen en alleen mensen met een verrekijker zullen gezien hebben dat zij zich niet langer aan dek bevond.

Het eiland ligt erbij als op een foto in een reisbrochure. Op zulke foto's ruik je nooit de verse vis. Ze draait zich om en daalt af naar de kajuit. Nog één dag en dan is het weer een tijd rustig. Veel liever dan deze werkbezoeken ontvangt ze zelf, op Soestdijk.

'Programma,' zegt Roëll.

'Vooruit,' zegt ze.

'Aankomst 09:40 uur.'

De koningin kijkt naar de klok met messing rand. 'Dan hebben we nog even.'

'Wel als we nu het programma doornemen.'

'Hoe heet hij?'

'Sprenger. Bloemen worden aangeboden door Janneke Harting, tienjarig dochtertje van het hoofd van de dienstkring Texel van Rijkswaterstaat.'

'Gisteren kreeg ik bloemen van de dochter van de bakker en het zoontje van de slager.'

'Ja?'

'Nee, niets.'

Roëll begint alvast maar weer te zuchten.

Nee, denkt de koningin, dit is de laatste keer zo. Volgende keer Van der Hoeven.

'Daarna per auto naar de mosselverwaterplaats.'

'Godnogaantoe,' mompelt ze. 'Op mijn bijna nuchtere maag. En dan moeten we nog de hele dag.' Ze ziet een paar kranten liggen op het glanzend gepolitoerde tafelblad. Ze gaat zitten en trekt ze naar zich toe.

'Ga je de krant lezen?'

'Ja.'

'En het programma?'

'We zitten voortdurend in de wagen. Je kunt me op die momenten bijpraten.' Ze negeert Roëll, die driftig de papieren in haar handtas stopt, en vouwt de kranten open.

Hoewel de Piet Hein een scherpe voorsteven heeft, is de deining aanzienlijk. Jezuolda Kwanten houdt zich vast aan de tafelrand. De *Schager Courant* en het *Noord-Hollands Dagblad*. Voor ze de vele foto's op de voorpagina's kan bekijken, springen de koppen haar tegemoet. *Spontaan karakter schopte schema in de war. Groot enthousiasme in de Noordkop*. En, inderdaad: *Vorstin stoeide met dwerggeitjes*. Op vrijwel alle foto's staat ze lopend afgebeeld, met het ene been voor het andere. Ze vliegt door de vele kolommen journalistenproza heen. 'Kijk,' zegt ze tegen de zuster, 'hier een heel stuk over u.'

'Ik herinner me,' zegt Jezuolda Kwanten, 'dat een journalist mij dingen gevraagd heeft.'

'Vroeger was de kittige zuster tekenlerares, maar zij heeft zich omgeschoold en benut nu haar creatieve talenten als beeldhouwster. Ze liet trots een schetsboek zien waar de vorstin reeds in potloodstift was vereeuwigd. Commentaar van de heer Samson, van de Rijksvoorlichtingsdienst: "De vorstin is met een bril een kassucces. Het geeft haar gezicht reliëf."' De koningin zucht. 'Kop in brons,' zegt ze. 'Een kassucces.'

'Ach,' zegt de zuster. 'Kranten.'

'Uw naam is trouwens helemaal verkeerd gespeld. Hier staat Jeseualda.'

'Tja.'

'Wat vond u trouwens het hoogtepunt van gisteren?'

'Het blootvoetskiën. Ik wist niet dat zoiets mogelijk was. Ik heb er schetsen van gemaakt.' De zuster pakt haar schetsboek erbij, mogelijk om haar de tekeningen van het waterskiën te tonen.

De demonstratie heeft weinig indruk gemaakt op de koningin, ze hoeft de schetsen niet te zien. Ze werd telkens afgeleid door opdringende schooljongetjes, die bij de tribune weggehouden werden door politieagenten. Ze is klaar met het *Noord-Hollands Dagblad* en pakt de *Scha-*

ger Courant erbij. Ook een hele voorpagina, alsof er niet veel belangrijker nieuws in de wereld is. Op één van de foto's staat ze zittend op een houten stoel afgebeeld, met haar bovenlichaam over een hekje hangend, boven een plastic krat vol vis. 'Bah,' zegt ze zachtjes, en prent zich in goed op haar benen te letten vandaag. Ze zoekt de tekst af naar een commentaar op de oude violist. *De strijkstok lustig heen en weer bewegend langs de ranke, strakke snaren, spande Van der Goes zijn oude ogen geducht, om de vorstelijke verschijning goed tot zich te laten doordringen.* Ze hebben zich flink uitgeleefd op de redactie. Ze slaat de voorpagina om, wil weten wat het echte nieuws is van gisteren. Naast een artikel met de kop *Van 87 voor 40 cent – Broodoorlog in Harderwijk*, staat een klein artikeltje, dat juist door de geringe omvang nogal opvallend is. *Kind overreden*, staat erboven. Ze hoort het potlood van Jezuolda Kwanten zachtjes krassen, ziet vanuit een ooghoek de schokkerige beweging van de rechterarm. Natuurlijk, denkt ze, de kop van de koningin in ontspannen toestand. *Bij een noodlottig ongeval is gistermiddag het tweejarige kind van de familie Kaan om het leven gekomen. Het meisje is schijnbaar spelend met de hond op de weg terechtgekomen, waar ze werd aangereden door een bestelbusje. Het kind overleed ter plekke.* Het gedempte krassen is ineens niet zacht meer, de flarden fanfaremuziek hebben zich aaneengeregen tot een opgewekte mars, waarin vooral de trompetten uithalen. De Piet Hein bonkt tegen de stoep van Rijkswaterstaat, Roëll schuift over de lederen bank. 'Uitscheiden met tekenen,' zegt de koningin. 'Nu.' Ze haalt het pakje sigaretten uit haar tas en steekt er een op.

Jezuolda Kwanten kijkt geschrokken.

'Wat heb jij ineens?' vraagt Roëll, die terugschuift naar haar oorspronkelijke plek. Ze heeft haar neus opgetrokken,

De koningin kijkt naar haar handen, voelt iets jeuken op de knokkels van haar wijsvinger. Dat kind, denkt ze. Die moeder en het kind. De bundels zonlicht die door de patrijspoorten binnenvallen, verdwijnen een voor een, er zal weer een bui overdrijven. De doorbrekende glimlach van de moeder, het verhaal dat op dat moment ontstond, uit al die kleine dingen die samen een groter geheel vormen – zo'n verhaal dat een heel mensenleven meegaat, mee zou móeten gaan. De fiets die omviel, de foto die van heel korte afstand gemaakt werd, het deed bijna pijn in haar oor, haar hoed, haar handschoenen.

'We moeten naar boven,' zegt Roëll.

De koningin kijkt op. Jezuolda Kwanten is net als gisteren heel dichtbij, de vrouw die behoort tot de Orde der Zusters van Liefde kijkt haar strak aan. Even wordt ze afgeleid, en vraagt ze zich af wat de zuster eigenlijk van de kwalificatie 'kittig' denkt. Het fanfarekorps weet van geen ophouden, ze hebben waarschijnlijk de opdracht gekregen tot het moment van ontscheping zo luid mogelijk te spelen. Kwanten staart onbeschaamd, tast af, telt kraaienpootjes, slaat de lijntjes op, terwijl haar plompverloren Blom Broodzaken te binnen schiet. Ze neemt een trek van haar sigaret.

'Heeft u iets onaangenaams gelezen?' vraagt Jezuolda Kwanten.

'U moet vandaag maar heel dicht bij mij blijven,' zegt ze.

'Met alle plezier, mevrouw,' zegt Jezuolda Kwanten.

Er wordt op de kajuitdeur geklopt en Van der Hoeven komt binnen. 'Men staat op u te wachten,' zegt hij, met zijn warme, jonge stem. 'Dierx heeft er erg veel zin in.'

'Van der Hoeven,' zegt de koningin. 'Zou jij vandaag de plaats van Roëll in willen nemen?'

'Maar...' zegt Roëll.

'Natuurlijk, mevrouw.'

'Roëll heeft het programma.'

'Ik heb het ook,' zegt Van der Hoeven.

'En Roëll, ik heb graag dat je voortaan, zeker in gezelschap, u tegen me zegt. Dan zal ik ook u tegen jou zeggen.' Ze drukt de sigaret uit en trekt haar leren handschoenen aan. De gedachte aan het wangetje van het kind probeert ze weg te dringen. Als eerste verlaat ze de kajuit. De eilandlucht is fris. Ze haalt diep adem en zet zich schrap. Voor een hele dag vrolijke muziek, bejaarden, schoolkinderen, gehandicapten, wapperende driekleuren en vooral de stank van vis. Van der Hoeven klapt een paraplu open, het valt de koningin op dat hij mooie handen heeft, handen die bij zijn stem passen. Ze heeft zin die handen aan te raken. Niet nu, later misschien, in de auto. Jezuolda Kwanten neuriet zachtjes. Is Roëll achtergebleven in de kajuit? De koningin denkt aan de dwerggeitjes, en dan komt de burgemeester van Texel op haar af, blakend van genoegen. Als hij haar met beide handen hartelijk begroet, begint de nieuwe dag officieel.

Woensdag 18 juni.